A TEORIA DA CONSPIRAÇÃO
de *nós dois*

TALIA HIBBERT

A TEORIA DA CONSPIRAÇÃO
de nós dois

Tradução
Gabriela Araújo

1ª edição

— Galera —

RIO DE JANEIRO

2023

ARTE DE CAPA
Arte de capa: © 2023 de Mlle Belamour
Pássaros: Shutterstock.com

CAPA
Adaptada do design original de Casey Moses

REVISÃO
Marina Góes

TÍTULO ORIGINAL
Highly Suspicious and Unfairly Cute

CIP-BRASIL. CATALOGAÇÃO NA PUBLICAÇÃO
SINDICATO NACIONAL DOS EDITORES DE LIVROS, RJ

H535t Hibbert, Talia
          A teoria da conspiração de nós dois / Talia Hibbert ; tradução Gabriela Araújo. – 1. ed. – Rio de Janeiro : Galera Record, 2023.

          Tradução de: Highly Suspicious and Unfairly Cute
          ISBN 978-65-5981-290-5

          1. Ficção inglesa. I. Araújo, Gabriela. II. Título

23-82766   CDD: 823
                              CDU: 82-3(410)

Gabriela Faray Ferreira Lopes – Bibliotecária – CRB-7/6643

Copyright © 2023 by Talia Hibbert

Todos os direitos reservados. Direitos de tradução feitos mediante em acordo com a Random House Children's Book, um selo da Penguin Random House LLC. Proibida a reprodução, no todo ou em parte, através de quaisquer meios. Os direitos morais da autora foram assegurados.

Texto revisado segundo Acordo Ortográfico da Língua Portuguesa de 1990.

Direitos exclusivos de publicação em língua portuguesa somente para o Brasil adquiridos pela
EDITORA GALERA RECORD LTDA.
Rua Argentina, 120 – Rio de Janeiro, RJ - 20921-380 - Tel.: (21) 2585-2000, que se reserva a propriedade literária desta tradução.

Impresso no Brasil

ISBN 978-65-5981-290-5

Seja um leitor preferencial Record.
Cadastre-se e receba informações sobre nossos lançamentos e nossas promoções.

Atendimento e venda direta ao leitor:
sac@record.com.br

*Para Sam,
o meu próprio amor do colegial*

NOTA DA AUTORA

Esta história contém situação de abandono parental e uma descrição de como é viver com transtorno obsessivo-compulsivo. Espero ter tratado as experiências dos personagens com o cuidado que eles, e você, que lê, merecem.

Esta história contém descrições altamente fictícias de florestas existentes. Sinto muito por todos os equívocos geográficos. Em minha defesa, fiz tudo em nome da emoção.

GLOSSÁRIO

A história de Bradley e Celine se passa na Inglaterra e na Escócia porque eu, a autora, sou britânica e não sou muito de sair. Enquanto trabalhava nesta história com a minha editora estadunidense, nos deparamos com algumas expressões coloquiais e referências culturais que não possuem uma tradução direta. Então criamos este glossário mão na roda para qualquer um que precisar. Aproveitem!

Academia: Sistema educacional administrado como uma organização não lucrativa.

Barrister: Um advogado que marcha para dentro de um tribunal gritando coisas como "protesto!" e "sem mais perguntas, Excelência". (Não é verdade, mas seria engraçado caso fosse.) Não deve ser confundido com um *solicitor*, isto é, um advogado que redige documentos dizendo coisas como "em conformidade com a subseção A".

Bonfire Night: Também chamada de "noite de Guy Fawkes", uma celebração da vez em que um cara chamado Guy tentou explodir o parlamento. Soltamos fogos de artifício e queimamos coisas para lembrar a todos nós de que... não devemos explodir nem queimar coisas.

Boots: Uma varejista farmacêutica e de produtos de beleza localizada em Nottinghamshire. Você pode ir lá comprar medicamentos, maquiagem, produtos de cabelo, fotografias, coisas de bebê, lanchinhos, presentes de Natal; tudo e mais um pouco, sério.

Empréstimo/subsídio *maintenance*: Dinheiro que o governo empresta ou cede a estudantes universitários para que não morram de fome. Isso é 1) diferente dos empréstimos/subsídios para anuidades; e 2) não deve ser confundido com *child maintenance* (pensão alimentícia), que é o dinheiro que o responsável secundário dá ao responsável primário depois de um divórcio ou separação.

Líder do ano: Um professor oficialmente encarregado por um grupo de um ano específico. Se você reprovar, tal pessoa se lasca. (A ansiedade resultante é o que inspira tantas delas a fazerem discursos dramáticos sobre o seu futuro falido.)

Notas de AS Levels: *AS Levels* são uma qualificação para a qual Bradley e Celine estudaram no ano passado. Neste ano, vão estudar para o *A Levels*. (Há inúmeras qualificações diferentes pelas quais os alunos podem optar depois de fazerem dezesseis anos, a depender de quais sejam seus planos de carreira.)

Oxbridge: A união das palavras "Oxford" e "Cambridge"; conveniente para aqueles que se candidataram às duas universidades muito conceituadas. Também conveniente para aqueles que falam mal de tais universidades e não querem gastar saliva com sílabas extras.

SETEMBRO

CAPÍTULO UM

CELINE

É o primeiro dia de aula e já estou sendo forçada a socializar.

— É muito sério — afirma Nicky Cassidy, com os olhos arregalados e a camisa desbotada manchada com o que parece ser molho de tomate. — O Juice WRLD está *vivo*, Celine. O mundo precisa saber.

Meu perfil no TikTok, vem 19.806 seguidores — fique à vontade para me fazer alcançar os 20 mil —, então Deus sabe que eu deveria informar o mundo inteiro sobre qualquer coisa. Além do mais, faço vídeos sobre OVNIS e vacinas — em resumo: acredito em ambos — e sobre aquele cara que sequestrou um avião e literalmente desapareceu com o dinheiro do resgate. Não faço vídeos sobre mortes trágicas porque é algo grosseiro e de mau gosto.

Também não aceito pedidos. Pelo amor de Deus, sou uma teórica da conspiração. É preciso haver certo glamour na coisa, do contrário, de que adianta?

— Desculpa, Nicky — respondo. — A resposta ainda é não.
Ele fica abismado com a minha falta de sensibilidade à sua causa.

— Só pode ser brincadeira.

— Na verdade, não.

— Beleza. Se não quer contar a verdade, *eu* vou contar. Seu TikTok é uma porcaria mesmo. — Ele vai embora, bufando, e me deixa ali para atravessar o campus sozinha.

Lá se vai a esperança da minha mãe de eu fazer mais amigos este ano. Que seja. Respiro o ar quente de setembro e sigo sozinha pelos caminhos caóticos da escola. A Academia Rosewood é um labirinto desconexo, mas é o meu último ano, então o conheço tanto quanto conheço a discografia da Beyoncé. Leva cinco minutos para chegar à Casa da Árvore, ou a área comum/refeitório do ensino médio, uma construção minúscula e bolorenta implorando para ser derrubada. Ocupo minha mesa habitual perto do quadro de avisos e me dedico à tarefa muito importante de ignorar todos ao meu redor.

Estou no celular, compilando as filmagens de vacas que fiz no fim de semana — pretendo criar um vídeo sobre a possibilidade de empresários bovinos canibalistas comandarem a indústria de carne bovina —, quando minha melhor amiga senta na cadeira ao meu lado e agita um panfleto brilhante na minha cara.

— Viu isso? — pergunta Michaela de maneira urgente, os cachos cor-de-rosa balançando com seu entusiasmo.

— Não vi e se você arrancar meu olho com o negócio, nunca verei.

— Não seja chata. *Olha*. — Ela bate o panfleto na mesa e esbraveja: — Katharine Breakspeare! — Então estala o piercing da língua nos dentes, que é seu gesto oficial de triunfo.

Funciona. Avanço no pedacinho de papel reluzente como se fosse um prato cheio de nachos.

Lá está ela: Katharine Breakspeare, o cabelo finalizado em um *blowout* perfeito e fazendo carão (nada de sorrisos de mocinha com Katharine, obrigada, de nada). Eles publicaram um artigo inteiro na *Vogue* sobre o *blowout*, o que é ridículo considerando que Katharine é famosa por seu pioneirismo na legislação de direitos humanos. Comentaristas a chamam de James Bond do tribunal porque ela é irada! Ganhou ao menos três casos de alto nível e globalmente significativos nos últimos cinco anos, comprou um terreno inteiro na Jamaica para a mãe dela morar depois que se aposentasse e a *Vogue* está falando do *cabelo* dela. Quero dizer, sim, o cabelo é fabuloso, mas fala sério, né?

Katharine Breakspeare é o modelo perfeito e um dia serei como ela, construindo uma casa em Serra Leoa para minha mãe.

Estreito os olhos ao analisar o panfleto.

— "Inscreva-se no Programa de Aprimoramento Breakspeare" — leio. — Tipo aquele camping de treinamento que ela faz na natureza? Mas é só para universitários.

— Não mais. — Minnie abre um sorriso, dando tapinhas nas palavras à nossa frente. — "O premiado programa de aprimoramento está agora aberto para aqueles entre dezesseis e dezoito anos..."

— "... pela primeira vez" — termino de ler. — "Destaque-se da multidão, crie vínculos de antemão com empresas conceituadas e concorra a chance de ganhar uma *bolsa de estudos universitária integral...*"

— Minha boca está dormente. Minha garganta está seca. Meus nervos estão em frangalhos. — Preciso beber alguma coisa.

Michaela é dançarina e nunca vai a lugar nenhum sem uma garrafa de água de dois litros ridiculamente pesada.

— Toma — oferece, alegre, causando um pequeno terremoto ao bater a garrafa na mesa.

— Onde conseguiu isso? — pergunto com urgência entre um gole desesperado e outro, balançando o Panfleto Dourado da Oportunidade.

— No escritório do sr. Darling.

— No escritório do sr. ... *Minnie*. É o primeiro dia de aula. Como você já tirou o cara do sério?

— Não tirei — responde ela com decoro. — Foi uma advertência preliminar. Daquelas que são tipo: *foque na escola este ano, Michaela, ou vai acabar morando debaixo da ponte e morta antes de completar vinte e cinco anos*. Aquele incentivo de sempre.

— Ah, amiga. Não é verdade. Ele só está com inveja do seu cabelo fantástico e do seu cérebro gigante.

— Pode parar. Você sabe que não ligo pra ele. Meus planos são maiores do que isso. — É verdade. Ela vai ser como a Jessica Alba no filme favorito da minha irmã, *Honey – No Ritmo dos Seus Sonhos*, só que realmente negra e bem mais legal. Então ela dá uma piscadinha e aponta para o papel. — E os seus também.

Não, os meus não: focar na escola *é* o meu grande plano, porque é assim que se consegue entrar em Cambridge e conseguir um excelente diploma em direito e dominar o mundo.

Mas já fiz pesquisas e li muito a respeito: empresas, incluindo as de advocacia, fazem de tudo para contratar alunos do Aprimoramento Breakspeare porque o programa forma candidatos capazes e motivados de forma única, com uma ética de trabalho e habilidades dignas da reputação da própria Katharine. Não é como os outros programas de aprimoramento em que se decora manuais e executa experiências de trabalho. Neste, as pessoas são colocadas na selva onde tentam sobreviver e, no cenário ideal, prosperar, por motivos os quais tenho certeza de serem lógicos. (É verdade que não estou muito a par dos detalhes, mas confio no fato de que Katharine sabe o que está fazendo.)

Não sou muito fã da natureza, não mais. Mas eu faria gargarejo com a água do lago para chegar perto dessa oportunidade ainda que fosse só pela influência, ainda mais pela *bolsa de estudos*. Então é isso, meu novo planejamento para o último ano na escola. Adeus, Clube de Latim. Até logo, voluntariado no hospital veterinário.

É hora de abrir espaço para o acampamento com Katharine.

Aparentemente, qualquer um interessado em saber mais pode participar de uma reunião em Nottingham daqui a alguns dias. Viro o panfleto, procurando um mapa, mas em vez disso vejo um QR Code com os dizeres "confirmar presença" e os logotipos de todas as empresas envolvidas. A lista é grande. Algumas são gigantescas, como a *Boots*; outras são pequenas, mas poderosas, como a *Games Workshop*; e vejo muitos escritórios de advocacia também, o que é...

Ah.

A empresa do meu pai é uma das patrocinadoras.

Minnie nota minha expressão, então segue meu olhar.

— Que foi? Que foi? — Ela estreita os olhos ao tentar ler o que diz o papel.

— Coloca os óculos, Michaela — murmuro de modo brusco.

— Não com estes cílios. — Ela pisca em minha direção com as pestanas postiças (acho que sinto uma brisa), então lê: — "Lawrence, Needham e Soro, direito empresarial, fundada em 1998".

Engulo em seco. Minha garganta está ressecada de novo. Bebo mais água.

— Eita, eita, eita — balbucia Minnie. — Vou precisar disso, sabe. Quer que eu fique seca como uma ameixa? — Ela pega a garrafa colossal de volta e prossegue: — Soro. Por que me parece familiar? Soro, Soro...

— Meu pai trabalha lá.

Minnie faz uma careta. Ela é a minha melhor amiga, então sabemos coisas sobre a família uma da outra. Tipo, eu sei que a avó dela é uma escrota lesbofóbica e ela sabe que meu pai nos trocou pela segunda família dez anos atrás e não o vejo desde então. Papo normal entre garotas.

Fazendo uma careta, minha amiga declara:

— Talvez as empresas patrocinadoras não estejam superenvolvidas?

— Nem ligo, na verdade. — Não estou mentindo.

É ele que tem algo do qual se envergonhar. Eu sou uma honra para o nome da minha família.

Que é Bangura, *não* Soro, obrigada, de nada.

Dobro o panfleto e guardo na mochila, entre as páginas de um livro para evitar que fique amassado.

— Vou pensar no assunto. Obrigada, Min.

Ela joga um beijo para mim quando toca o sinal e nos levantamos para ir para a aula. Só então percebo quem entrou sutilmente na Casa da Árvore enquanto Minnie e eu conversávamos.

Bradley Graeme está aqui.

Com várias outras pessoas, sabe, mas ele se destaca como o Rei da Inutilidade. Ele e seu fã-clube ofegante estão alojados na mesa habitual, a quilômetros de distância da diretoria, o que permite que infrinjam todos os tipos de regras sem consequências.

Por exemplo: no momento, Bradley Graeme está dando cabeçadas em uma Bola de Futebol Totalmente Ilícita. Os *twists* curtos e brilhosos em seu cabelo estão pulando e o sorriso dele é aberto e despreocupado da forma que só o sorriso de uma pessoa verdadeiramente horrível pode ser.

Minnie se inclina em minha direção quando passamos por eles.

— Acha que o Brad vai se candidatar a Cambridge?

— Óbvio que vai — murmuro. — Quando ele perde a oportunidade de tentar aparecer?

— Então, talvez vocês se encontrem em entrevistas e tal. Certo?

Argh. Deus queira que não.

— Não ligo, para de olhar para ele.

Ela arqueia a sobrancelha.

— Você quem começou.

Ah, bom. Quem consegue evitar olhar para Bradley? A insuportabilidade dele cria uma força gravitacional própria.

O fã-clube de Bradley — que consiste em setenta por cento do time masculino de futebol e trinta por cento de garotas cujos pais pagam por seus guarda-roupas colossais da *Depop*, o que equivale a cem por cento das pessoas magrelas e radiantes que treinam dancinhas do TikTok de maneira não irônica e passam os fins de semana sendo sem graça e se pegando em uma festa na casa de alguém — está completamente hipnotizado por suas papagaiadas. Parece até que nunca viram uma bola.

Exceto por Jordan Cooper, que revira os olhos, pega a bola no ar e diz com seu sotaque estadunidense imparcial:

— Para com isso ou o sr. Darling vai te mandar para a detenção.

O sr. Darling é o líder do nosso ano, um professor de geografia muito estressado que manda alunos para a detenção com tanta frequência que parece que ele recebe por hora.

Bradley apenas ri como se não tivesse medo de nada, o que é uma mentira completa. Mas, bem, sempre acreditei que ele é falso, uma farsa, e feito cem por cento de *plástico* que destrói o planeta, então... até que combina.

Estou no processo de desviar o olhar com um desdém fulminante quando ele, inconveniente até o último fio de cabelo, vira o rosto e nossos olhares se encontram. Ótimo. Lanço a ele meu olhar mais enjoado, mas o sorriso de Bradley nem vacila.

Na verdade, aumenta ainda mais. Ele arqueia as sobrancelhas e praticamente consigo ouvir seus pensamentos: *olhando para mim de novo, Bangura?*

Encaro-o. *Vai sonhando.*

O sorriso dele se enche de malícia.

Argh.

* * *

BRAD

O mês de setembro deveria estar claro e fresco como as páginas em branco do meu caderno novinho em folha, mas até o momento está escuro e quente como o inferno. Quando Max Donovan arrasta a galera para o campo no horário do almoço e pergunta: "Vamos cinco de cada lado?", eu o encaro como se ele tivesse perdido o juízo. É o quê? Ele realmente quer que eu empape de suor meu look de volta às aulas?

— Não, valeu — responde Jordan enquanto ainda contemplo os horrores do exercício não planejado. Ele não se importa de suar o uniforme, o lance dele é não estragar os tênis *Yeezy*.

Donno revira os olhos e joga a bola para mim.

— Bradders. Topa?

Não topo, mas também não consigo resistir à vontade de manter a bola no alto. Um golpe rápido com o pé direito, com o esquerdo, então com o joelho, por fim o peito.

— Não, valeu — respondo e faço de novo.

— Exibido — murmura Jordan.

...ro a língua para ele e chuto a bola de volta para Donno, que ...m desdém.

— Jesus, vocês são um bando de vacilões. — Ele é o capitão do nosso time, detentor de um pé esquerdo matador, um cabelo dourado desleixado e olhos azuis brilhantes. Os sorrisos dele são sempre abertos e zombeteiros e mal escondem os dentes caninos. No passado tive um crush nada inocente nele. — E o resto de vocês, otários?

Os caras vagando pelo campo improvisado basicamente ficam em posição de sentido. Imagino saudações rígidas e um coro de "sim, senhor" para combinar com a imagem de adoradores. Donno tem um ego inflado, e posso falar com propriedade porque também tenho um ego inflado, e o time realmente não ajuda.

Jordan e eu os deixamos lá. Na extremidade do campo há um salgueiro-chorão projetando uma piscina de sombras esverdeadas e frescas chamando meu nome.

Cinco minutos depois, estamos separados do mundo por um véu de folhas. Deito de costas, com a cabeça apoiada na mochila, e abro meu amado exemplar de *All Systems Red*. Estou relendo a série The Murderbot Diaries mais uma vez, no geral para torturar a mim mesmo com o fato de que nunca vou escrever nada tão bom assim.

Ou nada, possivelmente.

Mas não fico nutrindo pensamentos derrotistas. A dra. Okoro me ensinou a não os convidar para entrar e ficar à vontade.

— Ei, Brad — diz Jordan, do nada. — O que acha da Minnie Digby?

Ergo o olhar do livro.

— Minnie Digby?

— Aham. — Ele abaixa a cabeça, provavelmente torcendo para que o volume de cachos esconda as bochechas marrom-claras coradas. — Sabe, aquela que anda sempre com a...

— Sei com quem Michaela Digby anda.

Ele dá outro sorrisinho.

— Ah é. Óbvio que sabe.

— Sou um bom amigo, então vou ignorar esse comentário.

Jordan tem uma mente deturpada que contém teorias absurdas sobre mim e pessoas a cujo nível não vou descer para nomear. (Beleza, está bem: o nome dela é Celine Bangura e ela é a minha arqui-inimiga. Satisfeitos?)

Fecho o livro, o que é um enorme sacrifício, considerando que no momento Murderbot está decidindo se vai arrancar o braço de uma pessoa ou não, e tento responder à pergunta dele.

— Eu acho... — *Que Minnie Digby anda com quem não presta. Que se ela ousar discordar uma vez da grandiosa líder sobre literalmente qualquer coisa, uma única vez sequer, vai ser jogada para escanteio na velocidade da luz. Que...*

Hã, Brad? No meio da conversa?

Ah, é. Deixo de lado minha quantidade perfeitamente razoável de ódio e digo algo relevante:

— Acho que a Minnie é lésbica.

— Quê? — rebate Jordan com um grasnido. — Tipo, você *desconfia* que ela é lésbica ou...

— Tipo, ouvi dizer que ela é lésbica.

Além disso, meu *gaydar* é excelente e ela passa uma vibe de luzes piscantes do arco-íris movidas a energia solar, mas não vou mencionar isto.

— Ah. — Meu melhor amigo murcha.

— Ei. Talvez eu esteja errado. Como conhece ela, afinal?

Jordan suspira.

— Ela está na minha turma de literatura este ano. Ontem ela falou algo sobre, tipo, o cânone tóxico e como a prática de *gatekeeping* literário entrelaçada ao capitalismo supremacista branco cisheterossexista desalmado envenenou a cultura criativa ocidental. — O tom monótono habitual de Jordan está levemente animado, o que significa que ele está espumando pela boca de tanto fascínio.

— Certo, Minnie Digby. Aposto que todo mundo amou isso.

Esta não é a escola mais progressista do mundo. Isto significa que esta escola fica na margem de um distrito conservador e metade dos nossos colegas de classe imita tudo o que os pais grã-finos fazem.

— A sra. Titherly queria enforcar a Minnie — conta Jordan com estrelas nos olhos.

Talvez ele esteja apaixonado. Talvez Minnie seja bissexual como eu e Jordan tenha uma chance. Afinal, Jordan é fofo. Sei que algumas garotas não gostam de caras baixos, mas estou torcendo para que Michaela esteja acima disso. Daqui a dez anos, eu posso estar no casamento deles contando uma história sobre este momento.

Consigo até imaginar: meu terno é impecável e todas as minhas piadas como padrinho funcionam muito bem. Celine é a dama de honra, mas infelizmente não pode comparecer porque entrei de fininho no quarto dela e desliguei o alarme do seu celular. E tranquei a porta pelo lado de fora.

Dou uma risadinha discreta e digo:

— Se gosta da garota, fala alguma coisa.

— Tipo o quê?

— Tipo: "oi, Minnie, também odeio o Dickens. Vamos sair qualquer dia".

— Cara, o Dickens, não. Todo mundo ama o Dickens.

Bom, isso não pode ser verdade. Li *Um conto de duas cidades* no ano passado e quase arranquei os olhos.

— Enfim. — Jordan volta a ficar melancólico. — Não sei se gosto dela. Só quero saber o que você acha dela.

— E aí o quê? Você vai escrever uma carta aos pais dela pedindo permissão para levar a Minnie ao museu?

Ele ri.

— Vai se ferrar. — O sinal toca e nós dois resmungamos ao mesmo tempo. — Qual sua próxima aula?

— Filosofia. — E está quente demais para filosofia. Deveríamos reservar as crises existenciais para dias chuvosos. O brilho alegre do sol corta completamente a vibe. — Você tem um tempo livre, não tem?

— Tenho.

Sorrio para ele e peço:

— Vai comigo até a aula, migo.

— Não. Vejo você no treino de futebol não americano.

Argh.

— Jordan. Já conversamos. Você *não pode* continuar chamando de futebol não americano.

Ele bufa.

— Bom, não vou começar a chamar de...

Em um timing perfeito, uma bola atravessa as folhas do salgueiro-chorão e cai entre nós.

— Suspendam a fofoca, moças — grita Donno, correndo atrás da bola.

— Ei. — Jordan faz cara feia. — Não chama a gente assim. Você deveria ser o capitão do time.

— É, e estou usando a linguagem motivacional para fazer vocês levantarem o rabo daí.

Donno estende a mão para me ajudar a levantar. Ser amigo dele é como ter uma cobra venenosa de estimação que ama tanto você que só ataca uma vez ao ano. Quando eu tinha treze anos, ele me salvou de me sentir completamente sozinho. Agora tenho dezessete e ele me dá nos nervos, mas posso contar com ele, então tudo bem. Mesmo que de vez em quando ele torne a tarefa difícil.

— Você está na turma de filosofia do Taylor? — pergunta Donno enquanto me puxa para ficar de pé.

— Estou, por quê?

— Eu também. — Ele me dá um tapa nas costas e corre para perto do restante do nosso grupo.

— Achei que estavam em turmas diferentes — comenta Jordan.

— Isso foi no ano passado.

Aparentemente, o cronograma mudou.

Mesmo sabendo disso, não ligo os pontos até ter atravessado o campus e chegado à sala do sr. Taylor. Se a turma minúscula de filosofia do Donno se mesclou com a minha, adivinha com quem debaterei sobre Voltaire este ano?

Celine Bangura.

Paro à soleira da porta e fico olhando para ela feito um esquisitão. Ela não me nota porque está conversando com Sonam Lamba, então a vejo, para variar, com um sorriso em vez de uma carranca. Há uma espécie de maquiagem rosada nas bochechas rechonchudas dela que se destaca em contraste com a pele marrom escura. Suas tranças compridas e bonitas formam uma piscina na mesa, quase pretas com algumas mechas verde-neon contornando seu rosto.

Basicamente, a aparência dela é a mesma de sempre: a de uma pessoa terrível e horrorosa que não suporto de jeito nenhum.

— Desculpa — diz ela a Sonam. — Não posso. Estarei ocupada na quinta à noite. Na verdade, talvez você queira dar uma olhada nisso. — Ela remexe dentro da mochila. — É sobre o programa de aprimoramento administrado pela Katharine Breakspeare. Já ouviu falar dela? Você devia ir também.

Ora, Sonam é uma garota bem legal, então nunca entendi por que ela e Celine são amigas. Celine é crítica; Sonam é um poço de tranquilidade. Celine quer ser superior a todo mundo; Sonam é uma gênia do violino com óculos roxos irados e que anda por aí pisando forte com uma bota gótica incrível, o que faz *dela* alguém superior a Celine (que apenas anda por aí pisando forte). E, por fim, Celine acha que é a rainha do universo, por isso é muito engraçado ouvir Sonam responder:

— Ah, não.

— Mas vai ser ótimo — insiste Celine. — O PAB tem uma reputação excelente. Se você entrar, pode adicionar o programa quando for se candidatar às universidades...

Típico de Celine mencionar candidaturas a universidades no primeiro dia de aula. Aposto que ela só vai se candidatar a Oxford ou Cambridge ou, tipo, Harvard, e está convencida de que vai entrar porque ela é *tão* inteligente e *tão* especial e...

— Ah, Bradley! — O sr. Taylor me nota ali, as maçãs do rosto muito coradas por causa do calor. — Acredito que você seja o último passageiro em nossa tão nobre viagem de descoberta filosófica.

Todos olham para mim. Desvio o olhar de Celine como se ela fosse o sol.

— Hã... é. Oi, sr. Taylor.

— Pois bem — declama ele em uma voz shakespeariana que não combina com sua compleição esquelética. — Entre, entre, não se demore! Sente-se e vamos começar.

O sr. Taylor é um cara ótimo, então eu adoraria fazer o que ele orientou. Mas o único assento vazio é bem do lado de Celine.

CAPÍTULO DOIS

CELINE

Se vou cursar Direito em Cambridge no ano que vem (o que definitivamente vou), preciso tirar ao menos um nove em filosofia. Esta é a única razão que me impede de fugir pela janela do sr. Taylor quando vejo Bradley parado à porta.

Ele olha para mim e estremece visivelmente, como se eu fosse bosta de cachorro ou algo do tipo. O colega dele, Donno, que é profundamente irritante, mas no geral mais fácil de ignorar (tipo um mosquito), dá risadinhas do outro lado da sala.

— Que azar, hein, Bradders.

Minhas bochechas coram. Por causa da raiva digna do fogo ardente do inferno, é óbvio.

Pessoas como eles, pessoas "populares" que acham que esportes, aparência e popularidade são um substituto válido para uma personalidade real, ironicamente não possuem a habilidade social para lidar com

...upinho influente deles. Eu sei bem. Houve uma ...era jovem e era evidente que eu passava por uma fase ... a minha matriz de tomada de decisão estava completa-...operante, em que Bradley Graeme e eu éramos melhores amigos. ...ntão ele se jogou de cabeça na criatura gelatinosa que é a popularidade e foi sugado e transformado. Agora ele pode muito bem ser um alienígena gosmento e brilhoso. Olho nos olhos dele e deixo transparecer toda a minha repulsa.

Bradley encontra o mais minúsculo dos fragmentos de coragem dentro de si, avança em passos firmes e se senta ao meu lado. Na verdade, ele se joga no assento com ressentimento e o cheiro de seu desodorante me atinge em cheio na cara. Ou de loção pós-barba. Ou o que quer que seja que o faz exalar um aroma tão intenso de grama recém-cortada. As cadeiras da escola não são largas o bastante para dar conta das minhas coxas e ele se espalha como um estereótipo masculino ambulante, então nossas pernas trombam uma na outra por literalmente um segundo repugnante antes de eu afastar as minhas.

— Celine — sussurra Sonam, inclinando-se ao meu lado esquerdo. — Para de *olhar* assim para ele.

— Assim como? — sussurro de volta, mas já sei o que ela quer dizer. Tenho este pequeno problema de deixar os sentimentos transparecerem em meu rosto e eles são, com frequência, intensos.

— Se ele aparecer morto amanhã, você vai ser presa.

Considerando a expressão sempre solene de Sonam, a combinação de preto com preto de suas roupas e o modo como seus membros esguios mal cabem debaixo da mesa, isso é como ter uma aranha gótica fazendo uma leitura de tarô bem sombria para mim.

— Vocês duas são péssimas em sussurrar — intervém Bradley. — Só para constar.

Eu me sobressalto no assento, abismada por ele ter o descaramento de falar comigo de modo tão casual. Pelo amor de Deus, somos *inimigos*. Existem *regras* que se aplicam à situação. Ele não deve se dirigir a mim a menos que seja para me chamar de sabe-tudo ou me desafiar para um duelo.

— Não é minha culpa — murmura Sonam de volta —, é da Mocinha Escandalosa bem aqui.

Fico de queixo caído.

— Que tipo de *traição* é essa?

Bradley abre um sorriso e me ignora por completo.

— E aí, Sonam.

— Olá, Brad.

Incrível. Tenho exatamente dois amigos e meio (o companheiro de Sonam, Peter Herron, às vezes me cumprimenta) e aqui está Bradley Graeme, fazendo gracinhas com um deles bem na minha cara. Não existe nada que seja sagrado?

O sr. Taylor ajeita os óculos e bate uma mão na outra, interrompendo meus pensamentos.

— Certo! Está todo mundo aqui. Conhecemos um ao outro, certo? — Ele aponta para o conjunto de mesas. — Brad, Celine, Sonam, Peter, Shane, Bethany, Max.

— Donno, senhor — corrige Donno.

O sr. Taylor ri diante de tal baboseira pretensiosa e continua.

— Esta é uma turma pequena, então presumo que vocês que escolheram filosofia estejam ainda mais determinados. Bom, vocês vão precisar de toda esta dedicação para chegar ao fim do ano!

Longe disso. Filosofia não é difícil, só maçante.

Dou uma espiada para a direita e observo Bradley girar uma caneta entre os dedos longos. Dá para ver uma insinuação de bíceps tensionado, meio escondido pela manga curta da camisa branca, e fica nítido que sua mandíbula irritantemente acentuada está trincada de maneira obstinada. Se eu não tivesse sido forçada a testemunhar sua transição pela puberdade, presumiria que ele tinha comprado a própria estrutura óssea.

— Temos muitas coisas para tratar hoje, mas antes de mais nada — o sr. Taylor põe uma pilha de papéis na mesa —, esta é a nossa ementa! Peguem uma e vão passando. Como podem ver, estamos começando com argumentos pró e contra a existência do Deus do teísmo clássico.

Ele continua falando com grande entusiasmo sobre a onipotência, o problema do mal e o sofrimento. Eu prestaria a atenção, mas Bradley bate com os papéis na minha frente como se a mesa tivesse acabado de ofender sua mãe.

É engraçado; li uma vez que o cheiro de grama recém-cortada é na verdade uma substância química que a planta solta quando corre perigo, o que me lembra da teoria que tenho pesquisado sobre como o veganismo pode ser tão ruim quanto o consumo de carne por causa da exploração de trabalhadores imigrantes (válido) e da possibilidade totalmente viável de que plantas sintam dor. Então, resumindo, Bradley Graeme tem cheiro de assassinato.

Dou uma lambida no dedão, pego uma cópia da ementa e murmuro:

— Tudo o que faz é uma amostra calculada de masculinidade? E se sim, não tem medo de que a constante pressão do desempenho leve você ao colapso?

Ele murmura de volta:

— Um dia você vai precisar deixar o ambiente acadêmico definitivamente de lado e vai ter que encarar o fato de que decorar um tesauro não faz de você interessante.

Passo os papéis para Sonam.

— Felizmente, você nunca vai se deparar com tal momento de constatação porque, depois de inevitavelmente não conseguir alcançar todos os seus objetivos de vida, vai voltar à academia como um professor que perturba os alunos nos corredores com histórias floreadas sobre seus dias de glória.

Bradley continua observando a caneta que gira na mão.

— Não sabia que você menosprezava professores. Sua mãe sabe disso?

Dez anos atrás, nossa família se desmantelou e minha mãe passou a trabalhar em dois lugares para nos sustentar enquanto terminava o curso de licenciatura.

— *Não* foi isso... Você sabe que eu não...

— Quietos, turma — ordena o sr. Taylor, que é o mais perto que ele chega de *calem a maldita boca e escutem*.

— Isso, Celine — sussurra Bradley. — Quieta.

Do outro lado da mesa, Donno solta outra risada. Trinco os dentes. *Não me importo não me importo não me importo não me importo.*

O sr. Taylor nos conta tudo sobre o livro *Cristianismo Puro e Simples*, de C.S. Lewis. A hora vai passando. Faço anotações profundamente inteligentes e maravilhosamente concisas enquanto Bradley passa marca-texto quase no livro todo. Imagino que isto seja melhor do que Sonam, que faz desenhos de mariposas em um pedaço de papel e não escreve absolutamente nada. É evidente que vou precisar enviar cópias do meu fichário a ela este ano de novo.

— Liberados, então — diz o sr. Taylor com um Tom Definitivo Professoral e percebo que perdi alguma coisa.

Droga. Nunca vou tirar todos os 10 para conseguir uma vaga em Cambridge, um diploma de primeira classe e um trabalho incrível em um conceituado escritório de advocacia se Bradley Embuste Graeme não começar a fazer anotações decentes perto de mim. Aposto que está fazendo de propósito. Ele sabe que não suporto marcação de texto indiscriminada.

Quando me viro para olhá-lo com raiva, descubro que ele já está me encarando.

— Que foi?

Ele estreita os olhos.

— Podemos todos ir depois de debater esse trecho em dupla.

Bom, as duas horas passaram voando.

— Debater em dupla? Quem, nós?

— Sim, *nós*, Celine — responde ele, irritado. — Está vendo mais alguém sentado do meu lado?

— Quem me dera — murmuro. Então um pensamento horrível me vem à mente, ou melhor, uma lembrança: o que Minnie falou hoje de manhã. — Vai tentar entrar em qual universidade? — pergunto com autoridade e, admito, do nada.

Ele dá um tapinha no livro.

— Trecho. Foco.

— Só responde.

A mãe dele e a minha infelizmente são melhores amigas, então fui informada, total contra a minha vontade, de que Bradley quer estudar direito também. E se eu for forçada a passar mais três anos na presença dele enquanto lido com a pressão de uma rotina de estudos rigorosa, é capaz de eu perder o controle e o jogar de uma ponte.

Ele lança um olhar sombrio na minha direção.

— Ainda falta muito para começarmos a mandar as candidaturas.

Eu deveria estar aliviada porque, sim, ainda falta muito para mandar as candidaturas à maioria das universidades, mas para Oxbridge não. Exceto...

— Por que não vai tentar entrar em Cambridge?

É óbvio que não *quero* que ele faça isso. Mas é quase certo que ele conseguiria entrar, então por que ele não tentaria?

Bradley revira os olhos. O sol está baixo e as janelas na sala são enormes, então ele fica parecendo a personificação de uísque, floresta e um filtro do Instagram de sépia antiga. Sendo sincera, é horrendo.

— Por que eu tentaria? — pergunta ele. — Só para passar mais três anos sendo a única pessoa preta na sala?

Faço uma careta.

— *Ei*, eu estou literalmente sentada bem aqui.

— *Ei*, é um modo de falar. Só tem seis pessoas negras na nossa turma. O que é, você gosta disso ou coisa assim?

— Eu gostaria mais se fossem cinco. — A pior coisa sobre fazer parte de uma minoria é de vez em quando ter que apoiar Bradley em público. Como daquela vez ano passado quando um garoto da escola rival disse algo cruel para ele durante um torneio de futebol e eu tive que jogar uma garrafa de Coca-Cola no cara (por uma questão de princípio). — Nada muda se não fizermos mudar.

— Não é minha função fazer ninguém mudar de ideia — afirma Bradley, o que é fácil para ele.

Ele tem uma irmã mais velha prestes a ser uma cientista bem-sucedida e o irmão caçula, que acabou de entrar na Forest Academy, provavelmente vai acabar jogando pela seleção da Inglaterra na Copa do Mundo ou alguma bobagem dessas, e *ambos* os pais dele são seres humanos úteis com um senso de dever e lealdade. Brad pode muito bem entrar para uma universidade de segunda ou terceira categoria e ter uma carreira de segunda ou terceira categoria porque ele tem uma família perfeita e zero por cento de pressão monoparental e nenhum pai escroto ausente o qual envergonhar até ser esquecido.

A *minha* irmã mais velha jura de pés juntos que vai ser a próxima Georgia O'Keeffee, mas quem sabe quanto tempo isso vai levar? Até lá, sou a única que pode provar o nosso valor. Sou a única que pode recompensar a mamãe pelos anos de sangue e suor. (As mulheres Bangura não são de lágrimas.)

Mas apenas murmuro "hum" e foco no livro.

— Hum? — repete ele. — O que é "hum"?

Como se eu fosse explicar. Em vez disso, dou uma alfinetada:

— Acha que não conseguiria entrar?

Ele bufa para o teto.

— Óbvio que eu *conseguiria* entrar...

— Bom, não é exatamente *óbvio*, é?

— Se você consegue entrar, eu consigo entrar — garante ele de maneira ríspida. — Tivemos as mesmas notas no ano passado.

— Quase — corrijo com suavidade.

Como eu disse, nossas mães são melhores amigas, então sei *exatamente* quais foram as notas de Bradley no ano passado.

E sei que as minhas foram melhores.

É evidente que ele também sabe, a julgar pela expressão raivosa em seu rosto. Ótimo. Ele pode ficar com os novos amigos legais e a posição de astro no time de futebol, eu vou ficar com a minha média de 98,5. Brad pode ter me abandonado no inferno que é o ensino médio, mas quando se trata da vida real, quando se trata do futuro, quando se trata do *sucesso*, vou fazê-lo comer poeira.

— Celine — chama Sonam, cutucando meu ombro. Quando me viro, fico surpresa ao ver Peter e ela guardando as coisas. — Terminamos. Você vem?

Olho para o sr. Taylor, que está analisando um livro quase tão grosso quanto meu braço, a palavra DISTRAÍDO escrita na testa.

— Aham.

Vou fazer a leitura em casa e debater o trecho comigo mesma.

Mas o sr. Taylor marca a página com o dedo esquelético e levanta a cabeça de maneira inesperada.

— Esperem, Celine. Bradley. — O olhar dele nos prende à parede como se fôssemos insetos. — Como vocês não conseguiram debater uma única palavra do trecho, até onde pude ouvir...

Ai. Meu. Deus. O sr. Taylor ouviu aquilo? Repasso a conversa inteira na mente, concluindo que foi, na melhor das hipóteses, totalmente infantil, e tento rastejar para dentro da terra.

—... vocês podem ficar depois da aula e escrever suas opiniões para mim — prossegue o sr. Taylor.

Ah, pelo amor de Deus. Cerro os dentes e Bradley infla tanto as narinas que fico surpresa quando ele não conjura um tornado do nada. O sr. Taylor nem liga.

— Vão até a Pequena Biblioteca, por favor — orienta o professor com serenidade. — O Conselho Estudantil Secundário reservou esta sala pela hora seguinte.

— Mas, *senhor* — reclama Donno do outro lado da mesa —, temos que treinar! Precisamos do Brad. Ele é o nosso melhor atacante!

O sr. Taylor olha por cima dos óculos, indiferente.

— Então é melhor que ele seja rápido.

* * *

BRAD

Andamos pelo prédio em uma birra silenciosa.

Gostaria de dizer que a coisa toda é culpa da Celine, mas sejamos honestos: acabei de passar as últimas duas horas me comportando como uma criança de dez anos e, que surpresa, isso se voltou contra mim.

Ainda estou com raiva da Celine, porém.

Deus, ela é tão cheia de si. Talvez eu não seja a minha irmã mais velha, Emily, que estuda biomecânica, ou meu irmão mais novo, Mason, a caminho de jogar futebol profissionalmente, mas sou tão inteligente quanto Celine. E, ao que parece, tão infantil quanto também, porque não consigo evitar murmurar:

— Espero que não esteja contando com o sr. Taylor para escrever sua carta de recomendação à Cambridge.

Ela abraça o livro com força contra a camiseta do Metallica, a expressão dividida entre tédio e a arrogância de sempre.

— O sr. Darling é ex-aluno de Cambridge, na verdade, então ele vai escrever para mim.

Inferno, óbvio que ele vai.

— Quem vai escrever a sua? — pergunta ela de modo inocente, como se *soubesse* que ainda não cheguei a este estágio, como se *soubesse* que não enviei e-mail a nenhum professor durante o verão para pedir ajuda com a minha candidatura...

E, sim, ela sabe. Consigo ver na cara dela, no sorrisinho malicioso bem discreto esperando para se mostrar.

Deus. Se minha mãe não parar de falar sobre a minha vida para Neneh Bangura nos encontros de domingo, eu vou... bom, vou ter uma conversa bem séria com ela a respeito.

— Não decidi — respondo, indiferente.

— Você devia começar a se mexer — rebate Celine, toda mandona e superior enquanto damos a volta em um grupo barulhento de alunos do sexto ano. — Ou os professores vão ficar ocupados demais...

Trinco os dentes de trás.

— Eu sei.

— E ao contrário do que as pessoas acham, eles não ficam todos esperando que os *astros do futebol* da escola arranjem um tempo entre as *sessões de treinamento superimportantes* para pedir um favor. Eles têm trabalhos de verdade e as recomendações de um monte de alunos para fazer, então...

— Celine?

Ela vira os olhos cerrados em minha direção.

— Cala a boca.

Ela tensiona a mandíbula e aqueles olhos se tornam ainda mais incisivos. Desvio o olhar.

Tá, não parei para considerar as recomendações ainda. Não tem nada demais. Quero estudar em uma universidade em Leeds ou Bristol. Algum lugar bom, mas, tipo, normal, porque não consigo imaginar nada pior do que decorar jurisprudência sobre delitos em uma turma cheia de cópias metidas de Celine. Não estou preocupado com a candidatura: minhas notas são perfeitas, consigo decorar quase qualquer coisa e argumento bem o suficiente para calar a boca dela ao menos cinquenta por cento do tempo. Que se dane a universidade. Eles deveriam me convocar a fazer a prova da ordem agora mesmo.

Quero dizer, não seria o *trabalho dos sonhos*, mas... faz sentido. Qual a alternativa? Passar o resto da vida tentando e falhando em escrever um livro, meus pais enfim me expulsando de casa no meu aniversário de 35 anos porque ainda estou desempregado e eu passando frio e morrendo solitário debaixo de uma ponte como o sr. Darling sempre esbraveja? Não, obrigado. Ser advogado é a opção sensata.

Celine abre a porta para a escada e faço uma careta sem pensar. A Pequena Biblioteca é uma sala abarrotada e sem janelas localizada no porão, cheia de livros com os quais só os nerds de filosofia, história e latim se importam. Ela desce sem hesitar, mas minhas pernas vacilam.

Os degraus são feitos de concreto e são ridiculamente irregulares. De forma útil, meu cérebro me informa que eu poderia cair, quebrar a cabeça e morrer com muita facilidade. (Meu cérebro, no caso de eu não ter mencionado ainda, é meio que um babaca.)

É, beleza, valeu, digo a ele. Então chuto a imagem mental do meu lamentável óbito para longe e enfim desço.

O corrimão é de metal, pintado em um amarelo alegre, mas o excesso de uso resultou em 36 lascas na pintura. Conto-as enquanto passam debaixo da minha mão. Celine está me esperando na base da escada, mas não diz nada. Não até chegarmos ao corredor que leva à porta fechada da Pequena Biblioteca. As luzes fluorescentes intensas e o tapete azul-acinzentado ameaçam se desfazer.

— Acha que tem alguém ali dentro? — pergunta ela. — Uma turma ou algo assim?

— Por que uma turma estaria ali dentro?

— Bom, por que a porta está fechada?

Não quero admitir, mas é uma boa pergunta. A Academia Rosewood tem uma política de portas abertas, então ou tem algo sério acontecendo dentro da Pequena Biblioteca, ou um grupo de alunos do primeiro ano do ensino médio está acampando lá dentro fazendo dever de casa, comendo Kit Kat e derrubando farelo na Bíblia. Só há um jeito de descobrir.

Dou um passo à frente e colo o ouvido na porta. Celine se mexe exatamente na mesma hora e congelo, mas não vou saltar para longe como se tivesse medo dela. E é assim que acabamos os dois contra a porta, basicamente cara a cara. De imediato, percebo que ela é... mais baixa do que eu.

Que droga é essa? Celine Bangura é mais alta do que eu. Sempre foi. Mas agora estou perto dela pela primeira vez em quase quatro anos e acontece que ela parou de crescer alguns centímetros atrás.

Estranho.

— Sai — murmura ela.

— Sai você. — Não costumo ser tão irritante, mas ela é contagiosa. Tipo gripe.

Celine revira os olhos.

— Sua graciosidade e maturidade continuam me surpreendendo.

— Me diz cinco sinônimos para *hipócrita* e, sim, você pode usar seu próprio nome.

Observar o rosto dessa garota se contorcendo antes de ela me ofender é como observar um atacante correndo para marcar um pênalti.

— Será que alguém já te falou... — começa ela com mais acidez do que um limoeiro padrão.

Mas ela é interrompida por uma voz alta do outro lado da porta.

— Desculpe — diz alguém secamente —, mas só pode ser brincadeira.

— E isso quer dizer o quê? — rebate uma segunda voz.

Essa reconheço: é a Treinadora, que é muito gentil e prepara aquele doce *Rocky Road* para nós em dias de jogo, quer a gente perca ou ganhe. Ela também é o que o meu pai chamaria de *emocionalmente inflexível* e tem bíceps tão enormes que poderia partir o crânio de alguém em dois, mas considero isto parte do charme dela.

— Que parte exatamente você não entendeu? — pergunta a primeira voz, com o sotaque oscilando como os atores em *Derry Girls*. — Não podemos forçar os alunos a fazerem *flexões* como *punição*...

— Óbvio que podemos! São uma turma saudável! É um incentivo! Deixa de ser bunda mole, Gallagher.

(Olha aí a tal inflexibilidade que mencionei.)

— O sr. Gallagher é meu professor de História Antiga — sussurra Celine. — É a srta. Morgan falando com ele?

Só fico olhando para ela.

— Srta...? Você diz a Treinadora?

Celine revira tanto os olhos que seu nervo óptico ameaça se romper.

— Você não sabe nem o *nome* da sua treinadora de futebol?

A garota avança com tanta sede nos meus vacilos que parece extrair deles sua dose diária de vitaminas e minerais.

— É óbvio que sei o nome dela. É Treinadora.

(É Stacy.)

— Você é uma paródia de si mesmo, Bradley Graeme.

— E você ama *tanto* o som da sua própria voz...

— Olha quem fala — rebate ela, como uma criancinha de 5 anos.

—... que aposto que usa os próprios vídeos do TikTok como canção de ninar!

— Shhhh! — sibila Celine.

Talvez eu tenha falado um pouco alto. Ops.

Ouvimos o som de cadeiras sendo arrastadas e antes que eu possa reagir, alguém abre a porta na qual estamos encostados. Nós caímos para dentro da sala. Droga.

Pego a maçaneta da porta para evitar ir ao chão, mas Celine ainda está segurando o livro com ambas as mãos. Seguro-a no automático, o que significa que não me lembro exatamente de fazer isso? De repente, estou com o braço ao redor da curva suave da cintura dela e Celine me encara, os olhos castanhos tão arregalados que parece um inseto de desenho animado. Perceber isso é como levar um choque elétrico. Retomo os sentidos e a solto.

Uma fração de segundo depois, meu cérebro me conta que soltá-la foi a coisa *errada* a se fazer. Mas já é tarde demais: ela está caindo. Observo aterrorizado quando ela vai ao chão com um gritinho, o livro despencando ao seu lado.

Há um momento de silêncio gélido e estático como o inverno.

Então Celine olha em minha direção com torrentes de ameaça preenchendo os olhos e anuncia:

— Você é mesmo um demônio *completo*!

Abro a boca.

— Eu...

— Você me deixou *cair*!

Merda.

— Foi sem querer. — Minha voz falha com a incerteza, o que é irritante, porque estou falando sério: foi sem querer.

— Aham, sei — murmura Celine enquanto se levanta... e sibila de dor.

A Treinadora, que estivera estática e confusa desde que abriu a porta, entra em ação.

— Calma aí, mocinha — comanda ela, ajoelhando-se e pegando o pulso de Celine. — Ah, céus. — Ela sacode a cabeça, o rabo-de-cavalo loiro balançando.

Sinto um frio na barriga.

— Que foi? Que houve?

A Treinadora aperta o pulso de Celine com suavidade.

— Isso dói?

A resposta da garota é um grasnido abafado.

— E isso?

Ela concorda com a cabeça.

O sr. Gallagher, que é baixo e nervoso e corado, olha por cima do ombro da Treinadora.

— Hum. Acho que é melhor levá-la ao Atendimento ao Aluno.

— Quê? — repito. Só se vai ao Atendimento ao Aluno quando alguém tem um colapso ou passa mal e precisa que liguem para os pais. — Qual o problema? Eu levo ela...

— Não — responde Celine tão bruscamente que quase fico magoado por um segundo, então me lembro que não gosto dela, que ela não gosta de mim e que somos inimigos.

A Treinadora me lança um olhar feio enquanto ajuda Celine a se levantar.

— Vou levá-la. Brad, avise ao time que vou me atrasar para o treino.

— Sim, Treinadora. — Ah, espere um instante. — Hã, na verdade a Celine e eu meio que temos que ficar aqui e fazer um trabalho para o sr. Taylor?

— Bom, a Celine não vai fazer trabalho nenhum hoje, então você pode correr e avisar isso a ele também.

Ela coloca o braço ao redor de Celine e as duas vão na direção da escada. O sr. Gallagher as segue.

Passo as mãos pelo cabelo.

— Merda, merda, merda. — Eu tinha acabado de quebrar o braço da Celine ou coisa assim? A possibilidade revira meu estômago como uma bola sólida de ansiedade. Bile sobe até minha garganta. Por que a deixei cair? Olho para minhas mãos e sussurro: — Que porra é essa?

Elas não respondem.

Suspiro, então me agacho para pegar o livro que ela derrubou. Há algo saindo por entre as páginas. Abro o livro e uma mulher vagamente familiar com pele marrom e cabelo comprido me olha de volta.

Programa de Aprimoramento Breakspeare, diz o panfleto brilhante.

Breakspeare. Katharine Breakspeare. Foi lá que vi esta mulher: no quadro de cortiça estilo Pinterest que ficava no quarto de Celine. Na época que eu era bem-vindo no quarto dela, o que certamente não é o caso agora.

Fecho o livro.

* * *

SEGUNDA-FEIRA, 16h34
⚡ GAROTAS BANGURA ⚡

Mamis♥: Deem notícias, por favor.

Giselle✦: o médico pediu um raio-x, a gente tá na sala de espera agora

Celine: foi mal, mãe

Mamis♥: Você quebrou o pulso e ainda está nesse bendito celular??? Aposto que foi assim que caiu.

Celine: não foi!

Mamis♥: ✋ fala com a minha mão, mocinha

Giselle✦: skdhfjsjkfhs MÃE

CAPÍTULO TRÊS

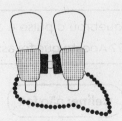

BRAD

Que bom que Celine é viciada em tecnologia e eu tenho um Instagram fake exatamente para stalkear as pessoas sem constrangimento. Quando chego em casa, os stories dela me dizem que ela está com a irmã Giselle no hospital, o que não é bem sã e salva em casa, mas também não é terrível por completo.

Meu cérebro decide que este seria o momento ideal para me apresentar imagens de Celine sofrendo várias complicações transformadoras em virtude da lesão no braço; todas elas seriam culpa minha. É basicamente uma apresentação de slides. Se o meu TOC tivesse um formulário para feedbacks, eu escreveria *da próxima vez, providenciar uma trilha sonora alegre* e enfiaria na caixa de sugestões. Em vez disso, saio do carro e entro em casa.

— Brad?

Tranco a porta da frente e me viro para ver meu pai saindo da cozinha, um sorriso no rosto anguloso e uma tigela nas mãos. Ele é supostamente um advogado *barrister* (foi assim que conheceu o pai de Celine, que é como conhecemos os Bangura pra início de conversa), mas na realidade tudo o que parece fazer é preparar cupcakes e levar e buscar meu irmão Mason do treino de futebol.

— Oi, pai — cumprimento, tirando os sapatos e os colocando de modo organizado na sapateira.

Eu tranquei a porta? Não faz diferença, já que estamos os dois em casa, mas volto para checar mesmo assim.

— Como foi na escola?

— Foi tudo certo — minto, fazendo um grande esforço para não pensar em Celine e falhando miseravelmente.

Tirei as chaves da porta? Se estiverem ali quando a mamãe chegar, ela não vai conseguir destrancar. Viro-me e vejo meu chaveiro do Adrax Agatone no pratinho de ônix em cima do aparador. Ah. Bem. Ótimo. Dou uns tapinhas nele e ergo a cabeça, percebendo meu pai esfregando a barba curta de um jeito que demonstra que ele está preocupado comigo.

— Ouviu sobre o que aconteceu com a Celine? — pergunta ele com delicadeza.

Como num truque de mágica, passo de garoto a uma tábua de madeira. Se papai descobrir que deixei uma garota cair, principalmente a *filha de Neneh Bangura*, passarei de garoto vivo a garoto morto.

— Hum — murmuro.

— Sua mãe acabou de mandar mensagem. Ao que parece ela sofreu um acidente na escola. Machucou o pulso, estão no hospital agora.

Então Celine contou à mãe, que contou à minha. Tudo na mais perfeita ordem, com exceção da parte que não mencionaram meu nome, não me olharam de forma acusatória e nem balançaram a cabeça com profunda decepção. Com cuidado, solto outro grunhido.

Meu pai ri, jogando a cabeça para trás. Ele é alto como eu, então por muito pouco não dá com a cabeça na moldura da porta da cozinha.

— Ah, Brad. Sei que vocês são inimigos... — Com a mão livre, a que não segura a tigela, ele forma aspas desagradáveis no ar. — Mas não tem problema ficar preocupado com a pobre garota.

É oficial: de alguma forma, *de alguma forma*, Celine conseguiu se conter para não explorar essa oportunidade válida de me deixar mal. O que só pode significar uma coisa: a mente dela está totalmente confusa por causa da dor agonizante. Quebrei todos os ossos do braço dela. No corpo todo. Talvez Celine esteja em coma.

Simulo uma expressão que é, com sorte, inocente e digo:

— Bom, eu não desejaria que ninguém, inimigo ou não, fosse pro hospital na primeira semana do nosso último ano.

Isto é cem por cento verdade. Estou tão mergulhado em culpa que é um milagre eu ter conseguido pegar o caminho de casa.

— Eu sei, abençoada seja. — Ele enche as bochechas marrons de ar, solta pela boca e balança a cabeça. — Ah, bom. Ela é uma ótima menina. Conseguiria entrar em Cambridge mesmo com as duas mãos quebradas...

— ELA QUEBROU AS DUAS MÃOS?

Meu pai me encara.

A ficha cai com um segundo de atraso, como era de se esperar.

— Ah! Entendi. Você quer dizer... Você estava... sendo... hipotético. Óbvio. Hahahá!

Alguém poderia me explicar por que o mesmo cérebro que me garante as (segundas) maiores notas na escola é tão lento para compreender coisas em conversas humanas normais? É um tipo de erro no sistema ou...?

— Tudo bem, filho? — papai enfim pergunta.

— Tudo! Estou bem. Só. Dia cheio. Sabe de uma coisa? Melhor eu ir. Tenho muito... dever de casa. Universidade... hã... coisas. Sabe.

Aceno com a cabeça de modo desajeitado em direção à escadaria em curva mais adiante no corredor.

— Aaah! Esse é o meu garoto. — Meu pai abre um sorriso e estica o braço quando passo, sua mão tocando minha nuca. Apesar de isso sempre deixar meu cabelo com frizz, aguardo com paciência enquanto ele me balança como um cachorrinho faz com seu brinquedo favorito. (Não pergunte, isso o deixa feliz, está bem?) Ele me puxa para mais perto e dá um beijo na minha sobrancelha esquerda. — A sra. Mulaney perguntou de você hoje de manhã.

A sra. Mulaney é uma senhora mais velha que mora na nossa rua. Eu levo o cachorro dela para passear às vezes. Ela aparece no nosso jardim da frente com uma frequência assustadora, provavelmente porque está apaixonada pelo meu pai.

— Ah. Como ela está?

— Está muito bem, abençoada seja. Ela perguntou como você está e contei que vai estudar direito no ano que vem. Sabe o que ela falou?

Provavelmente não foi: *que desperdício, aquele garoto nasceu para ganhar um Prêmio Hugo.*

— "Qualquer que seja a mágica que você e Maria fizeram com essas crianças, coloquem em uma garrafa e ficarão ricos". — Meu pai está animadíssimo. — Eu disse a ela que o mérito é todo de vocês. Esforço e compromisso! Estão determinados a vencer. — Sei exatamente o que ele vai dizer a seguir: sua frase favorita desde que demonstrei um leve interesse em seguir seu exemplo e fazer Direito. — Mas quando se trata de *você*, filho de peixe peixinho é, né?

E lááááá estava.

Consigo abrir um sorriso.

— É isso. — As palavras estão secas e esfareladas dentro da minha boca, tipo biscoito velho.

Papai aperta minha nuca e me solta, cantarolando alegremente.

— Vai lá então, não vou atrapalhar você.

Ele mistura a massa escura de chocolate na tigela e volta para a cozinha. Basicamente corro até a escada.

Quando eu era mais novo, antes de chegarmos à combinação certa de terapia e medicamentos, antes de aprender a lidar com meu TOC... sei que a minha mãe chorava por minha causa. Sei que os cabelos brancos do meu pai não surgiram do nada. Mas estou melhor agora e eles têm orgulho de mim e me acostumei com este orgulho.

Esse orgulho brota nos olhos do meu pai toda vez que lembra que vou ser exatamente como ele.

(Se eu achasse que poderia dar orgulho a eles com minha escrita, faria isto, mas infelizmente, *tudo o que escrevo é uma grande porcaria*. Então. Cá estamos.)

Subo a escada e passo pelo quarto de Mason. A porta está aberta e o cheiro de peido e meias suadas emana suavemente para o corredor. O quarto de Emily está fechado e sem uso, considerando que ela está estudando nos Estados Unidos. Depois tem o banheiro compartilhado, seguido pelo quarto dos meus pais. Meu quarto é bem no final. O maior. Tenho uma suíte. Não porque sou um moleque mimado (está bem, talvez eu seja), mas porque passei por uma fase em que dividir o banheiro com meu irmão clinicamente nojento teria sido o mesmo que, de maneira literal, enfiar minha saúde mental na privada e dar descarga.

O que Mason, aliás, se esquece com frequência de fazer.

Fecho a porta atrás de mim penduro a mochila e considero minhas opções. O sol está baixando e os raios se derramam pelo meu tapete claro e lençóis azuis. Poderia me deitar ali sob a luz e não fazer nada, mas estou meio agitado. Poderia começar a trabalhar nas candidaturas para a faculdade, mas definitivamente não vou fazer isso. *Poderia* trabalhar no último esboço terrível do meu livro terrível...

Quando dou por mim estou sentado na mesa branca ao lado da janela. Abro o laptop e meu protetor de tela do John Boyega pisca para mim, determinado. O arquivo está na área de trabalho. O título atual é *Esboço M VI Tomada 3*. Nesta versão, cheguei à cena em que nosso protagonista, o cowboy espacial Abasi Lee, enfrenta o traficante local de *SaVel* (uma droga usada para controle mental que está dizimando a comunidade em seu minúsculo planeta desértico) na esperança de extrair informações sobre um figurão na cadeia de fornecimento. Então empaquei porque presume-se que eles precisem... lutar? Mas sou ruim em cenas de luta. Além disso, não sei dizer se *SaVel* é um nome genial ou um muito ruim (é uma abreviação de *Sala Veludo*... certo, beleza, acabei de concluir que é ruim), e acho que Abasi deveria sair do mundo logo ou a história vai ficar chata, mas como? Ele é só um cowboy espacial humilde e seu planeta é tão longe do Coletivo da Cosmotrópole, como ele conseguiria uma carona?

Não, honestamente a coisa toda é um lixo. Movo o arquivo para a pasta CEMITÉRIO e abro um novo documento. *Esboço M VII Tomada 1.* Então me recosto na cadeira, exausto, e checo o Instagram.

Nenhum story novo da Celine.
Até agora.

* * *

CELINE

Giselle espia para dentro do meu quarto. À essa altura do campeonato, ela já sabe identificar quando estou gravando algo, então aguarda com paciência.

Hoje estou analisando a possibilidade de moldes de gesso serem uma farsa da comunidade médica para ocultar que os seres humanos conseguiriam se curar com a quantidade certa de força de vontade. Não é a teoria mais interessante que já debati, mas passei tempo demais na ala de Acidentes e Emergência hoje e minha exaustão inspirou a escolha de tópico sem graça.

— Conclusão — digo, que é a forma como encerro todos os vídeos. — Sim, a maior parte das pessoas saudáveis consegue curar fraturas simples por conta própria... *em algum momento*. Mas se a força de vontade tivesse algo a ver com cura, meus ossos nem ousariam quebrar, para início de conversa. — Corto o vídeo, viro a câmera, foco no gesso no pulso e recomeço a filmar. — Desculpa, defensores da medicina, dessa vez não me convenceram. O gesso vai ficar por aqui ao menos umas seis semanas. — Corta, vira, filma. — Continuem seguros e esquisitos.

Desligo o pequeno iluminador de led preso ao celular, coloco-o de lado e faço algumas edições rápidas usando uma mão só.

— Que é?

— *Que é?* — repete Giselle, deslizando para dentro do quarto (ela desliza para todo canto, não como uma debutante, mas como uma criatura sobrenatural) e se joga na cama. — É assim que você fala com a melhor irmã de todos os tempos?

— Parece que sim.

— Os adolescentes de hoje... Você é uma vergonha. — Mas há uma covinha em sua bochecha marrom escura que diz que ela está tentando conter o sorriso.

Giselle é mais alta do que eu, o que significa que ela é bem alta, e, ao contrário de mim, bem magra. Combinado com a cabeça raspada e a forma como ela esfrega a bochecha no meu edredom verde-musgo macio, parece um gato sem pelo.

Sei que eu deveria parar de selecionar hashtags e ter uma conversa de verdade com ela, ou ao menos *agradecer* por ela ter largado o turno no McDonald's para me levar ao hospital. Mas estou de mau humor porque meu pulso está fraturado (tipo, em um gesso! De seis a oito semanas! Pensar positivo não ajudou em nada!) e *este* não é um item no meu quadro Degraus do Sucesso. Bem o contrário disso, na verdade. Meu quadro Degraus do Sucesso, que está colado na lateral da minha cama, contém fotos de Katharine Breakspeare, da CEO de marketing Karen Blackett e da consultora de gestão Dame Vivian Hunt, três das empresárias negras mais influentes no Reino Unido, bem como um plano de vida que deverá me guiar dos 17 aos 21 anos:

Manter um histórico escolar impecável;

Continuar com o perfil no TikTok (atividade extracurricular única, vai se destacar nas candidaturas, e alguém no escritório de admissão pode ser um gênio que compreende o prazer de uma boa teoria da conspiração);

Finalizar a candidatura PERFEITA para Cambridge e receber uma proposta condicional;

ARRASAR NAS PROVAS E CONSEGUIR BOAS NOTAS;

Encantar todos os membros da equipe de Cambridge com uma sagacidade resplandecente e uma *joie de vivre* (também: encontrar tutoriais no YouTube sobre sagacidade resplandecente e *joie de vivre*);

Conseguir uma vaga de estágio na Sharma & Moncrieff.

Sharma & Moncrieff é o segundo maior escritório de advocacia empresarial das Midlands Orientais. O do meu pai é o primeiro, mas isso vai mudar quando eu me tornar uma gigante na área e dar uma de Luke Skywalker, dando um chute no rabo dele com o salto agulha do meu Louboutin. Vai ser épico. Tribunais vão ruir. Impérios vão cair. Ele vai...

Ah, desculpe, de volta ao ponto: evidentemente, um pulso quebrado não está em nenhuma parte do meu plano.

Eu deveria processar o Bradley porque ele com certeza fez de propósito. Quer dizer, sei que sou uma gata robusta, mas ele deveria ser um tipo de mega-atleta e os bíceps dele são do tamanho de toranjas. Ele tinha me segurado. Tinha *mesmo*. Então deixou de segurar. Além disso, caí com mais força do que teria caído sem o tããão útil apalpar momentâneo dele na minha camisa porque eu estava chocada demais pela audácia dele para me concentrar em cair de forma razoável.

Em resumo, eu teria todo o direito de exigir derramamento de sangue. Ou o primeiro filho dele. Ou o que quer que eu quisesse, na verdade, exceto a integridade do garoto porque ele não tem nenhuma.

Giselle desdobra o enorme braço e toca o espaço entre minhas sobrancelhas.

— Desfaz essa careta, irmãzinha. Ou vai bater um vento e sua cara vai ficar assim para sempre.

— Ótimo. Ia combinar com a minha personalidade.

Ela vira para se deitar de costas e gargalha para o teto. Minha irmã tem 24 anos, sete anos mais velha do que eu, e quando eu era criança, queria ser ela. Talvez seja por isso que, mesmo agora, sempre que ela ri, eu rio também.

Ainda estamos rindo quando alguém bate à porta. Espero um segundo até que mamãe deslize para dentro sem permissão, desabe na cama e roube meu celular para ficar rolando o feed do TikTok.

Quando não acontece, franzo a testa e Giselle abre um sorriso em resposta.

— Ah, é. Esqueci de falar: o Bradley está aqui.

— *Quê?* — A ideia é eu soar gélida e enojada, mas por acidente solto um grasnido, tipo um pássaro.

Giselle dá uma risadinha e outro tapinha na minha testa.

— Respira fundo, Cel.

Então ela se levanta e zanza até a porta. Não acredito muito nela até que a porta se abre e, sim, Bradley está parado bem ali.

Não o vejo à soleira da minha porta faz... anos. Ele parece diferente, mas o mesmo: mais alto e mais velho, com certeza, mas com os olhos arregalados e nervoso como era antes. A lâmpada do meu quarto é fraca e quente, então ele é em maior parte sombra. Uma expressão sombreada, exceto pelo brilho dos olhos escuros; mãos sombreadas, apertando e soltando a alça da mochila que carrega no ombro. Talvez nem seja Bradley. Talvez seja algo estranho e familiar que ressurgiu do passado.

Mas, sabe. Provavelmente não.

Encaramos um ao outro por um segundo no que parece ser choque mútuo, embora eu não tenha certeza do que o está chocando considerando que é de se presumir que ele tenha conduzido a si mesmo até aqui com as próprias pernas. Então Giselle dá um tapa na cabeça dele dizendo "Brad" ao sair e ele se sobressalta como um brinquedo ganhando vida.

— Hã. — Ele pigarreia. — Oi, Giselle. Tchau, Giselle.

Minha irmã já está descendo a escada aos estrondos, provavelmente afoita para fofocar com a mamãe sobre a visita dele porque elas são duas cabritas intrometidas.

Bradley continua parado à porta, sem jeito.

Lembro, tarde demais, que estou sentada na cama com um pijama rosa que tem desenhos de pequenas lagostas. Largando o celular, puxo o edredom para cobrir as pernas e ajeito o travesseiro no qual meu pulso esquerdo está apoiado. Os olhos de Bradley seguem o movimento e ele estremece.

Estremece! Como se ele tivesse motivos para estremecer! Então desvia o olhar. Olha das minhas paredes verde-escuras para a coleção de velas na minha mesa de cabeceira e então para as luzes no canto que uso para filmar os melhores vídeos.

Eu me irrito.

— Está olhando o quê?

Ele se sobressalta.

— Ah... nada. É. Só. Está diferente aqui.

Bom, sim. Da última vez que ele esteve no meu quarto, as paredes eram lilás e minha cama tinha uma cabeceira em formato de coração. Mas e daí, da última vez que ele esteve no meu quarto eu tinha 14 anos e era evidentemente uma boba.

Talvez se eu tivesse sido mais descolada na época, em vez de uma esquisitona convicta, ele não teria me trocado pelos amigos novos e legais.

Por outro lado, ainda sou uma esquisitona (só que, sabe, uma bem linda e estilosa), então a questão é discutível. Apenas pessoas chatas se importam com o que os outros pensam e Bradley Graeme é o ser humano mais chato da face da Terra.

Mas eu não.

— O que você quer?

— Posso entrar? — pergunta ele, as palavras lentas e espremidas, como se sua garganta fosse um tubo de pasta de dentes quase no fim.

Ele quer *entrar*? Esta situação é altamente suspeita. *Altamente* suspeita.

— Por quê?

Ele revira os olhos, o que é mais familiar e me faz relaxar um pouquinho.

— Quero conversar, Celine. O que mais seria?

— Tudo bem.

Parece que tem alguém costurando o meu estômago. Minha voz sai com dificuldade.

Ele anda com cuidado, como se o tapete cor de creme fosse um campo minado.

— Eu... ah... te trouxe umas coisas.

Bradley abre o zíper da mochila e se move para se sentar na minha cama.

Faço um barulho como um daqueles alarmes que indicam resposta errada nos programas de TV.

— Não.

Ele se endireita, bufando.

— Bom, onde vou me *sentar*, Celine?

— Quem disse que você podia se *sentar*, Bradley?

As bochechas dele são muito escuras para demonstrar rubor, mas a garganta dele está ficando com umas manchas avermelhadas.

— Jesus — murmura ele e se ajoelha (*ajoelha!* Preciso anotar o dia e hora do acontecimento) ao lado da cama. Então ele pega uma caixinha de plástico e abre a tampa. — Meu pai fez isso para você.

Meu coração se calcifica e despenca para o estômago costurado.

— Ah... hã... ótimo.

Organizados dentro da caixa estão quatro cupcakes de chocolate decorados com brilhinhos prateados, os meus favoritos. E vão estar deliciosos porque Trevor Graeme os preparou, mas pelo mesmíssimo motivo, não tenho vontade de colocar um na boca.

Não é que eu não goste do Trev. Na verdade, é o oposto: ele é basicamente a caricatura do pai perfeito que foi colocado na Terra para zombar de mim pelo que não tenho. Ele e Bradley são *melhores amigos*!!! E saem para pescar!!! E o Trev *ama e admira a esposa*!!! Na época em que Brad e eu éramos amigos, a parte mais difícil do nosso relacionamento era não me afogar em uma inveja humilhante a cada cinco segundos.

Sei que é infantil, ridículo e patético. Só estou sensível porque o meu pulso dói. Coloco esses sentimentos obscuros de lado e respondo:

— Agradeça ao seu pai por mim.

Agora que estou sendo madura, poderia provavelmente comer um cupcake (ou dois, eu mereço), mas jantar com uma mão só foi uma pequena aventura e não vou me embananar toda na frente de Bradley. Então ponho a caixa de lado.

Ele concorda com a cabeça.

— Trouxe isso também. — Ele tira meu livro de filosofia da mochila. — Seu... hum... panfleto está aí.

Aperto os lábios.

— Como está o seu braço?

— Ferrado.

O garoto tem o absoluto descaramento de parecer chateado.

— Essa não é uma resposta de verdade, Celine, qual é.

— Tudo bem, está quebrado. Satisfeito?

— Lógico que não estou satisfeito! — rebate ele com intensidade, o rosto meio que se contorcendo.

Faz muito tempo que ele só tem olhado para mim com presunção ou irritação, mas agora está expressando emoções humanas que mudam a cada cinco minutos e isto é...

Não sei. Deve ser o efeito dos analgésicos passando que está fazendo meus órgãos internos ficarem saltando desse jeito.

— Você não acha que fiz de propósito, acha? — questiona ele com urgência. — Sabe que não fiz. Certo? Celine. Você sabe?

Eu tinha quase me esquecido da forma como ele fala sem parar quando está irritado.

— Cala a boca. Está me dando dor de cabeça.

Ele tensiona a mandíbula.

— Você acha. Acha que fiz de propósito.

Senhor, ele é o quê, um adivinho?

— Não *sei*, Bradley. Você tinha me segurado muito bem e então se afastou... o quê, totalmente por *acidente*? — A descrença pinga das palavras como cera de vela, mas ao mesmo tempo, não tenho certeza em que acredito.

Neste momento os olhos dele são como de um cachorrinho que foi chutado e com certeza ele não é um ator assim tão bom.

Em vez de argumentar, porém, ele apenas diz:

— Por que não contou para a sua mãe?

— Por que *você* não contou para a sua? — rebato.

Ele faz uma careta.

— Não quero que elas briguem, né.

— Elas não iam brigar. As duas iam ficar do meu lado e você, de castigo por um século.

Por alguma razão, ele abre um sorriso enorme. É tão radiante que vejo pontinhos pretos como se estivesse olhando para o sol.

— Por que você não contou então? — Antes que eu possa balbuciar uma resposta, ele quase me assassina ao acrescentar: — Olha, Celine, desculpa.

Chego a engasgar.

— *Como é que é?*

— Foi uma merda, sei que foi, entendo que não somos amigos nem nada, mas eu não quis... não quis machucar você. Óbvio que não quis machucar você.

Absorvo esse emaranhado de palavras com o queixo caído. De verdade. Um pássaro que estivesse de passagem poderia construir um ninho dentro da minha boca.

Bradley ainda está falando, tão afoito que chega a ser assustador. Parece que o corpo atual do garoto foi tomado pelo seu eu de 12 anos.

— Vou me redimir, prometo. Sei que estou te devendo. Por Deus, eu *quebrei o seu pulso*.

Ele apoia os cotovelos na cama e olha para o edredom com estampa de folhas, os cílios escuros tocando as maçãs do rosto. Eu deveria espirrar água nele como se fosse um gato desobediente, mas estou ocupada demais tendo uma crise histérica.

— Você foi possuído? Foi, não foi?

Ele ergue a cabeça, franzindo a testa.

— Quê?

— Tem *alguma coisa* errada. Não acredito em nada disso. Anda, diz logo quais alergias você tem.

É uma pegadinha: ele não tem alergia a nada. Estreito os olhos para o garoto, procurando provas de ectoplasma.

Tudo o que vejo é um discretíssimo indício de barba (barba! Quantos anos ele tem, 45?) na mandíbula e uma irritação familiar enquanto ele revira os olhos.

— Dá um tempo, Celine.

Graças a Deus. Eu encosto na cama.

— Por um segundo achei que você tinha sido vítima do controle mental Monarca.

— Meu Deus, você acaba comigo — retruca ele.

— Essa é a intenção.

Bradley bufa.

— Aliás, li o seu panfleto.

— Óbvio que leu.

Ele é tão intrometido quanto as nossas mães. Honestamente, sou a única pessoa nas duas famílias que sabe tomar conta da própria maldita vida.

— Como você vai para a reunião na quinta?

— Como você sabe se vou ou não?

Ele arqueia a sobrancelha, olha para a foto da Katharine Breakspeare no meu quadro Degraus do Sucesso e fica calado.

Retruco:

— Vou de ônibus.

— Com o braço engessado?

Fala sério, ele veio até aqui para tripudiar ou o quê?

— Sim, com o braço engessado, Bradley. Não posso simplesmente arrancar o gesso.

Mamãe trabalha até tarde às quintas-feiras e Giselle tem que fazer o turno da noite no trabalho por ter saído cedo hoje, então só me resta o ônibus.

Ao contrário de Bradley, que tem carro. Bradley, que tem carteira de motorista. Bradley, que se põe de pé, suspira e diz:

— As pessoas podem acabar esbarrando em você. Vou te levar.

Eeeeee estou me engasgando de novo. Isso não pode ser normal.

— Vai o quê?

— Te. Levar. Presta a atenção, Celine.

Ele pega a mochila e vai até a porta.

— O que... Aonde está indo?

— Eu *tenho* coisas mais legais a fazer do que ficar por aqui, sabe. — Ele hesita, então olha por cima do ombro. — Te encontro na frente da Casa da Árvore depois da escola, tudo bem?

Abro a boca para dizer: *hã, não, não está tudo bem. O que está tramando, sua cobra gosmenta traiçoeira?* Mas a questão é que...

Bom, odeio pegar ônibus. E não quero estar toda suada e cansada quando encontrar Katharine. E ele está me devendo mesmo e, de maneira chocante, ele é decente o suficiente para saber disto, o que é o mínimo do mínimo, então...

— Beleza — respondo.

Simples assim, por vontade própria concordo em dividir um espaço com Bradley Graeme pela primeira vez em quase quatro anos. Dez minutos depois, ainda estou atordoada e confusa com esta série de acontecimentos quando minha mãe entra no quarto e se senta na beirada da cama.

— Por acaso declararam meu quarto espaço público recentemente? — pondero em voz alta.

— Olha a boca — mamãe responde em um tom que deixaria a maioria dos meus amigos aterrorizados, mas é apenas um três de dez na escala de irritação dela.

Deve estar cansada. Foco em seu rosto e desgosto bastante do que vejo.

— Dia difícil no trabalho?

Ela faz um barulho de descontentamento.

— E quando não é? Aquelas crianças estão tentando me matar. E a minha filha também, ao que parece. — Ela lança um olhar de censura para o gesso. — Que foi, resolveu fazer *parkour* na escola agora? Tenha piedade da minha pressão arterial, Celine.

— Ninguém faz *parkour*, mãe.

E minha mãe não tem pressão alta, o que é um milagre, considerando o que meu pai a fez passar.

Somos muito parecidas, e com isso quero dizer que nenhuma de nós sorri com facilidade porque não temos nem tempo, nem paciência. As pessoas ficariam muito chocadas se soubessem que quando meus pais se divorciaram, ela deixou que ele se safasse facilmente com o acordo e os pagamentos de pensão. Na época, eu não entendia muito bem o que ela estava fazendo. Eu ficava confusa com as discussões que minha mãe tinha com a mãe de Bradley, as que eu tinha ouvido escondida na escada.

— *Ele tem gêmeos agora, Maria. Bebês custam caro.*

— *Problema é dele! Todos os filhos dele são problemas dele, então faça com que ele pague.*

— *Não precisamos de tanto...*

— *Não seja orgulhosa, Neneh.*

Mas as mulheres Bangura são assim: orgulhosas. Então com orgulho ela aceitou o mínimo do mínimo do meu suposto pai e com orgulho se matou de trabalhar enquanto estudava em tempo integral. Com orgulho comprava o que precisávamos no atacado usando cupons recortados de encartes e com orgulho deu duro até passar de um cargo de professora estagiária para um de chefe-adjunta na escola onde trabalha. Já não somos mais pobres.

Mas é tarde demais. Ela parece cansada de uma forma que o descanso não pode consertar e é por causa de nós, de mim, de Giselle e... dele.

Percebo que a mamãe está mais cansada do que o normal hoje. Sua pele geralmente reluzente está opaca e ela colocou um envoltório verde e azul ao redor do cabelo em vez de arrumá-lo. Em vez das lentes de contato usuais, está usando óculos apoiados no nariz largo. Quando eu for adulta, quando for bem-sucedida, quando for rica, ela vai poder passar o dia inteiro deitada na cama comendo chocolate Godiva em vez de se arrastar para trabalhar.

Mas ainda não sou rica, então tudo o que posso dizer é:

— Que horas você foi deitar ontem?

— Deitar? — Ela pisca de maneira teatral. — Ah! Depois de uma vida de sono, esqueci de que era necessário. Deve ser o meu cérebro velho aprontando de novo.

— Não tem algo na Bíblia sobre sarcasmo ser pecado?

— Não — responde ela com pompa.

— Pois deveria.

— Sujo — grita minha irmã do outro lado do corredor —, te apresento o mal lavado.

— Some, Giselle — grito de volta.

Mamãe dá uma risadinha, então muda as feições para uma expressão cuidadosamente neutra.

— Então, Bradley estava preocupado com a sua saúde? Que amável. Ele é um menino tão gentil. Sabe...

Ah. Lá vamos nós: a lenga-lenga de *o que houve que você e o Bradley deixaram de ser melhores amigos?*

— Ele só veio trazer meu livro — interrompo, acenando com a cabeça para a mesa de cabeceira onde está o objeto.

Minha mãe praticamente faz bico.

— Ah. Bom. — Ela tem esse sonho doentio e deturpado que Bradley e eu vamos nos casar, assim ela e Maria Graeme poderão ser ainda mais como irmãs. Estou tentando não vomitar com o pensamento quando mamãe prossegue: — Ei, o que é isso? — E puxa o panfleto de dentro do livro.

— Propriedade privada, isso sim.

— Não na minha casa — rebate ela, bufando.

A luz ricocheteia na parte de trás do papel brilhante e bate no logotipo impresso da empresa do meu pai. Sinto um arrepio na espinha.

Droga.

— Katharine Breakspeare — lê ela. — Você vai fazer isso?

Sem jeito, falo com um grasnido:

— Vou... me inscrever.

Como diabos tiro o panfleto da mão dela? Ela não pode ver o nome do meu pai. Vai entender mal e presumir que estou interessada no programa porque estou, tipo, chateada com o abandono dele ou algo igualmente *cringe* quando, na realidade, só quero esfregar meu futuro sucesso na cara traidora dele e possivelmente estragar um pouco a vida do dito cujo. O que posso fazer sem incomodá-la com os detalhes.

— Bom, tenho certeza de que vai conseguir, querida — responde ela com ternura. — Você é tão esperta. Contei pro sr. Hollis na escola sobre as notas dos seus *AS Levels* e ele não ficou surpreso. Você foi a aluna mais competente que o Farndon Elementar já teve. Lembro da noite dos pais quando você estava no segundo ano...

O segundo ano foi logo depois de meu pai nos deixar. Ela abaixa a mão enquanto relata de forma lírica um projeto que fiz sobre o ciclo da água. Com gentileza, muuuuita gentileza, tiro o panfleto de sua mão enquanto respondo "uhum" nos momentos certos.

— Quer chá, mãe? — pergunta Giselle, enfiando a cabeça para dentro do quarto no momento em que enfio o panfleto debaixo do travesseiro.

Ela estreita os olhos quando vê a ação. Passo a mão pelo rabo-de-cavalo casualmente e ela desvia o olhar.

Foi por pouco.

* * *

BRAD

Eu estava reclamando do calor na segunda? Quero voltar e bater na própria cara porque quando chega quinta à noite, o tempo está gelado e deprimente. É oficial, o outono chegou.

E Celine também, avançando para me encontrar do lado de fora da Casa da Árvore com cara de poucos amigos e uma jaqueta vermelha irada. Contrasta com o verde neon em seu cabelo e os coraçõezinhos amorosos pretos que desenhou debaixo dos olhos (não pergunte, ela faz isso o tempo todo), mas... de modo irritante, combina com ela. O problema é que quase tudo combina com ela porque sua pele é toda radiante e...

— Está olhando o quê? — questiona ela, mandona, olhando para mim por baixo do capuz.

Há gotas de chuva se agarrando em desespero às pontas dos cílios dela.

— Nada — respondo casualmente e saio andando, imaginando que ela vai me seguir.

Pensando bem, o casaco vermelho é espalhafatoso demais e dá a ela uma aparência meio enferma.

Estamos entrando no carro quando alguém grita do outro lado do estacionamento:

— Bradders!

Há somente uma pessoa que me chama assim, porque todo mundo sabe que não gosto nenhum pouco desse maldito apelido. Vejo Donno se debruçando para fora da janela de seu Volkswagen Golf amarelo, agitando o braço como se de alguma forma pudesse passar despercebido.

Com um sorriso tenso, aceno de volta.

Ele grita:

— Precisa de um bote salva-vidas, meu parça? — Então ele contorce o rosto como um bebê se negando a comer brócolis e acena na direção de Celine de maneira dramática.

Que porra é essa? Sinto as bochechas ficando quentes com a grosseria dele e olho para Celine. Ela não parece tão surpresa quanto eu, nem chateada, por sinal. Parece entediada.

— Sempre um poço de simpatia, *Max* — retruca ela e revira os olhos enquanto entra no carro.

Fico parado ali como uma estátua por um segundo ou dois antes de seguir o exemplo, dando as costas para Donno por completo. Ele está mesmo começando a me dar nos nervos.

Quer dizer, ele sempre me deu um pouco nos nervos, mas estou em mais aulas com ele este ano e é...

Ele é...

— Desculpa — digo, mantendo os olhos focados no painel, *não porque estou evitando Celine e sua sobrancelha arqueada, mas porque estou me preparando para dirigir e a segurança é minha prioridade, obrigado, de nada*.

Ela bufa, metade do som engolida pelo barulho do motor quando ligo o carro.

— Está se desculpando pelo quê? Comparado a você, todos os seus amiguinhos são profundamente educados.

Amiguinhos. Ela sempre diz isso, como se não fossem de verdade ou não contassem só porque não possuem o selo de aprovação Celine.

Ou talvez porque sejam babacas?

Meus amigos não são babacas! Donno foi só uma representação porca do grupo hoje.

— Talvez eu fosse educado com você se achasse que é sequer fisicamente capaz de ser educada de volta.

Ela levanta a mão esquerda, mostrando o gesso debaixo do casaco.

— Tem muita coisa que não sou fisicamente capaz de fazer agora.

O *e isso é culpa sua* fica subentendido. Trinco os dentes e dirijo.

A reunião vai acontecer no Sherwood, um hotel chique a uns vinte minutos da escola, no centro de Nottingham. Fico nervoso em avenidas movimentadas, mas se eu deixar os nervos me impedirem, nunca sairia de casa, então vou assim mesmo.

Celine não comenta nada quando preciso de três tentativas para estacionar porque quero que o carro fique perfeitamente centralizado.

Mas quando desligo o motor e abro a porta... ela revive:

— Está indo aonde?

Viro-me e ela está me olhando com apreensão, de braços cruzados.

— Ué — respondo com incredulidade —, quer que eu fique esperando no carro?

— Era esse o plano, sim.

— Está achando que isso é o quê, *Conduzindo Miss Daisy*?

— Ah, se toca, Bradley — murmura ela, como se fosse *eu* o irracional, e sai do carro, indo em direção ao hotel.

Tranco tudo e sigo.

— Você nem está interessado na reunião — diz ela depressa.

— Eu ficaria entediado no carro!

— E Deus nos livre disso, né? Não sabe se distrair?

— Você gosta de me tirar do sério? Considera um hobby ou algo assim?

Passamos mais tempo juntos esta semana do que nos últimos quatro anos e se eu não soubesse, acharia que há uma faísca de satisfação por baixo das ofensas secas dela.

E o pior é que estou começando a achar que sinto a faísca também. O que é ridículo porque sou uma boa pessoa! Não *gosto* de explodir com a Celine. Apenas... acontece. Essa garota atiçaria o Papa.

— Não se iluda. Você não chega nem perto de ser interessante o bastante para ser um hobby — responde ela sem nem um mínimo indício de divertimento, e me dou conta de que estou fazendo uma anotação mental desse tom exato para reproduzir da próxima vez que eu disser a ela...

Espera. Não. Discutir com a Celine não é um esporte competitivo. Em vez disso, foco nos arredores enquanto andamos pelo hotel. O lugar, o Sherwood, tem pilares de vidro reluzentes e límpidos, puffs marrons por todo o lobby e flores de aparência tropical dentro de elegantes vasos dourados em todo lugar. As sinalizações nos direcionando à sala de reuniões onde Katharine Breakspeare falará são sutis, mas tangíveis.

Chegamos dez minutos mais cedo, o que é comum para mim, mas há um fluxo de adolescentes indo na mesma direção que nós e me pego os analisando. A maior parte das pessoas é fácil de categorizar como alunos de escolas particulares com sotaques refinados e roupas de grife, ou bichos-do-mato de cara amarrada carregando fichários organizados por cor (tipo a Celine), ou atletas com sorrisos confiantes e moletons ensopados de chuva. O que é interessante nesse grupo é a mistura variada.

Eu me pergunto o que os leva a estarem ali. Provavelmente eu deveria ter lido o panfleto com atenção, mas quase morri engasgado no meio do caminho quando percebi que o programa de aprimoramento de Celine envolvia acampar na floresta. Ela odeia qualquer tipo de trabalho em grupo e sempre evitou atividades ao ar livre, o que eu não entendia até ela deixar escapar que seu pai levava a ela e a irmã para acampar no passado. (Sabe lá Deus como ele encontrava tempo considerando que estava sempre tão ocupado sendo um babaca traidor asqueroso, mas é evidente que ele mantinha os compromissos em dia.) Ela deve estar odiando e ao mesmo tempo desesperada por isso.

Vi o nome daquele otário na parte de trás do panfleto.

Mas quando arrisco olhar para ela, ela está com a aparência de sempre: totalmente despreocupada.

A sala de reuniões é um espaço aberto com fileiras e mais fileiras de cadeiras espremidas, a maioria das quais está ocupada com uma galera bagunçada e barulhenta.

— Vem aqui — diz Celine de repente e pega a manga do meu casaco.

Lá está aquela *faísca* de novo, que estala como um fogo de artifício na *Bonfire Night*. Pensei que a tinha entendido, mas agora é oficial: estou confuso.

Não tenho tempo de pensar demais a respeito, porém, porque Celine está me arrastando para a ponta de uma fileira nos fundos onde tem duas cadeiras. Há mais espaço nesta área, provavelmente porque a vista para o palco não é muito boa.

— Aqui? — Torço o nariz. — Como vamos fazer amigos e influenciar pessoas se a gente ficar sentado aqui sozinho?

Acho que Celine estremece de desgosto.

— Estamos aqui para ouvir, não para conversar.

Na verdade, estou sempre pronto para conversar.

— Se você diz. — Afundamos nos assentos e estreito os olhos para o palco. — Consegue enxergar?

— E você liga? — rebate ela com simpatia forçada.

Sério, é como tentar tirar leite de pedra.

— Não.

Viro a cara para a palhaçada dela e estico o pescoço para tentar ver algo além do cara na minha frente. Há uma tela em branco acima do palco e, enquanto observo, as luzes diminuem e as palavras Programa de Aprimoramento Breakspeare surgem. Então uma moça usando um elegante terno azul cerúleo sobe ao palco, com cabelos esvoaçantes e olhos escuros penetrantes.

Ela levanta o microfone e diz:

— Boa tarde, pessoal. Sou Katharine...

Começam a aplaudir. Aplaudir mesmo, como se a mulher fosse uma estrela do rock. Lanço um olhar a Celine; ela não está emitindo som algum, mas observa Katharine Breakspeare com um nervosismo latente que não vejo há anos, toda a sua atenção (e vou te dizer uma coisa: a atenção da Celine é *intensa*) está focada no palco, como um holofote. Ela endireita a postura como se tivesse uma vareta encostada em sua coluna.

Eu costumava achar fofa a maneira como ela levava tudo tão a sério. Até eu decidir que queria fazer amigos novos e coisas novas e ser alguém além de *Bradley do duo Bradley e Celine* e ela, bem a sério, me descartou como quem descarta meias velhas.

Realmente preciso trocar de lugar com alguém na aula de filosofia. Celine sempre teve cheiro de manteiga de cacau e baunilha e aromas despertam lembranças.

— Uau — Katharine diz com uma falsa modéstia que parece um tanto precisa demais, perfeitinha demais, ensaiada demais. — Acho que já ouviram falar de mim.

Uma quantidade nada razoável de risadas preenche a sala. Reviro os olhos e observo Celine, a Rainha do Ceticismo Interpessoal. Ela analisa tudo o que *eu* faço e digo com grande suspeita, mas agora está acreditando nessa baboseira toda. Katharine Breakspeare deve ser uma bruxa.

— Mas isso não é sobre mim — prossegue Katharine. Então clica em algo na mão e o slide ao seu lado começa a apresentar uma lista de suas grandes conquistas mais recentes, além de uma foto gigantesca de seu rosto. — Ou melhor — corrige ela —, não é *apenas* sobre mim, é sobre todos nós. Todos, no passado, presente e futuro, que ousam sonhar mais alto do que o mundo ao nosso redor. Quando eu estava na escola, ninguém acreditava que eu poderia ser alguém na vida.

Tá, tá, tá. Eu me pergunto o que ela ganha com isso, além dos pontos filantrópicos em marketing pessoal. Talvez tenha o objetivo de ser uma baronesa daqui a dez anos ou algo do...

— Sou disléxica — revela Katharine com simplicidade. — Quando criança, esta diferença na forma como minha mente funciona convenceu professores de que eu era incapaz. Então eles desistiram de mim e eu desisti dos meus sonhos.

Fico parado e logo endireito a postura. Considerando que estou aqui, posso muito bem prestar a atenção. Quer dizer, a mulher está oferecendo uma oportunidade a jovens com base em seu bom coração. Óbvio que vou ouvir o que tem a dizer. Não sou um monstro.

— Minha jornada até chegar à área jurídica foi longa e difícil, só porque sou diferente. Mas tais diferenças me tornam boa demais no que faço e tenho outras qualidades também, qualidades que acredito que todos nós, pioneiros, temos em comum e que mesmo as diversas provas não conseguem capturar.

Katharine anda de um lado ao outro no palco enquanto fala, acenando para a tela ao seu lado. Os slides seguem mudando, mas mal percebo.

— É por isso que, há três anos, comecei esse programa de aprimoramento para universitários e é por isso que, este ano, o adaptei para estudantes pré-universitários pela primeira vez.

Há outra salva de palmas. Ela abre um grande sorriso e balança a cabeça para nós, fãs desordeiros, mas adoráveis. Essa mulher é o que mamãe chamaria de "ímã", como um capitão de um time ou líder de uma seita. Eu estava decidido a odiá-la, uma vez que Celine a adora, mas infelizmente, estou me sentindo tentado.

— Vocês todos estão diante de uma encruzilhada na vida — prossegue. — Sabem que querem ser alguém na vida, que querem ser bem-sucedidos, mas há grandes obstáculos para ingressar em diversas profissões, especialmente no atual cenário econômico. Vocês podem cursar direito, contabilidade ou marketing, se qualificar, e então descobrir que a única opção que têm é se mudar para Londres se quiserem ter um salário bom o suficiente para pagar os empréstimos estudantis.

Percebo que ela não menciona nada sobre ser escritor. Provavelmente porque não importa o que você estuda ou onde trabalhe, você só consegue escrever um livro *escrevendo um livro*.

Spoiler: ainda não escrevi um livro.

— Podem até hesitar sobre sequer fazer faculdade. Nem todo mundo quer começar a vida adulta cheio de dívidas — conta Katharine, e sei que é verdade. Dá para acreditar que quando meus pais fizeram faculdade era *de graça*? A injustiça persegue minha geração, juro por Deus. — Talvez vocês sonhem com um futuro profissional específico, mas sabem que poucos chegarão ao topo em seu grupo acadêmico e que vão ter que ralar para conseguir um diploma e então com muita dificuldade conseguir um emprego. O PAB — menciona ela com gosto — está aqui para ajudar vocês. O programa é patrocinado por uma grande variedade de empregadores dentro da *nossa* região, afinal, por que quem mora nas Midlands deveria ter que se mudar para o sul só para ser bem-sucedido?

Há uma onda de concordância pela multidão, o que, beleza, certo. Ela não mentiu.

— Ser um graduado do PAB *significa* alguma coisa, tanto aqui quanto em outros lugares do país — afirma ela e o slide muda de novo. Não sou muito bom com números, mas ela tem uns gráficos impressionantes ilustrando as trajetórias profissionais de alunos do PAB. — Vocês vão se destacar para empregadores em potencial ao concluir o programa e não farão isso engolindo e vomitando livros em uma prova. Nosso programa de aprimoramento único combina a educação ao ar livre com a patenteada Matriz PAB de Análise de Sucesso.

O slide muda para a imagem de uma floresta escura e dramática.

— Duas expedições ao ar livre, cada uma em um feriado escolar. A primeira é uma sessão de treinamento, com a intenção de fornecer a vocês as habilidades necessárias para sobreviver e eliminar aqueles que não dão conta do recado. A segunda é o negócio sério, executada por vocês de maneira independente em florestas escocesas. Ambas as expedições são uma oportunidade para mostrarem que possuem as habilidades que as empresas de elite desejam.

O novo slide mostra que as habilidades são:

Resiliência
Comprometimento
Pensamento criativo
Construção de relações
Liderança

Dou um sorriso malicioso e olho para Celine. Talvez ela tenha previsto minha reação porque nossos olhares se encontram e ela faz uma careta.

— Construção de relações? — sussurro.

— Cala a boca — sussurra ela de volta.

— Me conta a última relação que construiu. Rápido.

— Eu poderia construir uma agora, entre meu pé e seu rabo.

— Shh — censuro. — Não fala por cima da Katharine. Estou tentando escutar.

Celine dá um grito contido, que é abafado pelo barulho do microfone de Katharine.

— Conseguem se *comprometer* às regras necessárias para sobreviver na selva e pensar em modos *criativos* de aplicá-las? — a mulher pergunta.

O próximo slide mostra uma mata com as palavras Floresta Sherwood: A Expedição Educacional escritas no topo.

Ela continua:

— E vocês têm as habilidades de *determinação* e *trabalho em equipe* para reunir tudo o que aprenderam e completar sozinhos uma trilha quilométrica, caçando bússolas de ouro pelo caminho? Terão a oportunidade de provar isso aqui... — *Clique.* Um novo slide aparece com uma imagem de uma floresta. Glen Finglas: A Expedição Final. — Ao longo dos próximos cinco meses, supervisores treinados vão lhes avaliar de 0 a 5, diariamente, considerando cada indicador da matriz, estabelecendo assim sua nota. Depois da expedição educacional, vocês vão se encontrar *pessoalmente comigo* para receber feedbacks.

Acho que a cabeça de Celine acabou de explodir e confetes de arco-íris saíram voando lá de dentro.

— Para terem uma ideia — segue Katharine —, a maior nota já alcançada na nossa matriz foi de 4,88.

Hum. Ninguém nunca conseguiu um 5? Que tipo de competição é essa que não permite uma nota perfeita? Dou uma olhada em Celine e percebo que ela está tão indignada quanto eu, o que é inquietante, para dizer o mínimo. Não deveríamos concordar em nada, nunca.

— Mas primeiro... apenas aqueles cujas candidaturas forem únicas e cativantes o bastante entrarão no pab. Começaremos com um grupo de vinte pessoas.

Vinte pessoas? Há pelo menos dez vezes mais do que isso nesta sala. O murmúrio geral de entusiasmo se torna um zumbido baixo de apreensão, de competição, quando um vira para olhar para o outro.

Por alguma razão, me pego olhando para Celine. Não que estejamos competindo por *isso*. É apenas costume.

Ela me lança um olhar feio em resposta.

— Está olhando o quê?

— Não para uma concorrente, isso com certeza.

A boca dela se abre em um pequeno "o" perfeito.

— Bradley! É sua autocrítica dando as caras? Enfim aceitou que sou definitivamente superior a você de todas as formas? Bravo. Eu sabia que este dia chegaria.

— Ah, Celine — murmuro, abrindo o sorriso mais doce do meu arsenal. — Alguns diriam que é cruel deixar você continuar vivendo nesse mundinho de fantasia que criou. Mas se isso te impede de cair em desespero de vez, vou deixar você sonhar.

Ela faz uma careta. Aposto que ficaria ainda mais emburrada se eu entrasse nesse PAB precioso dela e ganhasse a coisa toda (com certeza alguém consegue ganhar, né? Eu ganharia sem dúvidas), mas isto seria mesquinho demais e provavelmente um desperdício de tempo. Não estou tentando dominar o mundo como Celine. Quero trabalhar com advocacia, poderia ajudar pessoas, seria bom nisso e não morreria de tédio por completo, mas não fico por aí sonhando com *empresas de elite*.

Não fico sonhando com o futuro no geral. (A menos que conte aquele em que sou um autor best-seller de ficção científica, mas obviamente isto não vai acontecer porque não consigo nem terminar um maldito conto, então...)

—... cinquenta por cento do grupo — Katharine está dizendo e retomo à sala ao meu redor a tempo de ver o último slide.

Fico de queixo caído. Na média, mais ou menos cinquenta por cento do grupo Exploradores Breakspeare, como ela chama, geralmente *desiste* ou é eliminado antes do fim do programa. Que diabo ela obriga as pessoas a fazerem lá, tomar banho de gelo ou oferecer sacrifícios de sangue aos deuses? São só duas expedições. Quer dizer, rolar pela terra na selva não me parece divertido. Quando eu tinha 16 anos, o time de futebol acampou na Baviera para um torneio e passei a viagem toda mijando em arbustos para não ter que usar o banheiro público, mas até *eu* conseguiria completar duas expedições com o tipo certo de motivação. Mas, também, eu sou o máximo. Conseguiria fazer qualquer coisa com o tipo certo de motivação.

— Mas aqueles que obtiverem êxito vão participar do Baile dos Exploradores para receber os cobiçados Prêmios de Exploradores e confraternizar com nossos patrocinadores, que estarão em busca de estudantes aos quais oferecer estágios. Ah — diz Katharine, como os pais fazem quando "encontram" um último presente surpresa para o filho debaixo da árvore. — E tem mais: os três Exploradores que conseguirem as notas mais altas na nossa matriz de desempenho, que se tornarem nossos Exploradores Supremos, levarão o grande prêmio: uma *bolsa de estudos integral* para qualquer curso de graduação na universidade britânica de sua preferência.

A sala aplaude com tanta força e tão de repente que parece que estou sentado em cima de uma explosão, mas mal percebo. Estou ocupado demais absorvendo o que ela acabou de dizer.

Uma bolsa de estudos integral. Nada de dívida estudantil. Eu não ia pedir o empréstimo *maximum maintenance*. Estava planejando optar por uma acomodação compartilhada para reduzir minha dívida, mas se eu não tiver *nenhuma* dívida estudantil...

Poderia pedir um empréstimo *full maintenance*. Em vez de dividir com estranhos, conseguiria um apartamento pequeno só para mim, onde tudo estaria limpo, organizado, adequado e correto, e outras pessoas não estariam tomando banho do jeito errado nem bagunçando os armários da cozinha nem deixando *farelos*...

Se eu conseguir a bolsa, o aspecto mais aterrorizante da universidade terá sido resolvido com antecedência. Isto soa como motivação para mim.

Há três bolsas de estudo. Só vinte pessoas conseguem. Dez delas desistem. Se eu conseguir passar pelas duas expedições, vou ter uma boa chance de ganhar... e sei que eu conseguiria arrasar naquela coisa da matriz. Sou resiliente: você tem que ser quando seu TOC quer que você permaneça em um cômodo bacana, limpo e vazio por motivos de segurança, mas *você* quer ter uma vida. Sou comprometido: fiz terapia por, tipo, cinco anos, embora fosse muito irritante. Penso de forma criativa: embora não dê para saber disto considerando como *dá um branco* na minha mente quando abro um documento do Word.

Sinto as palmas das mãos formigando com possibilidades.

Quando a apresentação acaba, estou decidido. Há eletricidade correndo pelas minhas veias. Vou tentar.

— *Quê?* — brada Celine ao meu lado e percebo que falei em voz alta.

Ela me observa com uma mistura de horror e descrença, o sorriso que estava ali enquanto ouvia Katharine já desaparecido há tempos.

Pigarreio. Posso muito bem repetir.

— Vou me inscrever. No programa.

Ela contrai a mandíbula, aperta os lábios, estreita os olhos.

— *Por quê?*

— Por que não? — rebato. Ela nunca me quer por perto. Eu nunca *a* quero por perto também, é óbvio, mas Deus! — Você não é a dona do maldito PAB.

— Nem você. — Ela fica de cara feia, mas não é muito intimidadora.

A expressão de Celine é exagerada e dramaticamente suave, como quando as folhas de magnólia estão prestes a cair. Alguém deveria dizer a ela que fazer cara feia é um desperdício de tempo.

Não sou eu quem vai dizer, porém.

Em vez disso, respondo:

— Bom, agora que a gente já estabeleceu que nenhum de nós possui domínio sobre...

Mas ela não acabou.

— Você nem estava interessado até eu te trazer aqui...

— Hã, tecnicamente, *eu* trouxe *você* aqui.

— Mas agora você acha que pode se enfiar no que quiser e conseguir o que quiser, como sempre faz...

Isso é tão afrontosamente errado que rio alto. É como um ganido único e desalinhado, algo entre o divertimento e a perplexidade.

— É sério?

Sempre consigo o que quero? Ela está *drogada*? Se isso fosse verdade, eu estaria fazendo literalmente qualquer coisa, menos estar discutindo com Celine Bangura agora.

— Óbvio que sim — retruca ela, mas quando não respondo, quando não mordo a isca, surge uma pequena ruga entre suas sobrancelhas. — Que foi?

Não falo. Não consigo. Pela primeira vez, honestamente não tenho ideia do que dizer.

"Você acha que pode se enfiar no que quiser e conseguir o que quiser, como sempre faz..."

Não é possível que ela me veja dessa forma. Não quando passei metade da vida decorando livros só para conseguir por um triz as notas que ela consegue sem fazer esforço. Não quando há estranhos nas redes sociais basicamente a pedindo em casamento. Não quando um único olhar de julgamento dela me faz perder a compostura.

Simplesmente não é possível.

E ainda assim analiso o rosto dela, a boca firme e a certeza em seus olhos e sei: é a única forma que ela vai me ver sempre, porque é o que quer ver.

De que outra forma ela pode justificar todas as coisas que disse para mim quatro anos atrás?

Como você pode justificar todas as coisas que disse para ela?

De repente, estou exausto. Mas também estou estranhamente determinado, do jeito que me sinto logo antes de uma partida quando sei que o time rival é bom, mas o nosso é melhor.

Vou fazer o programa de aprimoramento. Vou correr para dentro da floresta, ela me querendo lá ou não.

— Ânimo, Celine — comento, ficando de pé. — Talvez você não seja aprovada.

* * *

QUINTA-FEIRA, 16h48
💙 **GRUPO DA FAMÍLIA** 💙

> **Brad:** quero fazer o negócio de exploradores com a Celine

> **Mason♥☺:** LOLOLOLOL

> **Pai♥:** Tudo bem. Conversamos mais sobre quando chegar em casa?

> **Brad:** se a Celine consegue, com certeza eu também

Mãe♥: Você não tinha dito que parecia uma trilha infernal nojenta feita de tormento e trevas?

Brad: isso não parece algo que eu diria

Mason✦: parece sim ó REI DO DRAMA

Brad: mudei de ideia

Brad: vai rolar uma bolsa de estudos

Pai♥: Uma bolsa de estudos para quem acampar na floresta?

Brad: integral

Mãe♥: Bom, contanto que seja algo que você QUEIRA fazer.

Brad: issooo, agora vc tá do meu lado

OUTUBRO

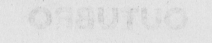

outubro

CAPÍTULO QUATRO

CELINE

Sou aprovada.

Óbvio.

Minha candidatura é fora de série. Faço uma adaptação da declaração pessoal que venho escrevendo para Cambridge, enfeito um pouco a parte das redes sociais porque sei que Katharine valoriza o espírito empreendedor, e peço que mamãe confira tudo para mim.

Ainda não vou contar que meu pai está envolvido, entretanto. Não poderia ser mais irrelevante. Quero dizer, sim, vai haver o baile de celebração ao fim do programa para que os Exploradores e os patrocinadores confraternizem, mas duvido que ele esteja lá — e se estiver, vai estar ocupado demais vomitando vergonha e arrependimento e não conseguirá manter um diálogo.

Giselle pensa que perdi a cabeça por me comprometer com um programa de aprimoramento experimental na selva, mas há uma bolsa de estudos *e* contatos profissionais em jogo, e só os melhores são escolhidos, então cá estou eu: provando mais uma vez que sou a melhor.

Mantenho isso em mente enquanto afundo, afundo e *afundo* na cama flácida que me designaram na Cabana de Visitantes da Floresta Sherwood. O lugar é basicamente um dormitório velho e subfinanciado com banheiros compartilhados encardidos e troncos decorativos presos na parte externa. Do outro lado do quarto, uma garota cujo nome pode ser Laura, ou Aura, ou possivelmente Rory (dizer que ela resmunga seria um eufemismo) vira os olhos azuis na minha direção por debaixo do cabelo desgrenhado e então desvia o olhar.

— Tenha cuidado — mamãe está dizendo ao telefone. — Comporte-se. E fique perto do Brad.

Ah, é. O Bradley também foi aprovado.

Não solto um grunhido ao lembrar disso porque sou muito madura, mas torço o nariz para o tapete marrom encardido.

— Sei o que está pensando. — Mamãe ri como se pudesse ver minha cara —, mas ele é um bom garoto e mais cauteloso do que você. Cuidem um do outro. Principalmente considerando que seu pulso não está curado ainda!

É... aquela coisa de "usar o gesso de seis a oito semanas"? Ao que parece, para mim serão oito semanas mesmo. Tiro o gesso na próxima segunda, uma semana *depois* da expedição.

Culpa do Bradley. Óbvio.

— Estou falando sério, Celine — mamãe continua, com o tom rígido. — Garanto que Maria está dizendo a mesma coisa a ele.

Duvido muito. Quando descemos do ônibus dez minutos antes, Bradley já estava cercado de pessoas, como de costume, sorrindo e relaxado, porque conseguiu fazer amigos durante o trajeto de ônibus enquanto eu ficava sentada sozinha ouvindo "Blonde" de Frank Ocean e conversava com Michaela por mensagem. Aposto que ele está batendo papo agora mesmo com seu coleguinha de quarto ruivo.

A *minha* colega de quarto está pendurada no celular com uma expressão que aponta que ou ela está pesquisando no Google *como matar sua colega de quarto do* PAB *e sair empune*, ou está lendo uma fanfic das boas.

— Vou me comportar, mamis. — E com isso quero dizer que: vou dar o meu melhor para não acabar morta durante a noite. — Tenho que desligar agora, ok?

— Tudo bem, querida. Te amo.

— Também te amo.

Laura/Aura/Rory ergue o olhar quando afasto o celular da orelha e murmura:

— Cinco minutos até a gente precisar ir.

Faço uma pausa.

— Está controlando nosso tempo?

Ela se encolhe dentro do moletom cinza.

— Hum...

Então ela não é uma assassina, só é tímida. Agora me sinto mal.

— Que... gentil — emendo sem jeito, para explicar.

O sorriso dela é primo da careta.

O PAB tem sido um turbilhão de coisas até agora. Entramos no ônibus de manhã, que basicamente nos levou pela estrada até a Floresta Sherwood, nos apresentaram aos supervisores — Zion é uma fonte inesgotável de energia e Holly é mais ou menos a Kourtney Kardashian —, disseram para formarmos pares e nos deram quinze minutos para guardar as coisas nos quartos e sair de novo. Não tenho certeza de como acabei com a Laura/Aura/Rory, mas provavelmente tem algo a ver com o fato de ela ser tímida e eu ser... rebeldemente calada. De uma maneira muito *confiante*. Óbvio.

Tento continuar a conversa e, de modo irritante, me pego ponderando o que Bradley diria.

Algo detestável, provavelmente.

Mas o que sai da minha boca é:

— Gostei das unhas.

Ela analisa o esmalte roxo descascado e seu nariz muito pontudo fica vermelho.

— Ah. Nunca consigo manter por muito tempo...

— Bem, quem consegue? Mas é uma cor bonita.

O nariz dela fica ainda mais corado. Ela sorri com um pouco mais de ternura e um pouco menos de pavor. Vitória! Sou praticamente um poço de extroversão.

— Aliás, meu nome é Celine — me apresento, embora já tenha dito a ela.

Estou na torcida para que se apresente de novo e...

Uhum. Ela endireita a postura na própria cama raquítica, apesar da mochila roxa que parece pesada no colo, e diz:

— Sou... Rora.

Tenho certeza de que não ouvi direito.

— Laura?

Nariz corando de novo.

— Aurora. Como... hã... a *Bela Adormecida*? — ela tenta explicar.

— *Ah*. Desculpa. É um nome bonito.

Aurora murmura uma resposta:

— Quer dizer, é... um nome.

Abro um sorriso. Acho que vamos nos dar bem.

Depois de falar sobre a iluminação aqui (fluorescente, mas ainda assim péssima), as fronhas (graças a Deus nós duas trouxemos as nossas) e a mesa minúscula enfiada debaixo da janela (a cadeira *não* parece estável; alta probabilidade de lesão acidental), prendo as tranças com uma xuxinha de cetim e saímos.

Por infelicidade, trombamos com Bradley no corredor.

— Celine — diz ele, se separando do novo grupo de fãs adoradores (sério, como ele *encontra* essa gente?).

Suspiro, sem desacelerar o passo enquanto passamos pelos corredores estreitos e sinuosos. A cabana devia se chamar Labirinto.

— Que foi?

— Espera — responde ele, praticamente saltando ao meu lado. — Quero falar com você.

Aurora, a julgar pela apreensão nos olhos arregalados, foi certeira em identificar Bradley como Reluzente e Irritante.

— Te vejo... lá fora — murmura ela e se afasta em direção à porta da frente aberta.

Observo-a escapar querendo muito poder fazer o mesmo.

Então me viro para Bradley e coloco a mão na cintura.

— Olha só. Você assustou a minha colega de quarto!

Ele fica sem reação, com os olhos castanhos arregalados, fazendo beicinho.

— Por que ela ficaria assustada comigo?

É uma pergunta tão ridícula que só consigo jogar as mãos para o alto e soltar:

— Pelo amor de Deus. O que você quer?

— Como é o seu quarto?

— Uma merda. Por quê?

Ele suspira, franzindo um pouco a testa.

— Estava torcendo para que o seu fosse melhor, assim a gente podia trocar.

Isso é tão ultrajante que fico sem fôlego, literalmente.

Ele continua falando enquanto morro asfixiada em silêncio.

— Enfim, queria falar da sua colega de quarto. Ficaram amigas? — Ele não me espera responder, só faz que sim com a cabeça. — Isso é bom. Ela pode ficar de olho em você.

Meu fôlego volta todo de uma vez.

— *Perdão*, quê?

Ele dá de ombros. Está usando calça e jaqueta esportivas da Nike, rosa-pastel do lado direito e azul-bebê do esquerdo.

— Fiz amizade também, assim eles podem ficar de olho em mim.

Certo, isso faz ainda menos sentido.

— Mais uma vez — digo, cruzando os braços —, sou forçada a repetir: *perdão*, o quê?

— Ah, Celine — responde ele com alegria. — Não precisa pedir perdão.

É isso que as pessoas não entendem sobre Bradley: ele faz esses comentários cuidadosos e levemente tênues e elas realmente não percebem que ele está sendo um completo escroto.

Estreito os olhos.

— Sabe de uma coisa? Já que estamos conversando, vamos deixar uma coisa bem evidente.

— Ah, que bom, ela está deixando as coisas evidentes.

— Enquanto a gente estiver aqui, Bradley Graeme, eu *não* conheço você.

Ele arqueia a sobrancelha.

— Bom, isso vai ser meio estranho. Já falei pro Thomas que você é minha prima.

— Quê?! Quem diabos é... Por que você diria a alguém que sou sua *prima*?

— Ele é meu colega de quarto e falei isso para explicar por que ele não pode te chamar para sair.

— *Quê?* — A palavra sai de modo tão agudo que talvez eu tenha estourado meus próprios tímpanos.

Bradley estremece.

— Que foi? A ideia é cuidarmos um do outro!

— Que *porra* é essa, Bradley?

— Você é praticamente minha prima!

— Eu não sou sua *prima*, Bradley!

Ele tem a audácia de parecer irritado, com os braços cruzados e a ruga entre as sobrancelhas sugerindo que não estou sendo razoável.

— Bom, quem quer que você seja, não vai querer um cara dando em cima de você enquanto está tentando impressionar Katharine Breakspeare!

Tecnicamente ele está certo, não posso me dar ao luxo de ter nenhuma distração agora, mas isto só me deixa mais furiosa porque como ele *ousa* adivinhar corretamente o que eu quero ou deixo de querer?!

— Você sabe que a Katharine não vai aparecer aqui, né?

— Beleza — responde ele, bufando. — Então você não vai querer o cara dando em cima de você enquanto está impressionando os representantes sagrados da Katharine na Terra.

— Não teve graça. — Teve muita graça. Eu o odeio. — Você é a pessoa mais *inacreditavelmente arrogante*...

Alguém pigarreia. Alto. Nós dois nos viramos e vemos Zion, a fonte inesgotável de energia, nos esperando à porta com uma expressão decepcionada e um tablet dentro de uma capa de couro.

— Estão perdendo a reunião introdutória, gente.

Ai, merda. Primeiro dia, primeira reunião e um dos meus supervisores me pega perdendo tempo com Bradley Maldito Graeme. Perfeito. Que perfeito. Vou comer ao menos cinco raminhos de brócolis no jantar como penitência.

— Ai, meu Deus, desculpa — responde Bradley, com um tom afável e genuíno que nunca consegui reproduzir (não depois dos 10 anos, pelo menos).

Minha própria voz soa sarcástica na melhor das hipóteses, imagine só como soa depois da performance de Anjo Sincero de Bradley, então apenas me encolho e os sigo até lá fora, onde o vento está fazendo de tudo para injetar milhares de agulhas de gelo na nossa pele.

Bradley, sem brincadeira, pega um gorro de lã rosa de algum lugar e o coloca na cabeça até as orelhas estarem cobertas e as pontinhas dos *twists* dele ficarem escapando para fora. Parecem pedaços adoráveis daqueles enfeites *tinsel*. Não suporto esse garoto.

Vamos para baixo das pequenas sombras do meio da manhã na margem da Floresta Sherwood, passando pelo círculo de Exploradores Breakspeare que ouvem com muita atenção o que um homem branco mais velho e barbudo vestindo um *anorak* verde diz. Reconheço o cordão com desenho de folhas ao redor do pescoço dele como parte do uniforme dos guardas do lugar.

A Floresta Sherwood fica perto de casa, mas não venho aqui desde... bem, desde que meu pai trouxe Giselle e eu aqui para fazer trilhas, um pouco antes do meu aniversário de nove anos. Foi um passeio estranho. Ele passou muito tempo no celular e ficava irritado com a gente por qualquer coisinha: o mau-humor de Giselle, minhas infinitas perguntas. Ao menos agora sei o porquê. Ele estava com a cabeça em outro lugar.

Era de se pensar que a floresta parecesse menor agora que cresci, mas, na realidade, está maior porque estou mais consciente da escuridão dela. O clima está cinzento e deprimente. A floresta é vasta e apinhada de árvores centenárias que não sei identificar, árvores cujas folhas mais altas eu nunca conseguiria alcançar e cujos troncos colossais eu nunca conseguiria envolver com os braços. Daqui, vejo um caminho robusto em direção à vegetação rasteira feito para trilhas e sei que há muitos outros ao redor. Esta cabana fica ao sul da floresta e uma loja de souvenires e um restaurante estão ao norte, mas entre os dois pontos de civilização não há nada além de mata selvagem e sinuosa que vai render uma bela caminhada. Isso vai!

De acordo com meu cronograma mental, esta semana é dedicada a aprender técnicas básicas de sobrevivência, testando nossa resiliência, a construção de relações, talvez liderança, tudo isto enquanto tentamos evitar ser comidos por lobos. (Supostamente não existem lobos na Inglaterra, mas, na minha opinião, não se pode confiar de maneira leviana em fontes oficiais de informação.)

Brad e eu tentamos nos infiltrar no círculo sem sermos notados, mas o homem barbudo para o que quer que estivesse falando e foca os olhos penetrantes em nós. O vento joga seu cabelo ralo para o alto e seu lábio superior se move como se farejasse o ar.

— Ah — murmura ele em um tom tão cortante que é basicamente um risco à saúde. — São esses os retardatários, não são?

Todos os olhos no círculo queimam a minha testa.

— Você deve ser Bradley Graeme — afirma ele, analisando um papel esfarrapado na mão (ao que parece não há tablet para nosso querido eremita local) — e Celine... Celine Bang...?

Bradley fala antes que eu tenha chance.

— Bangura — responde o garoto, parecendo irritado.

E, sim, é irritante. O nome é literalmente fonético.

— Bom. — O Barbudo funga. — Fico feliz que estejam todos presentes e contabilizados. Como falei antes, meu nome é Victor...

Ah, que bom. Agora tenho um nome específico para usar quando esbravejar na mente o quanto desgosto dele.

—... e vou guiar vocês neste curso de treinamento. É esperado que vocês deem *duro* e sejam *pontuais*. — Outro olhar cortante do bom e velho

Victor. Ele sem dúvida é alguém bem sutil. — Também é esperado que se esforcem: nada vai vir de mão beijada. Assim sendo, nossa primeira atividade será um exercício para quebrar o gelo em dois grupos de dez.

Ele conta com rapidez, chega a um ponto central no círculo e agita a mão para indicar que o grupo deve se dividir em dois. Obedecemos. É tudo muito organizado.

— Dentro desse setor da floresta há esconderijos com livretos de treinamento. Os livretos serão seus guias para compreenderem a flora e a fauna da floresta ainda nesta semana, mas antes disso, vocês precisam encontrá-los. Seus supervisores possuem mapas e bússolas. Usando apenas essas ferramentas, cada grupo deve encontrar o esconderijo. O primeiro a completar a missão ganhará uma festa de boas-vindas hoje à noite!

Há um zumbido audível de entusiasmo. Ao que parece, todos somos do tipo competitivo.

— Os perdedores — continua Victor — ficarão encarregados de lavar a louça pelo resto da semana, começando amanhã. E aviso logo: só sobrou uma palha de aço no armário. — Ele gargalha como se a frase fosse a coisa mais engraçada já dita.

Não sei se mais alguém ri, estou ocupada demais entrando em pânico por causa do meu péssimo senso de direção e do que aconteceu da única vez que tentei orientar uma turma do nono ano na educação física (saí rolando por uma colina). Eu sabia que essa coisa toda seria prática, mas isso é... hã... *muito* prático.

Além do mais, um grupo de dez é enorme. Como vamos colaborar uns com os outros de maneira efetiva? Me declaro logo líder ou isso é ser muito mandona? Fico na minha e tento ser uma boa colega de equipe ou isso é ser muito mansa? E, Cristo, por que estou do lado do Bradley? Agora ele está no meu time!

E como se não pudesse piorar, o céu cinzento faz o que vinha ameaçando fazer a manhã toda e libera um banho de chuva gentil, mas muito inconveniente.

Tomara que os livretos sejam plastificados.

* * *

BRAD

Assim que começa a chover sei que errei na escolha da roupa, mas em minha defesa, este é um traje de viagem. No sentido de ser uma roupa confortável *para viajar*. Como eu ia saber que eles nos jogariam dentro da floresta nos primeiros cinco minutos?

— Com licença — digo, levantando a mão. — Desculpa... posso trocar de roupa?

Victor bufa.

— Não. — E segue para dentro da cabana, onde está *seco*.

Argh.

Acho que eu poderia ter me trocado quando chegamos, mas eu precisava de tempo para o plano social. Encontrei uns caras tranquilos com quem falar sobre futebol, então eu teria um grupo já formado para a semana. Acabou sendo um completo desperdício de tempo, porém, porque o único cara do tal grupo já formado que é parte do meu grupo atual é o meu colega de quarto Thomas, e ele já está ocupado lançando olhares para Celine...

Que está ocupada me olhando de cara feia. Sabe lá Deus o que eu supostamente fiz agora. É provável que eu tenha sido o culpado pela chuva ou algo do tipo.

— Seria melhor a gente se proteger da chuva — alguém sugere. Uma garota baixa com cabelo alisado sedoso e uma voz que me faz lembrar da Treinadora, uma autoridade amigável que vai passar por cima de você com seu puro entusiasmo.

Talvez seja por isso que todos a seguimos para dentro da mata sem questionar. Ver meu tênis da Nike afundando na lama está me irritando de verdade. Meus dedos já doem por causa da garoa gélida e com certeza estou sendo contaminado por terra e urina de animais *nesse momento*, mas o medo é o assassino da mente, então chuto a preocupação para dentro de um rio e foco no problema em questão. Eu me pergunto se a nossa supervisora, Holly, acho que é esse o nome, vai me dar nota máxima para pensamento criativo por eu ser o Explorador mais bem--vestido aqui.

Ela parece bastante sensata usando uma capa de chuva, calça cargo e botas de trilha, enquanto minhas meias já estão molhadas, então... provavelmente não.

Este pedaço da Floresta Sherwood tem cheiro de umidade e verde. É fresco, frio e... antigo, de alguma forma, como se tivéssemos viajado no tempo para o passado, estivéssemos sozinhos e Robin Hood pudesse aparecer a qualquer momento. Inalo profundamente o ar limpo e inclino a cabeça para trás. A chuva está tendo dificuldade de nos atingir aqui, entre as árvores, e a luz fraca do sol deixa o denso teto de folhas acima bem transparente e bonito. Talvez eu devesse mudar o cenário do meu livro e colocar o protagonista Abasi Lee em um planeta florestal em vez de um desértico.

A alguns metros de distância, ouço alguém do time adversário dizer:

— Vamos todos tirar uma foto.

— Ah, podemos nos separar!

— Mas não temos um...

A minha primeira estratégia é a seguinte: não abrir o bocão e revelar todas as nossas táticas como eles estão fazendo.

Meu grupo se junta, dez pessoas muito encolhidas com Holly de pé ao lado. Então olhamos um para o outro, aparentemente perdidos.

Celine pigarreia, óbvio que sim.

— A gente devia se apresentar?

Thomas concorda com a cabeça como um daqueles bonequinhos ruivos e responde com um entusiasmo completamente desnecessário:

— Com certeza! Que ideia excelente!

Estreito os olhos.

Para não restar dúvidas, não tenho nada contra Thomas. Ele parece legal (ainda que seu sotaque seja de gente rica, eu não ficaria surpreso de ele ter crescido andando pelo jardim nas costas de babás como se fossem cavalos de corrida. Desculpe, estou julgando.) No entanto, assim que nos sentamos um ao lado do outro no ônibus, ele me cutucou na costela, apontou para os espaços entre os assentos e perguntou:

— Ali! É ela? É, não é?

Pisquei e segui a direção que o dedo indicava.

— Quem?

Então avistei minha arqui-inimiga, que digitava na velocidade da luz, devorava um Twix e, de tempo em tempo, olhava de cara feia para os outros passageiros, como um relógio, possivelmente para garantir que ninguém chegasse a um metro sequer dela.

— @NaOpiniãodeCeline! — revela Thomas, sibilando. — Você a segue, né? Ela é... — Ele parou de falar e corou, o que considerei um alerta vermelho. Então adicionou: — Ela é praticamente famosa. Vou falar com ela sobre... hã... conspirações e tal.

O que considerei como um alerta vermelho ainda maior porque Celine odeia papo furado.

Então, em um acesso de admirável caridade e possivelmente feminismo, soltei:

— Ah, a Celine? Ela é minha prima. — Então contei a ele sobre como tenho instruções bem rígidas para *cuidar dela*.

É óbvio que o aviso não surtiu efeito, porque o cara está neste momento olhando para Celine — não para o nosso grupo *inteiro* de *dez pessoas mais Holly* — só para Celine, e se apresentando como se estivesse concorrendo ao papel de sr. @NaOpiniãodeCeline.

— Sou Thomas! Tenho quase 17 anos, mas estou no último ano. Comecei o ensino médio mais cedo. — Fica evidente que está torcendo para impressionar Celine, o que, para ser justo, pode acontecer. — Estudo na Nottingham High.

Escola particular. Talvez ache que vai impressioná-la com isto também.

Em vez disso, Celine lança um olhar apavorado na minha direção. Por algum motivo, preciso me conter muito para não rir. Mordo a parte interna da bochecha e digo:

— Sou Brad. Jogo futebol e estudo na Academia Rosewood.

A coisa do futebol é relevante porque reconheço vagamente alguns caras aqui e é provável que seja por causa dos torneios.

A garota do cabelo sedoso é Sophie, o cara magrinho ao lado dela é Raj, o cara que parece modelo na frente do círculo (então imagino que não seja mais um círculo?) se chama Allen, então paro de escutar. Estou ocupando checando a paisagem para evitar pisar em uma cobra ou cair em buracos de areia movediça disfarçados de modo inteligente. (Pode até se pensar que a areia movediça fosse improvável a leste de uma floresta em Midlands, mas também parecia improvável em *Dora, a Aventureira*.)

— Alguém aqui é muito bom em ler mapas? — questiona Allen, o comando em seu tom me trazendo de volta à terra.

Tenho certeza de que ele acabou de interromper a coleguinha de quarto de cabelo desgrenhado de Celine, mas não estava prestando atenção, então talvez eu esteja errado.

Tanto Raj quanto uma garota que não conheço levantam a mão. Então Raj abre um sorriso.

— Olha só a gente, levantando a mão como se estivéssemos na escola.

Allen não ri. Na verdade, ele deve pensar que estamos *sim* na escola e que ele é o professor.

— Já *eu* sou muito bom em dar orientações — comenta com firmeza —, então acho que posso levar o mapa e vocês podem ir consultando. Talvez outra pessoa possa levar a bússola e o restante vai na frente para vasculhar e reconhecer o terreno, esse tipo de coisa?

Todo mundo dá de ombros. Allen assente com firmeza — ele tem uma mandíbula bem marcada e cabelo grosso como trigo — e pega o mapa e a bússola da supervisora Holly como se fosse o rei Arthur tirando a espada da pedra.

Checo a expressão de Celine e não me surpreendo: ela observa Allen como se ele fosse a ameba mais entediante que seus olhos já observaram. Também gostaria de expressar desdém de maneira tão visível, mas acho Allen meio gostoso. (Já faz um tempo que aceitei o fato de eu ter um péssimo gosto.)

Enquanto nossos especialistas se amontoam para analisar o mapa (que, por sorte, é plastificado), me aproximo de Celine e faço a vontade das nossas mães.

— Vamos ficar perto um do outro, ok?

Ela olha na minha direção como se eu estivesse drogado.

— Por quê?

— Porque somos primos — respondo apenas para irritá-la.

— Por favor, para de dizer isso — murmura ela com educação — antes que eu vomite em cima dessas belas plantas.

Desenvolvi um pequeno problema desde que as aulas começaram: toda semana eu sento ao lado de Celine na aula de filosofia e nos ofendemos como de costume, mas recentemente me pego querendo rir. Querendo muito.

Mas não rio porque Celine fala comigo como se eu fosse um estranho bastante suspeito e se eu fizer uma mínima coisa errada, ela vai me dar um chute no saco para garantir a própria segurança. É irritante, mas eu esperava o quê? Engraçada ou não, ela ainda é uma hipócrita sabe-tudo que vive julgando os outros.

Para o meu azar, ela também está usando o gesso escondido debaixo da manga do casaco. E se ela tropeçar em um galho solto e eu não a segurar, minha culpa vai passar de monumental a colossal e minha coluna pode não aguentar um fardo tão pesado. Então...

— Goste você ou não — sussurro —, vou grudar em você que nem chiclete.

Celine faz careta.

— Por quê?

— Por que não?

— Porque estou comprometida em proteger minha paz e você está tão longe do meu círculo íntimo que é basicamente um hexágono. Passa para trás de mim.

Pelo amor de Deus.

— O que acha que vou fazer, te jogar numa vala?

— Não sei o que vai fazer, Bradley. — Ela lança um olhar esquisito e nervoso na minha direção e todas as esperanças que eu tinha para uma semana quase normal se *esparramam* no chão como um ovo se quebrando.

— Mal te conheço.

Tensiono a mandíbula, mas não é como se ela estivesse mentindo. Mal a conheço também. Porque a Celine que eu *pensava* conhecer nunca teria abandonado nossa amizade com tanta facilidade, nunca teria ignorado meu pedido de desculpas honestamente constrangedor, nunca teria ficado tão determinada a se manter longe de mim esse tempo todo.

Faz quase quatro anos. E ela ainda não superou nem *remotamente*...

— Tudo bem — retruco com rispidez e me aproximo de Thomas em vez disso.

Allen e algumas outras pessoas estão com as cabeças juntas olhando o único mapa, falando de chaves, terrenos e direções. Sei que deveria ser mais ativo e sei que Holly está pairando ao redor nos observando, nos avaliando de um a cinco para cada qualidade na tal matriz do sucesso de Katharine Breakspeare. Fomos lembrados de que receberemos notas diárias antes de receber a média da expedição inteira.

Então quando Allen pergunta se alguém quer ir na frente para checar o terreno, me ofereço de imediato e ignoro o estado dos meus tênis. Está vendo, Holly?! Estou literalmente liderando o grupo. Por favor anote isso.

Celine fica com a galera da bússola, o que é ridículo porque acho que ela não sabe nem diferenciar a esquerda da direita.

Vagamos por uns dez minutos antes de eu perceber que não estou odiando o exercício. É um desafio tomar cuidado onde piso, estreitar os olhos contra a chuva fraca, ouvir as instruções atrás de mim e tentar me manter alerta, mas a atividade ajuda minha mente a focar no que estou fazendo. A sensação do ar nos pulmões é boa. A sensação do espaço ao redor é boa. É um pouco como jogar futebol: a maneira como ficamos tão presentes no próprio corpo, o que deixa a cabeça vazia e limpa.

— Você parece alegre — comenta Thomas, conseguindo soar sarcástico mesmo que esteja ofegando para acompanhar o ritmo.

— Estamos quase lá. Posso sentir.

Raj se intromete a mais ou menos um metro atrás de nós.

— Quer dizer que consegue ouvir Allen se gabando — diz ele secamente, e Thomas dá uma risadinha.

Encontramos a marcação pouco tempo depois, enterrada entre dois troncos bifurcados de uma árvore grande e sinuosa cujo nome estou determinado a descobrir. Possui folhas grossas e escuras, uma casca quebradiça e acho que passa uma vibe de vitória. Vejo o saco plástico molhado pela chuva atrelado a um galho baixo, mas é Allen que toma à frente para abri-lo e tirá-lo dali...

Um único livrinho compacto, verde e branco, com os dizeres Guia da Floresta Sherwood estampados na frente e um logotipo com o contorno do chapéu pontiagudo do Robin Hood.

Allen fica olhando, horrorizado.

— É só um livro.

Ouço a voz de Celine pela primeira vez desde que começamos a procurar:

— Aurora falou que tem outra coisa no saco — afirma ela lá de trás.

Meu olhar dispara até ela. Suas bochechas estão molhadas pela chuva, o delineador um pouco borrado, o peito subindo e descendo de modo regular. Então me viro para a sacola de novo e percebo o papelzinho quadrado no canto inferior.

Allen fecha a cara.

— Quem é Aurora?

Beleza, também não sei *exatamente* quem é Aurora, mas qual é, cara.

A colega de quarto de Celine, a de olhos arregalados — evidentemente Aurora —fica vermelha. Celine estreita os olhos escuros em uma expressão que sei que significa *explosão iminente* e diz:

— Você deve estar com fome, cansado ou temporariamente debilitado de alguma outra forma. A gente devia mesmo voltar. — Então ela dá um passo à frente para pegar o bilhete, ao que parece antes de Allen conseguir definir se aquilo foi uma ofensa ou não.

(Foi.)

Ela precisa se colocar entre mim e Allen para pegar o papel. Olho para ele por cima da cabeça de Celine e de repente me questiono se ela acha que Allen e eu somos iguais.

Allen me lembra Donno, um pensamento que não me agrada.

Celine lê o bilhete depressa e murmura:

— Merda.

Olho por cima do ombro dela, mas Allen pega o papel quase que de imediato. Não importa, li o suficiente para ter uma ideia.

— Merda — repito.

A voz de Allen soa descrente:

— "Passo a passo e verso a verso, um esconderijo para cada livro descoberto. Extraia letra e número de cada pista. De partida, o que é pequeno, estranho e doce, e com uma só mordida a fome tranquiliza?"

— A voz dele se ergue no final como se ninguém nunca tivesse ferrado tanto assim com a vida dele.

Faz-se um pequeno silêncio.

Então Raj ri.

— A gente tem que encontrar mais nove livros.

CAPÍTULO CINCO

CELINE

Há uma veia muito curiosa saltada na testa de Allen. Meu olhar encontra o de Aurora e ela morde a boca para não rir.

— Beleza, mudança de planos! — afirma Sophie, tocando o rabo-de-cavalo que aos poucos vai virando um pompom cacheado. — Antes de mais nada: o que a charada significa? Tem alguém aqui bom em desvendar essas coisas?

Aurora se aproxima de mim, se inclina e murmura:

— *Petit fours*.

Hã... ela está com fome?

— *Pardonnez moi*?

Infelizmente Allen enfim recupera a voz.

— Isso não pode estar certo — anuncia ele e vai até a supervisora Holly. — Com licença — murmura, muito educado, só que é tarde demais para isso, colega, já que ela ouviu você esbravejando com todo mundo, mas beleza. — Houve algum mal-entendido mais cedo?

Holly inclina a bela cabeça para o lado e responde com calma:
— Não.
Allen aguarda por mais informações.
Ao que parece, não vai ter mais nenhuma.
— É que disseram que os livros estariam todos juntos — insiste ele.
Holly junta e separa os cílios postiços esvoaçantes bem, bem devagar. A boca brilhosa permanece fechada.
O rosto de Allen está ficando de um tom adorável de rosa.
— Então está dizendo que agora temos que encontrar dez livros individualmente? Pista a pista?
— Não.
Allen começa a exalar em alívio.
— Vocês já encontraram um — continua ela. — Só faltam nove.
Então Raj estava certo.
Eu deveria estar irritada porque teremos que andar mais, mas estou muito ocupada apreciando a indignação mal disfarçada no rosto de Allen. Escondo um sorriso e, por algum acidente inexplicável, meu olhar encontra o de Bradley.
Ele está dando um sorriso malicioso. Eu estou dando um sorriso malicioso. Por um segundo impossível, estamos os dois dando sorrisos maliciosos... um para o outro, mas, tipo, não do jeito de sempre. Então o sorrisinho dele é substituído por uma careta horrorizada de compreensão e ele desvia o olhar como se eu pudesse passar pulgas para ele. Deus nos livre que alguém como ele faça contato visual com alguém como eu, imagino.
Sinto dor na mandíbula e percebo que estou trincando os dentes.
— Mas então... Isso não é... — Talvez Allen esteja tendo uma parada cardíaca. — Bom — consegue dizer, recompondo-se. — A gente encontrou *um* dos livros. Não seria justo uma pessoa voltar? Ou... a gente precisa mesmo dos dez? Podemos fazer cópias, não podemos? Seria mais inteligente. A gente devia agir de forma mais inteligente, não com mais afinco. — Ele foca em Holly. — É isso que devemos fazer?
Ela parece bastante entediada.
— Sou apenas sua supervisora. Não posso ajudar vocês.

Ainda que a situação seja divertida, acho que a coisa responsável a se fazer é seguir com a tarefa agora, então me afasto com relutância e tento pensar.

Evidentemente, Sophie concorda, porque pergunta de novo, mais alto desta vez:

— A charada. Alguma ideia?

— Fala sobre fome — alguém comenta —, então é provavelmente sobre comida, né?

Inicia-se um debate, um do qual eu poderia participar se Bradley não tivesse escolhido aquele exato momento para se inclinar na minha direção e perguntar a Aurora:

— Algum palpite?

Fecho a cara. Do que ele está falando? Nós nem ao menos...

Mas Aurora concorda com a cabeça devagar, lançando um olhar para mim, depois para ele.

— Vocês se conhecem?

Respondo "com certeza não" bem quando Bradley ri e diz "infelizmente". O sorriso dele é acolhedor e convidativo e ele tem uma covinha na bochecha direita, tudo isto direcionado com um foco inabalável para Aurora. Não faço ideia de qual seja o joguinho dele, mas com certeza é um jogo. Talvez ele tenha notado que Aurora é inteligente e útil (porque, sabe, ela é), então decidiu grudar nela e assim causar uma boa impressão também. Mas tenho certeza de que ao fim do dia vai estar ignorando a menina e trançando o cabelo do Allen. Aquele cara é a cópia mais fiel de Donno que já vi.

— É *petit fours* — revela Aurora. — Pequeno e estranho, como estrangeiro, certo? E é comida. E tem um número, então provavelmente... P4 no mapa, ou algo do tipo, nosso setor é OPQ...

Ah, Deus. Ela está contando todas as ideias a ele. Arregalo os olhos e balanço a cabeça, mas ela não está prestando atenção porque Bradley a está encantando com seu rosto lindo e irritante.

O sorriso de Bradley aumenta e ele responde:

— Descobriu isso rápido assim? Você é meio que uma gênia.

Alguém, por favor, me enforca.

Então Brad sussurra:

— Fala para a Sophie.

Faço uma pausa, certa de que não ouvi direito. Por que ele não está...? Por que ele...? Quer dizer, Bradley é esperto demais para roubar a ideia de Aurora de modo descarado e apresentá-la como sua. Mas por que ele não está bradando algo tipo "Acho que a Aurora sabe a resposta!", cheio de pompa para capturar a atenção de todos e provar como ele é um Cara Legal? Por que ele sussurraria para que ela...

— Está todo mundo falando — murmura Aurora. — Não posso simplesmente...

— Pode. — Ele dá um empurrãozinho nela. — Não tem problema, eles estão falando um por cima do outro. Você pode muito bem fazer o mesmo.

Ela fica vermelha.

— É só falar — incentiva ele. — Não pensa, só faz. Vai em frente! Vai.

Aurora está dando *risadinhas*. Estou *abismada*. O que diabos está *acontecendo* diante dos meus *olhos*?

— Anda, fala, fala, fala...

— Tenho um palpite — anuncia Aurora de repente, seu nariz vermelho como uma sirene de ambulância, mas a voz forte e compreensível.

Faço um barulho esquisito tipo "*gá?*". Bradley me olha de lado. Fecho a boca.

— Eu acho... hã... que pode ser... *petit fours?* — continua Aurora. — Talvez, não sei, estava pensando que podia ser porque, vocês sabem.

Ela perdeu todas as forças para prosseguir, mas não importa porque Thomas está assentindo e dizendo "*ahhhhh!*". Ele explica a lógica e Aurora concorda com um sorriso minúsculo e feliz, e a conversa prossegue. Sophie está pedindo os números do pessoal e falando sobre pontos de encontro e eficiência. Raj está perguntando a Aurora se ele pode chamá-la de Rosa (como a Bela Adormecida). Bradley está analisando uma partícula de lama no moletom e estou olhando para Bradley porque não consigo evitar.

Ele deveria ser uma pessoa diferente agora. Deveria ser uma caricatura do jovem popular, seguindo os limites maliciosamente estabelecidos por Donno, ignorando pessoas que ele considera estar abaixo dele e fingindo ser sem querer, mantendo-se distante dos outros de modo inconsciente como se tivesse *nascido* perfeito. Não é que ser gostoso, atlético e encantador faça de alguém uma pessoa ruim. Mas *escolher* colocar tais qualidades acima de todo o resto, acima de bondade, honestidade e lealdade, isto sim faz de alguém uma pessoa ruim. Isso fez dele uma pessoa ruim quando no passado ele era a *minha* pessoa.

Ele deveria ser alguém que não reconheço.

Mas de vez em quando ele me mostra vislumbres de um Bradley que *de fato* reconheço e realmente preciso que ele pare com isso.

— Certo — diz Sophie —, então sobram... Brad e Celine?

Eu me sobressalto ao ouvir meu nome. Ao meu lado, Bradley faz o mesmo.

— Algum de vocês tem uma bússola no celular, não tem?

Abro a boca, mas logo fecho. O que vou fazer, admitir que não faço ideia do que está acontecendo? Duvido que isto fosse ajudar minha pontuação de comprometimento do dia.

— Sim — respondo com calma.

Ao mesmo tempo Bradley anuncia:

— Tenho uma bússola no bolso, na verdade.

Tenho que olhar duas vezes para entender quando ele tira do bolso uma coisinha preta de plástico e a abre. Óbvio, o Príncipe Perfeito trouxe a própria bússola. Pergunto-me se Holly vai dar a ele pontos extras por pensamento criativo, ou comprometimento, ou *liderança*. Deus. Realmente preciso me esforçar mais.

— Ah, ótimo! — responde Sophie. — Certo, pessoal, venham aqui tirar uma foto do mapa.

Com sutileza, me aproximo de Aurora.

— O que está acontecendo?

— Vamos fazer revezamentos — sussurra ela de volta. — Vamos criar um grupo de mensagens e sair para procurar os livros em duplas.

— Quê? Qual o sentido disso?

— Eles têm um amplificador de sinal aqui para que a gente possa pedir ajuda caso se perca.

— Não, quer dizer, a gente precisa de todas as pistas para encontrar o livro, não precisa?

— Aham — confirma Aurora —, por isso o grupo de mensagens. Para compartilhar o que a gente encontrar. Mas a tarefa acontece em uma seção do mapa marcada em vermelho, o que significa que só tem uma quantidade limitada de seções, certo? Não é uma área total tão grande. Então as outras duplas vão procurar nas próprias seções para ver se conseguem encontrar algo enquanto todos nós esperamos por mais informações. Ficar andando em um grupo grande de dez pessoas parece perda de tempo. A maioria de nós nem tinha uma tarefa enquanto a gente procurava pelo primeiro livro.

Este é um... plano terrível. Eu deveria realmente dizer al...

— Espera — sibilo, a constatação atingindo meu rosto como o galho de uma árvore. — Então tenho que ir com o *Brad*?

Aurora estremece, o que já confirma tudo.

— Com quem você vai?!

— Com o Raj. Desculpa.

Finjo lançar a ela um olhar feio. A garota ri. Pelos próximos cinco minutos, ignoro completamente a desgraça iminente diante de mim. Então nos separamos, deixando Holly para trás como um ponto de referência, e sou obrigada a me aproximar Dele.

A Grande Pedra no Meu Sapato.

Mantenha a calma, Celine. Se temos que trabalhar juntos, temos que trabalhar juntos. Respiro fundo para me tranquilizar e esfrego nas coxas as mãos úmidas pela chuva.

Vai ficar tudo bem.

Vou fazer ficar tudo bem.

Tudo bem!

* * *

BRAD

Celine está mais esquisita do que o normal.

— Sério, isso é ridículo — resmunga ela baixinho pela milésima vez enquanto avançamos em meio às samambaias.

E, não, não é ela estar reclamando a parte esquisita; o que é esquisito é ela estar reclamando para *mim*.

Celine deveria estar comandando a todos como soldados em seu exército, não seguindo as instruções de Sophie sem questionar. Fico esperando que ela diga algo daquele seu jeito mandão e irritante. A ausência disto está começando a me assustar.

— O que sequer devemos procurar? — brada ela, autoritária, a pergunta direcionada a uma árvore próxima.

— Não sei. Um saquinho plástico? Uma seta grande e chamativa?

Ela se vira para me encarar, os olhos semicerrados em suspeita, como se não fizesse ideia de porque estou respondendo a ela. É sério isso? Qual é, Celine. É literalmente falar com você ou com o mato. Colabore. Estamos andando sozinhos por uns vinte minutos e estou tão carente que na verdade sinto gratidão quando ela fala comigo.

— As chances de a gente achar qualquer uma das opções nessa chuva são basicamente as mesmas. — Ela funga, enfiando as mãos nos bolsos da jaqueta *puffer* preta.

Não está chovendo forte. A chuva é suave como névoa, grudando nos cílios, ofuscando qualquer coisa que esteja a mais de um metro de distância. Então imagino que quando ela diz "as mesmas" queira dizer "zero".

Em vez de comentar, porém, respondo:

— Tira as mãos do bolso.

Ela me encara como se eu estivesse falando grego.

— Vai se ferrar.

— Se você quiser quebrar o outro pulso, que seja perto de outra pessoa, porque não vou te carregar pela floresta.

— Se eu quebrasse o outro pulso — retruca ela de modo doce —, não precisaria que ninguém me carregasse porque não uso as mãos para andar.

Tudo bem, deixe que ela tropece em um arbusto e quebre o pescoço. Não dou a mínima. Vejo de relance meus tênis sujos de lama e bufo.

Caminhamos por mais cinco minutos em silêncio antes de eu perceber que Celine não vai mais falar. Se eu quiser barulho, preciso provocá-la de novo.

— Não acho que a gente se separar foi uma ideia ruim.

Os olhos dela se acendem. Ela é maravilhosamente previsível.

— Óbvio que foi uma ideia ruim! Dividir recursos e perder tempo perambulando no escuro? Longe de ser o melhor plano do século.

Aah, ela está furiosa. Agora sim.

— Você diz o escuro literal ou o metafórico? — pergunto com inocência.

Ela tensiona tanto a mandíbula que quase escuto o estalo.

— Óbvio que quis dizer o escuro metafórico, Bradley.

Celine deve me odiar de verdade porque quando outras pessoas a irritam, ela fica entediada e dispersa. Quando eu a irrito, quase posso ver uma veia pulsando na testa dela.

— Bom, se fosse óbvio, eu não teria perguntado.

Ela fica emburrada de imediato.

— Para de palhaçada. Escuta, enquanto a gente estiver fazendo isso junto...

— Ouvi direito? Você disse *junto*?

— A gente precisa ficar de olho nessas coisas — ela continua como se eu não tivesse dito nada. — Eu *sei* que você sabe como esse plano é ilógico. Um de nós devia ter prestado atenção lá atrás.

Ela sabe que eu sei? Mantenho a expressão neutra e a voz estável quando digo:

— Para quê, para abrir a boca e minar toda a vibe democrática?

Mas por dentro estou vibrando como um chihuahua confuso, nervoso porque Celine acha que eu sou... inteligente? Não, talvez seja generoso demais. Sensato? Ou algo do tipo? Basicamente estou abismado por ela não achar que sou um otário como o Allen. Não sou, mas ela nunca foi racional o bastante para admitir minha inteligência, que, sendo sincero, é impressionante, então...

— Dane-se a democracia! — anuncia ela.

Hã.

— Certo, Companheira Celine?

— Estão todos com pressa de ganhar — prossegue ela. — É por isso que se agarraram à primeira ideia em vez de considerar todas as opções.

Celine não está errada, mas nesse sentido, ela quase nunca está. É uma de suas qualidades mais irritantes.

— Acho que está sendo dura demais. A seção é pequena, talvez a gente encontre alguns livretos fora de ordem. É possível que isso otimize o tempo, e o grupo de mensagens oferece a opção de trabalho em equipe.

— A gente trabalharia mais rápido se usasse as habilidades de cada membro da equipe ao mesmo tempo, e não acho que o grupo de mensagens vai ser o bastante. Estamos andando pela floresta, pelo amor de Deus. Quem vai ficar olhando o celular?

Não menciono que ela está com o celular na mão neste exato momento, analisando as fotos que tiramos do mapa. A voz de Celine fica cada vez mais alta com sua revolta e ela gesticula demais. Eu, às vezes, de vez em quando, *por acidente*, assisto às teorias de conspiração dela no TikTok e ela fica assim quando fala sobre como o Monstro do Lago Ness morreu tragicamente de velhice, mas foi, em algum momento, bastante real.

— Está rindo de quê? — brada ela.

Tiro o sorriso ilegal e não planejado do rosto.

— Nada. Só... sabia que seu comportamento calado e educado não ia durar.

Ela para de andar, fincando os pés (espertamente calçados em botas de caminhada) na terra e colocando as mãos na cintura. O gesso escapa da manga, apontando para mim como um bastão da culpa.

— E o que você quer dizer com isso?

Dou de ombros porque ficar tranquilo enquanto ela está furiosa sempre a irrita mais.

— Que lance é esse de comportamento tímido e acanhado na frente dos outros? Esperando o momento certo? Conquistando o público antes virar todo mundo do avesso? Qual o problema?

— Mandei o Allen calar a boca — retruca ela com uma careta.

— Achei que você foi espantosamente educada com Allen.

— *O quê?*

— Bom, pros seus padrões. Foi mais ou menos uma censura gentil. Espero que não esteja gastando toda a sua energia comigo, Celine. Preciso ver você arrancar o couro de pelo menos uma pessoa enquanto estamos aqui.

— Que engraçado — responde a garota com rispidez. — Achei que me preferisse de boca fechada.

Toda a graça em tirar sarro dela se esvai como água pelo ralo. Ela já me disse algo assim antes. Talvez ache que eu não me lembre. Talvez *ela* não se lembre e sou o único que reviveu mentalmente aquele dia no refeitório milhares de vezes.

Provavelmente não, porém.

Quando Celine era criança, seu pai desapareceu por uns dias e ela concluiu que ele tinha sido abduzido por alienígenas. Quando ele voltou, anunciando que a amante tinha dado à luz a gêmeos e se divorciou de Neneh para ficar com a nova família, Celine concluiu que eram os alienígenas influenciando a mente de seu pai. Ela tinha delírios seletivos e eu, compulsões obsessivas — provavelmente foi por isso que nos tornamos melhores amigos. Quem era eu para julgar?

Mas enquanto crescíamos, aprendi a me comportar direitinho para ninguém perceber que eu era diferente. Celine nunca fez isso. Ela falava de alienígenas para quem quisesse ouvir. Principalmente quando estava nervosa.

"Achei que me preferisse de boca fechada."

A chuva fraca escorrendo das folhas preenche o espaço entre nós como um balão inflado. Ela está com a mandíbula tensa; eu queria que não estivesse. Meu peito está apertado, mas não há muito que eu possa fazer a respeito. *Só ignore. Não diga nada. Não tem por quê...*

Mas sempre tive dificuldade em me desvencilhar de pensamentos e sentimentos. Eles me corroem até eu ceder.

— Eu pedi desculpas.

Celine faz um ruído de descrença e, simples assim, sei que não há nenhuma coincidência nesta conversa. Celine não se esqueceu do motivo pelo qual me odeia.

Talvez ela fique sentada ao meu lado nas aulas de filosofia se lembrando das coisas assim como eu.

— Não foi minha culpa, sabe — solto —, a gente ter se afastado. Naquela época.

Ela faz uma expressão incrédula.

— Quer dizer nossas turmas?

Dou de ombros, já desconfortável, ponderando porque estou cavando ainda mais em vez de acabar com esta conversa...

— Óbvio que não foi sua *culpa*, Bradley — diz ela de modo brusco.

— Em algum momento o cronograma muda para todo mundo. — Sua mandíbula se move quando ela morde alguma parte que não posso ver: a língua? A parte interna da bochecha? Então volta a falar: — O problema foi que você piorou as coisas.

Tenho que cobrir todas as feridas com curativos porque se eu as vir, vou ficar cutucando até sangrarem. Talvez as coisas fossem mais fáceis se eu pudesse colocar uma lona bege bacana em cima da Celine, mas não posso, então só pergunto:

— Como?

— Você tinha que... — Ela acena. As suas unhas estão brilhantes e pretas. — Fazer novos amigos. E entrar no time de *futebol* e...

Uma indignação justificada ganha vida no meu peito. Acontece que depois de passar quase quatro anos fervilhando em silêncio, estou bastante pronto para esta discussão.

— Porque era um crime enorme. Querer fazer coisas novas sem você. *Eu* fui o vilão da história por sair do clube de latim e me juntar a outro? Beleza, Celine.

Ela pressiona os cílios ensopados de chuva, respira fundo e diz a última coisa que espero ouvir:

— Bom, não. Óbvio que não. Você tinha liberdade de fazer o que quisesse e foi... injusto da minha parte questionar isso.

Hum. Aquelas palavras saíram mesmo por entre os dentes trincados da Celine Sabe-Tudo? Acho que estou em choque. Desorientado, procuro algo para dizer e solto:

— Minha terapeuta disse que você era controladora.

Excelente, Bradley. O trabalho em equipe em sua melhor forma.

Ela estremece e enfia as mãos nos bolsos.

— Ah.

Com certeza estou com algum problema porque me sinto mal. Talvez todo esse ar fresco esteja envenenando meu cérebro. Eu me mexo sem jeito e olho ao redor, como se fosse encontrar um manual entalhado no tronco de alguma árvore. Tipo: *Então sua ex-melhor amiga admite que está errada e odiá-la está ficando exaustivo.* Algo assim.

Mas antes que eu possa encontrar qualquer instrução útil, Celine fala de novo:

— Você estava... — Ela engole em seco, mas tensiona ainda mais a mandíbula. — Estava com vergonha de mim. Foi esse o problema. É isso que faz de você o vilão.

E lá vai meu coração se apertar de novo.

— Isso não é verdade.

— Você disse para eu...

— Eu me desculpei — interrompo porque sei o que falei e não quero ouvir de novo. — Eu *pedi* desculpas a você. Logo depois.

— Como se eu fosse acreditar em alguma palavra que saía da sua boca depois *daquilo*.

Sei o que *aquilo* foi. Agora consigo ver: eu arrastando Celine até a mesa com todos os meus novos amigos. Quanto mais ela falava, mais calados eles ficavam, e quanto mais calados ficavam, mais Celine falava. Com nervosismo. Um pouco alto demais. Repetitiva. Sobre alienígenas, é óbvio, e sobre como smartphones ouvem tudo o que dizemos e direcionam a publicidade política adequada. Publicidade essa designada para nutrirmos radicalmente uma orgulhosa apatia destrutiva ou um extremismo conservador — e um monte de outras coisas que, com certeza, nenhum outro jovem de 14 anos gostaria de ouvir. Eu queria que aquilo funcionasse, queria que tudo funcionasse, então depois do almoço falei para ela que talvez no dia seguinte ela devesse só...

Manter aquelas coisas para si mesma.

E ela disse:

— Mas por quê?

E eu não queria responder: "porque preciso que eles gostem de você". Então em vez disso respondi:

— Qual é, Cel. É só... um pouco... esquisito.

Soube assim que falei que tinha cometido um erro. *Desculpa, desculpa, desculpa...*

Tarde demais.

— *Eu sou esquisita, Bradley, e não me importo. Desculpa não ser patética o suficiente para criar toda uma personalidade falsa. Na verdade, alguns de nós têm integridade.*

Sabe como as coisas machucam mais quando você tem medo de que sejam verdade?

— Eu tenho integridade!

— Aham, tem sim.

— *Bom, não posso fazer nada se as pessoas gostam de mim, mas não de você, Celine.*

— *Um belo dia eles vão descobrir como você é esquisito de verdade, Brad. Sabe disso, não sabe?*

É. Eu sabia. Assim como sabia que aquela briga toda era um erro.

— *Seus novos amigos ainda vão querer você?*

— *Óbvio que vão!*

Mas aquilo doeu porque talvez eles não quisessem.

Dali em diante foi só ladeira abaixo. E por *ladeira abaixo* quero dizer que falei para Celine que alienígenas não existem e que o pai dela era só um babaca, e ela me disse que eu era uma imitação do boneco Ken com aspirações trágicas ao desinteresse.

Jesus! Cinco minutos atrás estávamos perambulando pela mata e de repente, de alguma forma, ela me enfiou em um barril do passado e sinto que estou me afogando. Eu *sabia* que deveria ter ficado longe dessa garota. Perto dela sou só problema.

— Você percebeu que conseguia se encaixar — diz Celine agora — e simplesmente foi. Desse *jeito*. — Ela não estala os dedos do jeito certo; estão molhados demais. — Tudo o que precisava fazer era me largar para trás, então foi o que fez. Não é grande coisa. Só queria que você admitisse.

— Você está errada. — Não gosto de pensar nessas coisas. É tudo confuso e caótico e não sei lidar com o caos, mas a verdade é que, na época, eu tinha um plano bem definido: futebol e amigos, e ainda-
-Celine. Sempre-Celine. É só que, quanto mais perto eu chegava das primeiras duas coisas, mais distante ela parecia ficar. — Eu queria que você se sentasse com a gente no almoço...

— E que diabos alguém como eu ia fazer sentada ao lado de Max Donovan? Isabella Hollis? *Qualquer* um deles? — Ela ri, como se não pudesse chegar nem perto de me entender.

Como se eu estivesse em outro planeta.

— O que... o que tem de errado com a Isabella? — pergunto com a voz rouca.

Quer dizer, eu sei o que há de errado com ela da *minha* perspectiva: ela é minha ex-namorada e foi bem doloroso quando me deu um pé na bunda no ano passado. Mas meio que sempre torci para que Celine gostasse dela e...

— Você *sabia* que ninguém gostava de mim — responde Celine, e Isabella some dos meus pensamentos.

— Eu sabia que as pessoas *poderiam* gostar de você — corrijo — se você ao menos falasse com elas! Direito! Você nunca fala com ninguém, não do jeito que falava comigo...

— Sai fora, Bradley.

Levanto a voz para sobrepor a dela.

— Se você ao menos... Se pudesse ser...

— Bom, eu não podia! — berra a garota. — Você podia, eu não! Então você me largou.

— Eu larguei *você*? Celine, você me deu um gelo total. — Passo a mão pela nuca sentindo o estômago revirar como se ela tivesse me feito voltar no tempo. Como se eu estivesse no refeitório a observando almoçar sozinha com aquela expressão entediada e a cabeça erguida, como se qualquer coisa, absolutamente *qualquer coisa*, fosse preferível a mim. — Fomos melhores amigos por anos e de repente acabou! Foi como se nunca tivesse acontecido.

— Porque você não era mais *você*. Você era uma pessoa totalmente diferente como... como...

— Como se eu tivesse sido abduzido por alienígenas — completo quando compreendo, as minhas palavras lentas e neutras.

E tudo se encaixa: porque ela não aceitou meu pedido de desculpas, porque ela nem sequer me deixou tentar. Porque estamos parados aqui com nada entre nós a não ser uma discussão antiga.

Ela olha para mim com uma expressão rebelde, a mandíbula tensa. Como se me desafiasse a formar uma opinião sobre a correlação.

Não sei nem o que dizer.

Essa coisa que temos é como jogar uma corrente embolada dentro de uma gaveta e torcer para que um dia ela saia de lá sem emaranhados: o nó fica ainda maior quando não estamos olhando. Eu não conseguia achar o pedaço certo para puxar, não conseguia segurar os elos com firmeza, mesmo se quisesse. Só estamos muito... desfeitos.

Ela respira fundo. Sua voz soa como a ponta de um serrote.

— A meu ver, não era para sermos amigos. Nunca foi. O que quer que a gente tenha sido foi... acidental, circunstancial ou...

Levo um minuto para entender aquelas palavras, como se alguém fosse golpeado e tivesse os rins arrancados e então precisasse de um tempo até perceber que está sangrando. Então permito que ela mergulhe de cabeça na baboseira que está dizendo antes de conseguir interromper.

— Quê?

Ela fecha a boca. O vento uiva por entre as árvores.

Repito:

— O que foi que acabou de dizer?

Ela levanta o queixo.

Algo no meio da minha caixa torácica se rompe.

— Mas que *porra*. — Estou. Pegando. Fogo. Arranco o gorro da cabeça e jogo no chão. — Não *suporto* você.

De alguma forma meu gorro bate no joelho dela. Celine joga de volta. Não pega em mim.

— Sim! Fiquei sabendo!

— Não joga meu gorro! — grito e pego o objeto do meio da lama, então por acidente jogo de novo.

— Tudo bem!

Antes que eu perceba, ela se abaixou, pegou um punhado de lama e folhas podres e sabe lá Deus o que mais e lançou na minha direção. Há um *splash* quando atinge meu peito e vejo a satisfação no rosto dela por mais ou menos 0,2 segundos antes de a expressão desaparecer como uma vela sendo apagada. Ela fica de queixo caído. Arregala os olhos. Fica parecendo um pouco com aquela pintura, aquela do grito.

Bem, bem devagar olho para minha roupa imunda.

— Brad! — exclama ela, como se não soubesse o que *mais* dizer.

Meu look está arruinado agora. Dos pés à cabeça. Não é como se eu nunca tivesse me sujado de lama — devia ver como fico nas partidas de domingo —, mas este não é um campo aberto bem cuidado e não estou usando uniforme. Sabe lá Deus o que se esconde nesta floresta. Já vi *cogumelos* aqui. Cogumelos são *fungos*. Estou contaminado por completo.

— Ai meu Deus — balbucia Celine.

Aceite a ideia, meu bom senso me relembra.

Certo. Sim. Tudo bem. Aceito oficialmente que estou condenado de maneira trágica a contrair raiva da lama não identificada e contaminada por bosta que Celine acabou de jogar em mim e morrer de imediato.

— Me desculpa mesmo!

Identifique as deturpações.

Beleza, tudo bem: é bastante possível que minha morte iminente não seja uma conclusão racional à história. É também possível que a coisa da raiva seja inexata.

Tecnicamente. Suponho.

— Brad?

Retome o foco.

Inclino a cabeça para trás e conto todos os galhos acima de mim. *Não devo ter medo.*

— Brad, por favor diz alguma coisa. Desculpa.

Exalo uma vez, de forma deliberada, pela boca. *Apenas eu vou permanecer.* Beleza. Beleza. Estou bem.

Mas Celine parece estar à beira das lágrimas. Ou talvez seja apenas a chuva.

— Que foi? — retruco com o tom autoritário.

Ela arregala os olhos.

— Eu... Você precisa... Está...

Eu me agacho, pego um punhado de lama e jogo nela de volta. *Splash.* Agora o casaco dela também está imundo.

Ela me encara em espanto por um, dois, três segundos antes que o choque suma e a batalha de lama comece oficialmente.

Abandonamos a bússola e a foto do mapa enquanto perseguimos um ao outro — não sei quem está perseguindo quem, então não pergunte — pela floresta. A mira dela é melhor do que a minha, provavelmente porque ela jogou netbol por muito tempo. Sou mais rápido que ela. Apesar de mais esquiva, Celine tem asma, então fico preocupado que o oxigênio dela acabe e ela morra no meio do mato e eu tenha que dar a notícia a Neneh. Quando consigo sugerir uma trégua, estamos cobertos de lama e estou torcendo muito para que haja uma máquina de lavar na cabana. Do contrário, estaremos bem ferrados.

Talvez Celine esteja pensando a mesma coisa porque ela encosta em uma árvore e começa a rir. Pequenas risadas ameaçam escapar dela e levam a um soluço atrás do outro. É tão ridículo que rio também, e quando dou por mim estamos encostados em um carvalho e...

As risadas acabam. Tem um pouco de lama seca logo acima da sobrancelha dela e seu rosto está muito diferente agora, mas ainda é o mesmo.

No passado eu achava Celine a pessoa mais bonita do mundo.

Mas é melhor não pensar nisso agora.

— Se temos que fazer essa coisa — começo —, juntos...

Ela dá as costas para mim quando digo isso. Levanta a cabeça para o céu. Continuo falando mesmo assim.

— Não quero passar dias brigando com você, Cel.

— Por que não? — resmunga ela em resposta. — Não é como se tivesse televisão na cabana.

Realmente não quero rir. Ela não é engraçada. Não a suporto.

— Bradley... — diz ela de repente.

Interrompo:

— Você nunca vai me perdoar.

— Não sou do tipo que perdoa — responde a garota com calma. — Tenho uma personalidade horrorosa.

— Você não deveria dizer isso — censuro — como se estivesse tudo bem. Você tinha que se arrepender por não poder ser a pessoa madura da situação.

— Bom, não me arrependo. Aliás...

— Não estou te perdoando também. — É importante que ela saiba disso. E agora ela sabe, então sigo para a parte seguinte antes que possa pensar demais. — Podemos esquecer isso, então?

Celine fica sem reação. Seu rosto é uma incógnita. Continuo falando, rápido:

— Quer dizer, só... quando a gente estiver em lugares assim. Só agir como se a gente não se conhecesse ou algo assim... e aí... vai ser mais fácil — concluo. — A gente se distrai quando discute. Mas nós dois precisamos fazer isso: manter o foco e se sair bem. — Parece que acordei no meio da noite para mijar e agora estou tateando os móveis em meio à escuridão com um grande senso de urgência. — Só... vamos... normal?

Só. Vamos. Normal.

Incrível. Uma bela salva de palmas. Vou ser um *barrister* maravilhoso, solene diante do juiz antes de perguntar: "Só... vamos... inocente?"

— Tudo bem — concorda Celine de repente e de maneira chocante. — Tanto faz. Contanto que não toque mais no assunto. Agora pode me ouvir? — A *mão* dela...

Segura meu queixo.

Ela está me tocando. Ela está me tocando. Ela...

Empurra minha cabeça para cima.

Seus dedos estão úmidos e congelantes, e meu pescoço e rosto estão pegando fogo...

— Está vendo? — pergunta ela.

Pisco com força.

Tem um saco plástico escondido na árvore acima de nós, com um pequeno livreto dentro.

* * *

DOMINGO, 21H20

> **Jordan🖤:** Já matou a Celine ou o quê

> **Brad:** pior

> **Brad:** muito pior

> **Jordan🖤:** VOCÊ BEIJOU ELA NÃO FOI

> **Brad:** ????

Brad: não???

Brad: por que falou um negócio desses?

Brad: Jordan

Brad: JORDAN.

Brad: ME RESPONDE SEU COVARDE.

CAPÍTULO SEIS

CELINE

— Aquele jogo foi totalmente manipulado — afirmo, bufando.

— Talvez você já tenha mencionado isso — responde Aurora com ironia — umas mil vezes, mais ou menos.

— Tá, tá.

Passa um pouco das 21h e estamos no quarto tentando ignorar o barulho da festa na sala comum da outra equipe. Eles retornaram *sete minutos antes de nós*, o que é aparentemente significativo o bastante para ganharem música e comidinhas de festa e nós ganharmos a tarefa de lavar a louça. Revoltante, na minha opinião.

Vendo pelo lado bom, não demora muito para lavar pratos depois do jantar quando há dez pessoas fazendo isso, então já estou aqui sentada no quarto, reclamando enquanto assisto Aurora escrever no diário. Hobbies analógicos me fascinam. Por que escrever coisas quando pode só filmar, gravar uma dublagem e jogar uns enfeites? Mas, por outro lado, Aurora parece bem relaxada agora. Estico o pescoço para olhar para o couro marrom simples do caderno dela.

— Está escrito *barômetro emocional*? — Um momento depois de perguntar, percebo que pode ser uma pergunta estranha. Os sentimentos são particulares, todos sabem disso. — Não precisa responder — disparo.

O nariz dela fica vermelho... e as orelhas também, percebo, porque Aurora está pronta para dormir com o cabelo preso em um rabo-de-cavalo, enfiada debaixo das cobertas.

— Não, não me importo — responde ela com timidez. — E sim, está escrito *barômetro emocional*. Gosto de monitorar meus humores.

Que irado. Só tenho dois humores: de birra ou de boa.

— Por quê?

Ela dá de ombros.

— Ciclos hormonais e tal. É legal saber quando estou triste de verdade e quando é TPM.

Uau, caramba. Olho para ela, impressionada.

— Você é tão esperta. Posso ler sua mão?

— Hã... não, obrigada.

— Você tem um bullet journal? Como aqueles perfis fofos no Instagram?

Aurora concorda com a cabeça.

— Usa fitas bonitinhas?

Ela concorda de novo.

A inveja me corrói.

— Tentei usar um, mas não consegui escolher uma paleta de cores e minha caligrafia em *bubble* parecia estar bêbada ou profundamente perturbada.

— Talvez o estilo minimalista tenha mais a ver com você — responde ela com gentileza.

Olho para meu pijama, verde-escuro com a estampa de cogumelos amarelos assustadores.

— Hum. Talvez.

Ela ri.

— Então, qual é o lance entre você e o Brad?

Ao ouvir o nome dele, o ar fica sólido e imóvel... ou talvez seja só eu. Me sinto estranha. O que aconteceu entre nós mais cedo, lá na floresta, foi esquisito. Não quero pensar nisso e definitivamente não quero conversar a respeito.

— Hã... — Estreito os olhos, buscando por indícios de uma suave dobra no continuum espaço-tempo. — Estou perdida no tempo? Uma conversa inteira que levou a este assunto passou despercebida?

Aurora abaixa a cabeça.

— Não. Desculpa. Eu só... pensei em perguntar antes de me convencer do contrário. — Ela estremece e ri ao mesmo tempo, e é irritantemente encantador.

Gosto dela de verdade, mesmo que meus instintos de lutar ou fugir fossem adorar mandar a garota esquecer isso.

Mas isto seria imaturo e ainda que minha idade mental esteja presa em 12 anos, mais ou menos, preciso esconder isso melhor se planejo ser uma Profissional Jurídica Fabulosamente Rica e Penosamente Bem-Sucedida.

Então em vez de ignorá-la e ir dormir emburrada, ajeito o edredom esbranquiçado e esfarrapado no colo e murmuro:

— Só... prepara a colega primeiro, sabe?

Ela ri com cautela desta vez, como se estivesse preocupada de ter me irritado.

— Você não precisa...

— Não, tudo bem.

Suspiro, no geral porque vejo Aurora como um gato: muito sensível a energias ruins. Não quero que ela pense que estou irritada. Quer dizer, *estou* irritada, mas não com ela. Por que todo mundo está trazendo o passado à tona hoje? Ela, Brad...

Tanto faz. Quem liga?

— A gente estuda na mesma escola.

Mas ela já sabia disso depois das nossas apresentações mais cedo. Cutuco um fio solto no meu pijama.

— Vocês se conhecem há muito tempo? — Ela parece interessada e não de um jeito fofoqueiro, só normal e curioso.

Vem à minha mente que ninguém sabe de verdade da história toda entre Bradley e eu. Nossos pais sabem das partes seguras-para-pais (não se pode contar *todos* os sentimentos a eles ou vão se chatear; é uma simples questão de cuidado parental adequado) e Michaela sabe... a parte superficial? Mas nunca entrei em detalhes com ela porque na época em que ficamos amigas, não fazia mais sentido. Brad e eu nos odiamos, todos sabiam disto. As pessoas mal se lembravam do que havíamos sido antes. Era o Efeito Mandela, uma alucinação em massa. *Brad e Celine? Por Deus, são inimigos desde o berço.*

Só que isso não é verdade.

Eu me pergunto se Brad contou aos amigos plásticos perfeitos como éramos antes. Eu me pergunto se ele fala de mim só para seu único amigo agradável, Jordan Cooper, e se eles falam sério sobre isso, do jeito que ficam sentados debaixo do salgueiro-chorão no campo conversando sobre livros.

— Nossas mães são melhores amigas e temos a mesma idade, então a gente era melhor amigo também. A gente entrou na mesma escola quando éramos crianças e se uniu, e eu era... bem. — Respiro fundo e quando exalo, a respiração treme. — No fundamental, eu era o tipo de criança de quem os outros zombavam.

— Isso é péssimo — responde Aurora com ironia. — Óbvio que *eu* não me identifico.

Depois de um segundo de silêncio, caímos na risada. É o tipo de riso que deixa os músculos da barriga doendo, mas dá asas a um sentimento mais profundo. Falo de novo e agora é mais fácil.

— Quando fiquei amiga do Brad, achei que nós dois éramos... sabe... ele é bem míope. Começou a usar lentes de contato por causa do futebol, mas antes ele usava uns óculos fundo de garrafa e tinha espinha.

Ele ainda tem espinha às vezes. Coloca uns adesivos em formato de estrela e todo mundo acha extraordinariamente descolado, mas se eu tenho uma única espinha (o que tenho, duas vezes ao mês, como um reloginho), recebo uns comentários no TikTok de gente mandando eu lavar o rosto. Minha teoria é que deve haver *algo* de especial que pessoas específicas possuem, alguma coisa que deixa todos ao redor sem fôlego e desmiolados de tanta adoração. E ele tem. Sempre teve.

Mas estou enrolando quando deveria simplesmente acabar com isso.

— Achei que a gente ia sofrer bullying junto — admito — e achei que a gente ia conseguir lidar com isso. Mas isso não foi necessário porque quando o Brad está do seu lado, esse tipo de coisa apenas não acontece.

Então adivinhe o que acontece quando ele não está do seu lado?

É.

Ah, bem.

— Mesmo na época, ninguém zombava dele porque ele era tão lindo — Merda. Eu não queria dizer isso — e simpático — adiciono depressa, com sutileza (espero). — Sabe como ele é. Você *gosta* dele.

Ela está vermelha, cheia de vergonha, como é o apropriado.

— Bom, é. Ele é... — Ela acena. — Você sabe.

— Aham — respondo secamente. — Sei.

— Sincero! — Ela ri, corando ainda mais. — Ele é tão sincero! Você sente a sinceridade em tudo o que fala, como... como se ele se importasse com cada palavra que diz a você.

É, sinto mesmo isso. É como adicionar combustível de foguete ao fogo quando ele me ofende. Mas quatro anos atrás, ele comprimiu aquela qualidade, ele *se* comprimiu, para caber dentro de uma caixinha social que não foi feita para ele. Brad é tão mais do que o Cara Legal da turminha popular ou o namorado da garota mais bonita da escola. (Graças a Deus aquela coisa com Isabella Hollis não durou muito porque vê-lo fazer tranças embutidas no cabelo da garota no refeitório era honestamente uma *farsa higiênica* agonizante e enjoativa e em algum momento eu estive prestes a *raspar a cabeça dela* pelo bem do *biossistema* da escola e...)

Enfim. O ponto é: ele era Maldito Bradley Graeme e era especial demais para desempenhar o papel porcamente criado em um filme de colegial brega dos anos 2000. Mas ele nem sabia disso.

Tentei dizer a ele. Mas ele não quis ouvir.

O silêncio pressiona meus ouvidos e percebo que faz um tempo que não falo nada. Em vez disso, fiquei sentada aqui fazendo careta para o nada enquanto Aurora me observa com paciência e um tantinho de inquietação.

— Desculpa — digo, pigarreando.

— Tudo bem. — Ela dá de ombros. — Se ficasse assim por mais tempo, eu só ia te dar um empurrãozinho até deitar e ia apagar a luz.

Dou uma leve bufada.

— A gente pode ir para a cama se quiser. Sei que estou divagando.

— A gente está *na* cama — retruca ela, esticando-se como se para apontar isto e dando um tapa no travesseiro. — Termina a história. Amanhã te conto uma, mas provavelmente não vai ser nem de perto tão interessante.

Reviro os olhos e me deito, mas depois de um segundo, continuo falando. Não sei se consigo parar. Parece que sou uma cachoeira.

— Não tem muito mais o que dizer. Ele decidiu que queria que a gente fosse normal mais do que queria que eu fosse eu mesma.

Não tive a intenção de falar as coisas desse jeito. Sempre achei que meu... desgosto com Bradley tivesse a ver com as suas escolhas, princípios, não com o fato de que ele quisera algo melhor do que eu e foi embora quando não consegui ser.

Lembro o que ele disse hoje, porém: *"Minha terapeuta disse que você era controladora"*. Eu poderia ter ficado mais ofendida se eu não achasse que ele estava certo. Às vezes, não tanto agora, mas muito quando eu era mais nova, me senti como uma daquelas crianças que aperta tanto a boneca que a cabeça dela se solta. Ninguém quer ser abandonada, certo? Mas sempre fui exagerada, então não quero ser abandonada *sob pena de morte*. Estou melhor agora. Mas me lembro, sim, de como eu era.

Então talvez seja uma coisa boa que Bradley tenha me largado antes que eu pudesse apertá-lo até a cabeça dele se soltar. Talvez seja por isso que concordei quando ele perguntou mais cedo se poderíamos ficar, tipo... tipo, temporariamente de boa.

— Quando isso aconteceu? — pergunta Aurora baixinho.

— Quando a gente tinha 13 ou 14 anos. Estava nevando, então... logo depois do meu aniversário, acho.

— Hmm — murmura Aurora, pensativa. Ela olha na minha direção, com as sobrancelhas erguidas, os olhos grandes e reflexivos à luz da lâmpada. — Capricórnio?

— Óbvio. — Estreito os olhos para ela. — Aquário?

— Escorpião — responde ela com calma, como se não fosse uma notícia completamente chocante.

Estou tão ocupada absorvendo as implicações daquilo que levo um segundo para perguntar:

— Espera, quando é seu aniversário?

— Sexta-feira. Sabe, o dia 14 é...

— Sexta?! A gente vai estar *aqui* na sexta!

Ela fica me olhando, então pisca devagar.

— Sim, eu sei.

— Você vai fazer 18 anos *aqui*!

— Aham. Mas a gente tava falando do...

— Quem se importa com o que a gente tava falando?! — grito. — O que vamos fazer no seu aniversário?

Ela fica vermelha como o sr. Sirigueijo, mas se mantém firme.

— Você está indo muito bem se esquivando do assunto — afirma ela com seriedade —, mas não bem o bastante.

Abro a boca, então fecho. Surpresa. Uma surpresa de aniversário para Aurora. Este é o meu plano, porque ninguém deveria fazer 18 anos enquanto se está presa no meio do mato longe dos amigos e da família, com certeza não Aurora. Ela é tão *gentil*. Tão *amável*. Ela é tudo o que eu queria ser quando criança, antes de crescer e perceber que eu não tinha cura e que talvez fosse genético. Uma surpresa de aniversário vai acontecer porque ela *merece*...

Mas preciso ludibriá-la com uma falsa noção de segurança.

— Certo. Hã. O que a gente tava falando?

— Você e o Brad, tendo 14 anos e sendo estúpidos.

Dou outra bufada.

— Eu teria dado muita coisa para ser normal naquela idade — comenta ela, pensativa.

— Você é normal.

— Na verdade não. E não tem problema, sei disso agora. Mas quando eu era mais nova... — Ela olha para mim. — Tenho uma doença celíaca. Mencionei isso? Nada de glúten. Fui diagnosticada uns anos atrás. Mas antes disso, eu vivia doente, dolorida e cambaleando por todo canto, todo mundo achava que eu era uma aberração e eu achava que eles tinham razão. Só queria que as pessoas gostassem de mim. Todo mundo tinha amigos. O que tinha de errado comigo? — Ela dá de ombros enquanto meu coração se parte em silêncio.

Nunca me importei com as pessoas me chamando de irritante, esquisita ou marrenta porque não acredito que essas coisas em mim sejam ruins. Nunca me ocorreu que algumas pessoas lidam com o peso do julgamento de todo mundo *e* com o próprio. Isso realmente nunca me ocorreu.

— Mas agora tenho amigos — prossegue ela. — E sei que eles valem mais do que todas aquelas pessoas que eram... cruéis comigo de modo casual, porque eles são gentis de propósito e isto faz deles pessoas melhores. Meu tipo de pessoa. Mas eu tive que *aprender* isto. Todos temos que aprender isto, certo?

Viro o travesseiro, levemente irritada.

— Então o que está dizendo é... que, por uma infelicidade, Brad foi privado dos anos de *aprendizado* por ser tragicamente lindo e simpático?

Aurora abre um sorriso.

— Não falei isso. Você que falou.

Jogo o travesseiro nela.

— Não me convence.

Porque isso não pode ser o suficiente. *Com certeza* não pode ser o suficiente para o jeito que ele fez eu me sentir.

E o jeito como você o fez se sentir...

Foi justificado. Foi.

Mas só se ele for o inimigo.

E ao que parece, ao menos aqui, ele não é.

* * *

BRAD

Passamos o segundo dia do PAB ouvindo uma palestra sobre as informações nos nossos livrinhos verdes (a versão resumida é: 99 por cento DA VIDA VEGETAL NÃO É DE COMER E NÃO SE DEVE BRINCAR COM RAPOSAS) e aprendendo todos os tipos de técnicas de segurança e sobrevivência que vamos precisar lembrar para a próxima expedição. Não ofendo Celine. Ela não me ofende. Na verdade, não nos falamos nem perfuramos os crânios um do outro com olhares fulminantes. É tudo bem normal, saudável e chato.

Uma vitória, suponho.

Olhando pelo lado bom, liberar a capacidade intelectual que geralmente gasto ao irritá-la me ajudou a pensar muito mais no meu livro. Olhando pelo lado ruim, no geral estou pensando em como é uma droga e como nunca vou terminá-lo, em vez de coisas úteis como, sabe, trabalhar no enredo.

No terceiro dia, a chuva cai de novo para combinar com meu humor, e Victor nos arrasta alegremente até o lado de fora para fazer trabalho braçal. (Não sou terapeuta, mas tenho bastante certeza de que ele tem questões nas quais a trabalhar.)

— Segura firme aí, tá? — peço a Raj, tentando martelar a última estaca da barraca na grama empapada.

Ele se agacha ao meu lado e faz uma careta, o que é mais ou menos tudo o que tem feito desde que nos colocaram juntos e nos deram uma barraca.

— Não vai acertar meus dedos, vai?

— Talvez.

— Sou um artista, Brad. Preciso desses dedos. Se quebrá-los, te meto um processo.

— É uma marretinha, Raj. Se controla. — Então bato nos dedos dele de propósito.

Ele cai esparramado na lama (é fascinante, sério, ele nem parece hesitar) e brada:

— Traidor!

Dou uma batida na cabeça dele.

— Violência! Cruel, implacável...

— Tudo bem aí, rapazes? — pergunta Zion, sério, pairando sobre nós como um deus portando um tablet quando, na verdade, ele tem uns cinco anos a mais do que nós, no máximo.

Raj se ergue como uma margarida, brilhando mais que o sol encoberto de hoje.

— Sim, senhor, Zion, senhor. A barraca está quase pronta. As estacas estão no lugar. Tudo em ordem. A meu ver, a gente está fazendo um trabalho 10/10.

Zion revira os olhos e vai embora tocando no tablet. Merda. Será que ele ao menos notou o líder eficiente que estou sendo hoje? Provavelmente não, considerando que eu estava liderando por meio do ataque com a marreta.

— Ops — murmura Raj. — Isso provavelmente não foi muito comprometido da nossa parte.

— Não — concordo.

Sem querer, meu olhar se volta para o outro lado da clareira cheia de barracas vislumbro Celine. A barraca dela está montada há décadas. Ela agora ajuda todo mundo a montar as respectivas, demonstrando habilidades de liderança e trabalho em equipe.

Se Celine conseguir essa bolsa de estudos e eu não, vou raspar meu cabelo e comê-lo.

— Ei — murmura Raj, voltando minha atenção à nossa barraca esfarrapada. Ele empurra a estaca na grama. — Que tal?

— Está errado. A gente tem que colocar a estaca em um ângulo de 45 graus da barraca.

— Achei que fosse um ângulo de noventa graus?

— Não — corrijo, paciente —, as *cordas-guia* enlaçam as *estacas* em um ângulo de noventa graus. As estacas...

— Qual é, Brad — interrompe ele —, só bate na estaca para mim. Você consegue.

Agito o papel molhado com as instruções.

— Sei que você leu isso porque tem marcas dos seus dedos enlameados nele todo...

— Aiii.

—... então você deve saber que os números estavam bem nítidos. Quarenta. E. Cinco. Graus. A gente tem que fazer certo ou vai... desabar! No meio da noite!

— Brad, não vamos dormir nas barracas hoje.

— Não — confirmo com seriedade —, mas é o princípio da coisa.

— Tudo beeeeeem — responde ele e pega a folha, estreitando os olhos para o diagrama. Só percebo que estou sorrindo quando as gotas de chuva escorrem pelas minhas bochechas em vez de rolarem por elas.

— Beleza, que tal?

Quero lhe dar pontos pelo esforço, mas mentalmente me questiono se ele está com a vista boa.

Ele percebe a minha expressão e segura de outro jeito.

Pondero se ele já estudou ângulos alguma vez na vida.

— Pelo amor de Deus. — Ele ri. — Segura *você*, então!

Não é uma ideia ruim. Trocamos de função e ele só bate nos meus dedos umas oito ou nove vezes.

Quando a barraca está armada, rastejamos para dentro dela para admirar nossa obra. Lanço um olhar para as botas de caminhada enlameadas dele, mas o garoto as tira dos pés antes que possam estragar o bonito chão de plástico brilhante.

— Nada mau — comenta ele.

— Nada *bom*, também — admito.

O lado direito do forro interno da barraca está inclinado em direção ao chão como se estivesse bêbado.

— Bobagem. É uma característica, não uma falha. — Raj se enfia debaixo dele e desaparece atrás de uma faixa de tecido azul. — Compartimento privativo. Assim posso me trocar sem você ficar encarando o meu tanquinho com inveja.

— Uau, graças a Deus por isso. Lembrou de prender todos os ganchos no forro externo? — pergunto, tentando não parecer nada desconfiado ou crítico.

A cabeça dele reaparece, os olhos castanhos grandes e inocentes.

— Você deve ter se esquecido, Brad. Tudo bem. Não faz mal.

Rio. Muito.

Quando saímos da barraca, Celine está lá. Certo, não *lá*, a alguns metros de distância, sendo toda perfeita e impressionante. Observo enquanto ajuda a Viajante Irlandesa radiante chamada Mary a enfiar uma chave de tenda em uma vareta.

— Não fica com medo dela — orienta Celine com firmeza. — Não vai quebrar.

— Vai quebrar meu nariz sim se eu soltar, caramba — responde Mary bufando.

— Então não solta — é o que Celine diz com a voz doce como mel.

A chuva não parece incomodá-la; ela tirou o casaco e o amarrou na cintura. O moletom está aberto e a sua clavícula brilha por estar molhada. Algumas tranças se soltaram do rabo-de-cavalo, mas o delineador preto, duas asas em cada olho, como uma borboleta, está firme, impecável e despreocupado como ela.

— Parça — chama Raj com um tom de voz bem esquisito —, aquela não é a sua prima?

— Não — respondo, observando Celine cercar as varetas como se fossem jiboias nocivas.

— Ah. — Ele parece aliviado, mas ainda incerto. Alicerto. — É só que o Thomas disse...

— Não — repito.

Desculpe, Thomas, mas a mentira da prima não está mais funcionando para mim. Faço uma pausa, percebo que estou encarando e viro o rosto.

— Mas você a conhece? — pergunta Raj, me observando com o sorriso cintilante de canto de boca.

— Não. Quer dizer, conheço. É, conheço. A gente estuda na mesma escola, lembra?

E é isso. Ela nem está *falando* comigo, então eu com certeza não estou pensando nela. Sei que pedi para agirmos de maneira normal, o que, em retrospecto, parece uma tentativa patética de implorar por uma amizade, e ela concordou, mas aposto que se arrepende. Aposto que ela não sentiu como se o coração estivesse liberando tensão e relaxando. Aposto que ela vai vir aqui e dizer...

— Bradley?

Levanto a cabeça. Celine.

— Posso falar com você?

Ignoro os olhos de borboleta dela e concordo com a cabeça.

— Aham.

Raj abre um sorriso quando Celine e eu rastejamos para dentro da barraca.

Lá dentro, Celine bate com a cabeça na parte flácida da barraca como um míssil à procura de erros e olha para mim.

— Hum.

— Sem julgamentos.

Ela revira os olhos, mas a ação é mais de quem acha graça do que de quem acusa. Esquisito. Muito esquisito.

— Achei que estivesse irritada comigo — solto, então me arrependo de imediato.

Por que eu mencionaria isso? Tenho vontade de sumir dentro de um buraco.

Celine só fica me olhando e ecoa meus pensamentos:

— Por quê?

— A gente não se falou. Ontem.

Ela franze a testa como se fosse possível pressionar o dedo entre as sobrancelhas da garota e desfazer as dobrinhas. Neste universo azul sombreado e marcado por gotas de chuva, ela está muito suave e escura, como cair na cama à noite depois de um dia longo e difícil.

— Não achei que a gente precisasse se falar. Você disse... *não inimigos*.

Então ela não estava me ignorando, apenas sendo literal, pragmática e outras características irritantes *a la* Celine.

— Típico. Arrisco meu orgulho para negociar um tratado de paz histórico e você não pode nem me dar bom dia?

— Você está se ouvindo? — pergunta ela com curiosidade. — Tipo, ouve quando fala? Ou é só barulho?

Vou apertar o pescoço dessa garota.

— Por que essa cara de quem está com gases? — questiona ela.

Passo a mão pelo rosto.

— Sabe o que admiro em você, Celine? Sua classe e sofisticação.

Ela bufa.

— Me erra.

— Não, é impressionante. Você é tipo uma debutante ou algo assim. Se eu não te conhecesse, acharia que tinha estudado em uma escola de etiqueta.

A risada dela é inesperada, tem gosto de melaço e não implode a realidade. Espero por algo, qualquer coisa, que surja e azede a conversa, fazendo de nós puros inimigos desprezíveis de novo, mas nada acontece. Sinto as palmas das mãos formigando.

O sorriso dela some.

— Ei — diz Celine sem jeito. — Hum. Então, queria te pedir um... conselho?

Na minha cabeça, desmaio de choque e Celine coloca sais de amônia debaixo do meu nariz. Em voz alta, digo:

— Faz sentido. Sou mais astuto e mais inteligente do que você e sabia que esse dia chegaria.

— Quer ver as fotos que tirei da minha barraca? — oferece ela com doçura, tocando no celular. — Holly espiou lá dentro e disse que está perfeita. Presumo que em seguida ela enviou um e-mail para Katharine Breakspeare contando como sou um exemplo reluzente de trabalho em equipe, liderança e estratégia.

— Certo, Celine, dá um tempo. — Mexo na cortina de privacidade flácida. — O Raj falou que é uma característica, não uma falha.

— O Raj fala muita coisa. Ele é um otimista incurável.

— Só para constar — comenta Raj —, consigo ouvir vocês daqui de fora. Tipo. Sabem que as paredes das barracas não são de tijolos, né?

Nós o ignoramos. Celine estica os braços e começa a consertar a barraca flácida. Ela parece estar unindo uma coisa e outra através do tecido. Se fôssemos mais do que conhecidos distantes, talvez eu ficasse impressionado com sua competência infinita.

Ela vira a cabeça e me flagra encarando. Sinto as bochechas corarem. O que tem de errado comigo hoje?

Mas é evidente que Celine não vê nada demais nisto porque ela só acena com o queixo como se para fazer eu me aproximar. Eu me movo para perto até estarmos a uns trinta centímetros de distância. Tem uma manchinha de rímel debaixo dos cílios inferiores dela e a garota sussurra para mim:

— Aurora vai fazer 18 anos na sexta.

Observo a boca dela se movendo por um segundo antes de compreender as palavras.

— Quê? Ah. Sério? Que droga.

Imagine fazer 18 anos aqui, dormindo em um colchão emprestado em um quarto com um tapete muito velho que provavelmente não é lavado há meses ou até anos. Uma tragédia. Tipo, literalmente digna de Shakespeare.

—... fofa — Celine está dizendo —, então queria fazer algo para ela, mas não tenho certeza... Não sou muito... Todas as minhas ideias parecem... — Ela se embaralha com as palavras de um jeito muito não Celine de ser e tento não sorrir.

Ela parece um bebê ainda no processo de aprender a verbalizar coisas. Sendo assim, a vontade de passar os braços em volta dela e apertá-la enquanto balbucia é bastante normal.

— É? — pergunto, ainda não sorrindo. — Todas as suas ideias parecem o quê?

Ela faz uma careta em resposta. A barraca foi consertada e está oficialmente no nível Celine de excelência.

— Ah, esquece.

— Continua.

— Não é nada — responde ela com raiva, tentando escapulir.

Bom, agora me sinto mal.

— Ei, espera...

Não percebo que estou tocando nela até que já está feito. Minha mão repousa em seu braço e tenho um milésimo de segundo para me encolher por dentro com a estranheza pura da coisa toda antes de soltar.

O braço de Celine é muito macio. Tipo seda. Tipo nuvem. Sério, quem tem uma pele assim?

Pigarreio e fecho a mão em um punho.

— Tipo... o que estava planejando fazer? Para Aurora?

Ela me olha desconfiada.

— Quero dar uma festa para ela. Na sexta. Depois do toque de recolher.

— Desculpa, quê? *Uma festa? Você?*

— Dá para *falar baixo*?

Um bom ponto. Continuo a provocação em um volume mais baixo:

— Uma festa ilícita, ilegal, depois das tarefas...

— Não é *ilegal*, Bradley, qual é.

— A gente não pode ir no quarto um do outro depois do toque de recolher — lembro a ela.

— Sim — responde a garota de forma tensa. — Sei disso. Mas o Zion disse que a gente pode comprar um bolo no Tesco Express para comer depois do jantar, mas qualquer coisa além disso está fora de questão porque senão todo mundo ia querer um no aniversário. Óbvio que neguei porque isso é uma droga e de qualquer forma não quero convidar todo mundo...

Ah, a frase é tão Celine que nem sei. Algumas coisas nunca mudam.

—... então pensei que a gente podia fazer uma festa surpresa *secreta* bem pequena, mas bem legal, mas eu não vou a muitas festas e você, obviamente, vai. — O tom dela implica que minha presença frequente em eventos sociais é um tremendo horror, mas deixo isto passar.

— Deixa eu ver se entendi. Você, *você*, está planejando infringir as regras para garantir que a Aurora tenha um aniversário de 18 anos decente. E está pedindo a minha ajuda.

Celine está desconfiada de novo, como se eu fosse rir, ou recusar, ou zombar dela. Não vou fazer nada disso. Não poderia nem se quisesse porque estou ocupado demais lutando com este lembrete indesejado de como ela pode ser uma boa amiga. Ela não se importa com as pessoas com facilidade, mas quando se importa, se importa mesmo.

Até que a pessoa desistia dela. Ou a decepcione.

Tem um buraco no meu estômago bem parecido com arrependimento.

— E então? — pergunta ela, erguendo as sobrancelhas.

— Não sei — respondo, cruzando os braços, prolongando o momento. Ela quer a minha ajuda. Ela quer a *minha* ajuda. — O que vou ganhar em troca?

— Aqui. — Ela abre a mão e assopra com suavidade na própria palma.

Sinto a respiração dela na minha bochecha.

O buraco no meu estômago meio que... salta, como uma criança no parquinho. Estou respirando alto? Ou é só o ar preso dentro da barraca?

— O que... o que foi isso? — questiono.

Minha língua parece bem pesada.

Ela sorri de maneira encantadora.

— O valor total da minha gratidão, Bradley. — Então ela me mostra o dedo do meio e faz menção de sair da barraca.

Estou rindo tanto que mal consigo falar.

— Óbvio que vou ajudar. Celine! Qual é, volta aqui.

O milagre é que... ela volta.

CAPÍTULO SETE

CELINE

O que *não inimigos* sequer significa? É evidente que é uma questão de opinião, mas sei meu posicionamento: há muitas pessoas neste mundo e não se pode apenas categorizá-las como positivas ou negativas, amigas ou inimigas. Há tonalidades, degradês, fases intermediárias, porque a confiança absoluta leva à desilusão absoluta. Não podem me puxar o tapete se eu nem pisei nele, para começar.

Tudo isso para dizer que Brad e eu podemos ser não inimigos, mas não significa que sejamos *amigos*. Eu deveria mantê-lo a uma distância bastante segura de mim.

Em vez disso, pedi a ele para organizar uma festa.

* * *

> **Minnie:** ... Pediu a QUEM?

> **Celine:** Bom, ele é a única pessoa que conheço aqui! Não tive escolha!!!!!!

> **Minnie:** Vamo fazer uma chamada de vídeo, é urgente

> **Celine:** NÃO. Te vejo semana que vem, Michaela

> **Minnie:** A ÁGUA DAÍ TÁ BATIZADA?

Não sei! Só aconteceu! A última festa que *eu* organizei foi o aniversário de 17 anos da Michaela e tudo o que tive que fazer foi conseguir uns ingressos para uma noite no Rescue Rooms para menores de 18 anos e comprar umas bijuterias de pedras zodiacais para ela. Acho que ela se divertiu no bar, mas não há Rescue Rooms na floresta e não tenho tempo de comprar uma pedra de aniversário para a Aurora...

E Brad vai a festas com frequência, de acordo com uns poucos vídeos que vi por acidente nos stories do amigo de um amigo, então pedir a ajuda dele fez sentido. Deixar que ele tome conta de tudo, no entanto, não faz sentido nenhum.

Agora é sexta à noite, não faço ideia de qual seja o plano e estou tentando explicar para Aurora por que ela não pode tirar a maquiagem mesmo que já estejamos ambas de pijamas e tenha se passado muito tempo desde o toque de recolher.

— Mas vou sujar o travesseiro de base — comenta ela, incerta.

— Então não deita — aconselho.

Ela olha para mim como se minha cabeça tivesse se soltado do pescoço.

— É hora de dormir, Celine.

Bom, sim, é. E ela parece feliz o bastante com o cartão que fiz para ela e os bolinhos sem glúten que consegui trocar com Mary (RIP minha presilha brilhante em formato de pimenta), então talvez a ideia toda da festa seja muito exagerada e eu tenha cometido um erro. Estou ponderando como avisar ao Brad que está tudo cancelado quando alguém bate à porta bem, bem baixinho.

Droga. Tarde demais. Lanço um olhar nervoso a Aurora enquanto ando na ponta dos pés para abrir. Ela é escorpiana; sei que existem coisas por baixo da superfície.

Dobradiças rangem, o tapete gruda e solto um grunhido enquanto luto com a maçaneta velha. Então Sophie e Raj enfiam as cabeças para dentro do nosso quarto. Não sei quase nada do que Brad planejou (ele está sendo irritantemente sigiloso), mas presumo que eles dois sejam parte do plano porque Raj estica o pescoço para olhar por cima do meu ombro, vê Aurora e abre um sorriso.

— Tudo tranquilo, aniversariante?

— O que estão fazendo aqui? — sussurra Aurora, se levantando. — Já passou muito do toque de recolher. A gente devia...

— Curte um pouco a vida — recomenda Sophie com firmeza. O cabelo dela abandonou a vibe sofisticada e lustrosa e seu pijama tem o desenho de Lilo & Stich na frente, mas nada mais mudou desde que nos encontramos durante a orientação; ela ainda é intimidantemente atlética e exala energia de vilã, e adoro isso. — Anda, Aurora — diz ela de maneira autoritária, e depois de um momento e um olhar questionador para mim, Aurora de fato anda.

Ignoro uma minúscula agitação de ansiedade por infringir as regras e sigo.

O corredor está escuro, com feixes de luar atravessando as poucas janelas. Não consigo ouvir nada além do uivo fantasmagórico que florestas desertas emanam tão bem. Andamos sorrateiros pelos corredores, na velocidade de uma tartaruga, chegando a um dormitório perto dos fundos do edifício onde Raj bate de um jeito suave e ritmado como se estivéssemos entrando de fininho em um bar clandestino. A porta se abre um pouco, revelando um feixe de luz acolhedor e o rosto magro e sardento de Thomas.

— Que batida é essa?

— É um código — responde Raj.

— *Código*. — Thomas bufa e o barulho parece muito com um cavalo bufando. — Ei, feliz aniversário, Rory.

— Hã — murmura Aurora.

— Oi, Celine. — Ele dá um sorriso radiante para mim.

Eu me encolho e tento acenar. Então a porta se abre toda e...

Por um segundo, fico de queixo caído e com o coração acelerado. É tão... é tão fofo que sinto que vou morrer. Há um banner roxo com os dizeres FELIZ ANIVERSÁRIO pendurado no mastro da cortina instável, cobertores e travesseiros no chão, confetes de borboleta cor-de-rosa e roxo em todo lugar. Há latas de Coca-Cola e Sprite e sacos de Doritos em uma das camas e na mesa, e uma única lata de gim tônica ao lado de uma vasilha. Brad está em cima da segunda cama, usando um pijama azul de botão e com um sorriso brilhante no rosto. Ele fez isso. Porque eu pedi.

— Ai meu Deus — murmura Aurora, a voz um sussurro. — Isso tudo é para *mim*?

Correção: eu quis dizer que Brad fez isso para a Aurora, óbvio. Bem, ótimo. Ela parece tão feliz que pego o celular e tiro uma foto. Isso, Celine, que ideia excelente: registre a própria infração de regras com provas fotográficas. Sério, às vezes não me suporto.

Mas ela fica muito bonita quando sorri, então tiro mais uma dela e outra do quarto, por garantia.

— Aquilo é *álcool*? — pergunta Sophie, exigente.

— Por razões legais — responde Brad —, não posso confirmar ou negar nada.

Raj opina:

— Não sabia que o aniversário da Aurora era uma questão de contestação jurídica.

Aurora dá risadas.

Então Brad solta por absolutamente nenhuma razão:

— Foi tudo ideia da Celine, aliás.

Quê? Por que ele não está ficando com o crédito? Lanço um olhar suspeito para ele. Ele me lança um sorriso radiante de volta. O nariz de Aurora fica vermelho como sirene de ambulância e os olhos ficam muito arregalados e...

— *Celine.*

...estica os braços pra mim, toda emocionada. Aguento tudo de maneira heroica e tento não entrar em pânico sobre gostar tanto dela sendo que a conheço há menos de uma semana.

Enquanto nos aconchegamos no chão e os lanches são compartilhados, percebo que a verdade é que gosto demais de quase todo mundo neste quarto. E pela forma como falam comigo e me entregam a Coca-Cola de baunilha quando peço e assim por diante, acho que eles... talvez... também gostem de mim?

É estranho porque, para mim, construir relações geralmente leva alguns meses. E um baita esforço. E talvez um cappuccino, ou cinco, para manter a energia lá em cima, bem como as pessoas com quem faço amizade precisam estar de boa com o fato de que sou excessivamente sarcástica e com frequência malvada, e a maioria das pessoas não fica nada de boa com isso.

Então esta situação toda? Fácil demais.

— Celine — diz Bradley ao meu lado. — É uma festa. Para de encarar a parede.

Tento não me assustar (quando foi que ele saiu da cama?) e dou um gole na Coca-Cola. Todos estão focados em Aurora. Ninguém está olhando para nós.

— Isso é... ótimo mesmo — sussurro. — Você mandou... muito bem. O-obrigada.

Bradley se aproxima. Está com cheiro do sabonete Dove que minha mãe comprou no atacado no mês passado.

— Como é?

Faço uma careta.

— O quê?

— O que acabou de falar. Parecia como... o... obri...

— Obrigada — retruco com irritação, sabendo muito bem que sou a pessoa mais ridícula no planeta Terra. Não tem nada errado em agradecer! Ele fez exatamente o que pedi, até mais, na real, e fez bem, e estou grata. Não faço ideia de por que reconhecer tudo isso em voz alta me causa a sensação de estar derrapando por uma ladeira escorregadia em direção a uma floresta obscura e perigosa, mas não sou a Chapeuzinho Vermelho, e ele não é nenhum lobo. Não tenho medo dele. Então levanto o queixo e repito de um jeito calmo e maduro: — Muito obrigada, Bradley. Você fez um trabalho maravilhoso.

Ele estreita os olhos para mim.

— Cadê aquela gim tônica? Você bebeu? Bebeu, não foi?

Dou um tapa nas costelas dele e mostro a língua sem hesitar. Parece que estou no meio de uma dança, mas há muitas voltas e não sei se estou animada ou enjoada.

— Ei, parça, como conseguiu a bebida? — intervém Raj, pegando a lata da mesa. — E o que... Aquilo é cupcake? — Ele está espiando o conteúdo da vasilha.

— Mete o pé — responde Thomas, pegando a caixa. — É para a Aurora.

— Tem seis cupcakes. O que ela vai fazer, engolir todos e debochar da nossa tristeza?

— Meu pai que fez — revela Brad. — São sem glúten.

Aurora suspira de um jeito deliciado e surrupia a caixa mais rápido do que uma gaivota roubando uma batata.

Enquanto isso, encaro Brad, incrédula.

— Não me diga que seu pai trouxe a gim tônica também.

Não vou acreditar. Acho que já mencionei que Trevor é um Bom Homem. Ele é bem como Bradley neste sentido: irritante.

— Não — admite Brad. — Pedi pro papai fazer os cupcakes e falei que a Giselle ia buscar. Encontrei com ela nos limites da floresta mais cedo. Ela trouxe o resto.

Fico de queixo caído.

— Você incluiu a *minha irmã* em um tráfico florestal clandestino?

— Não é um *tráfico*, Celine. Ela me deu a *bebida de graça*.

— Por quê? — exijo saber. — Ela nem gosta de você!

— Notícia de última hora — diz Brad como um roteiro televisivo do início dos anos 2000. — Sua família inteira me ama. Você é a única que ainda precisa ser convencida. — Ele olha para os outros e percebo, com o constrangimento me causando um embrulho no estômago, que esqueci de que eles estavam lá. — Porém... jurei juradinho que seria só para a Aurora — continua ele, bem sério.

— Que fofo você é — comenta Sophie.

Ele pisca rápido, então sorri como um querubim boboca. O pescoço de Bradley fica bem vermelho. Ridículo, na minha opinião. Por que eles não se agarram logo bem aqui no chão?

— Quer? — pergunta Raj a Aurora. — Tudo bem se não quiser. Tenho 18 também. Posso beber.

— Tem? — questiona Thomas.

— Em espírito — retruca Raj.

— Isso *não* conta...

— Quero — intervém Aurora e todos nós comemoramos em sussurros quando ela abre a lata e dá um gole.

Então alguém vai passando os cupcakes e então vira uma festa de verdade.

* * *

BRAD

Ficamos acordados até os meus olhos começarem a arder e todo mundo se esquecer de falar baixo, deitados no chão forrado com cobertores como linguiças em uma bandeja dentro do forno. Sophie está à minha esquerda. Estou com torcicolo porque não viro para a direita faz mais ou menos uma hora, mas sei que Celine ainda está lá; posso ouvi-la discutindo com Thomas sobre Kanye West. Brincando. Ou ao menos, ela estava.

Agora ela está se virando, seu corpo trombando no meu quando se mexe.

Ela dá um tapa na minha nuca.

— Ei.

Quando me viro para olhar para ela, é uma virada muito séria e majestosa durante a qual zero por cento do meu corpo toca qualquer parte do dela. Ela deveria anotar como se faz. É bastante indelicado encostar o cotovelo nas costas de alguém; este alguém pode, por acidente, sofrer uma ruptura neurológica momentânea, mas avassaladora.

— Sim, Celine — respondo de maneira agradável.

Ela me olha como se eu tivesse sugerido que lutássemos até a morte.

— O que deu em você?

— Em mim não deu nada.

— Então por que está tão quieto?

— Eu não sabia que você conseguia ouvir o meu silêncio por cima do som de você e Thomas... — *Flertando*, eu estava prestes a dizer, mas meu cérebro se lembrou bem a tempo que indicar o flerte de outra pessoa é basicamente uma forma de flerte em si, a menos que esteja falando com amigos.

Celine e eu não somos amigos.

Ela arqueia uma única sobrancelha.

— Eu e o Thomas o quê?

— Se emocionando por causa de hip-hop antigo como dois nerds — completo porque o meu modus operandi é bem simples: na dúvida, irrite-a.

Chega a ser lindo o tanto que ela é previsível.

— *Antigo?* — Celine arregala os olhos em revolta e infla as narinas. — A gente ouviu *Yeezus* juntos. Como isso pode ser antigo?!

— Se você tem que voltar a 2013 para pensar no último álbum dele...

— Não tenho — retruca ela com intensidade.

— Então por que a gente está falando de *Yeezus*?

— Por que você está me enchendo a paciência?

Abro um sorriso, de fato maravilhado.

— Celine. Acho que você atingiu um novo nível de consciência social. *Sabe quando estou te provocando?*

Ela soca o meu braço. Bom, *socar* é uma palavra forte, mas o ponto é que o punho dela encosta no meu bíceps.

Então ela se apoia no cotovelo e se inclina sobre mim, e percebo que ela vai socar meu outro braço também. Ela vai me ajudar a me sentir equilibrado, como fazia antes. Uma das tranças dela roça o meu pescoço. Algo esquisito e tenso e para cima e para baixo acontece no meu peito. Os olhos dela focam nos meus. São tão escuros que posso ver a mim mesmo e pareço estar sem fôlego.

— Hum — sussurra ela.

— Não é uma palavra — sussurro de volta.

A hesitação dela se dissolve em uma inclinação de lábios relutante e ela completa a ação. Soca meu outro braço para equilibrar as sensações. Então se deita de novo ao meu lado e tento evitar sentimentos, falhando miseravelmente.

No passado Celine fazia qualquer coisa que eu pedisse. Estamos deitados aqui como dois lados de moedas diferentes, mas por anos da minha vida fomos dois lados da *mesma* moeda. Ela podia contar comigo e eu com ela.

— Eu... — Pigarreio, procurando as palavras certas. — No geral eu não... preciso mais disso.

Ela desvia o olhar do meu e encara no teto.

— Desculpa — responde com leveza, como se não importasse, o que significa que se importa.

Celine está constrangida.

— Não, eu... — *Gostei.*

As palavras se embaralham no fundo da minha garganta e então Sophie fala comigo e o momento passa.

— Brad, e você?

— Quê?

Ela, Aurora e Raj estão sentados, olhando para mim em expectativa. Também me sento. Todos fazem o mesmo. O sentimento muito-suave, muito-próximo se dissolve e desta vez, quando se mexe, Celine não toca em mim.

— Por que quer a bolsa de estudos? — questiona Sophie, batendo o próprio ombro no meu.

— Ah. Hã... para estudar Direito. — Ou ao menos para morar sozinho enquanto estudo direito.

Aurora parece interessada.

— Mesmo? Qual área?

Esse é o tipo de coisa que deveríamos saber aos 17 anos? Nunca pensei muito a respeito. Aposto que Celine sabe. Abro meu melhor sorriso cintilante e ergo a mão.

— Uau, pera aí, quero saber de vocês. Para que querem a bolsa?

O nariz de Aurora fica vermelho.

— Ah, hum — balbucia ela. — Quero estudar Arte. O Raj também.

— Design gráfico — explica ele — e Marketing. Aurora vai estudar *Belas Artes*.

— Se eu passar — murmura ela.

— Óbvio que vai passar — afirma Sophie. — Você é muito talentosa...

Aurora fica só olhando para ela.

— Mas você nunca viu meus...

— E é uma Exploradora PAB. Caso encerrado.

Mencionei o quanto eu gosto da Sophie?

— E você? — pergunto a ela.

Ela sorri quase de forma tímida e ajeita o lenço cobrindo o cabelo.

— Ah, bem, quero estudar Política e RI. Não sei o que fazer com isso ainda, mas...

É um bom diploma, penso. *Oportunidades de trabalho estáveis*.

— O mundo está em um momento decisivo — revela ela. — Os Estados-Nação não conseguem combater os problemas globais com eficiência, mas a mudança climática e a diminuição de recursos são alguns dos problemas mais urgentes que temos. Não sei. Só... alguém precisa fazer alguma coisa. — A garota dá de ombros. — Muitos alguéns.

Bom, fique à vontade para cuspir na minha cara e me chamar de babaca fútil.

— Celine? — pergunta Sophie.

Lá vamos nós.

— Vou cursar Direito — responde Celine.

— Você vai ser exatamente como a Katharine — comenta Thomas com os olhos brilhando.

Eu realmente queria que ele se controlasse. (Para o próprio bem dele, óbvio.)

Celine sorri, não do jeito cauteloso e relutante como sorri para mim, mas como uma ganhadora de concurso de beleza aceitando o buquê com humildade.

— Nãooo. Ai meu Deus. Eu admiro muito *ela*... Aquele processo contra a Harkness Oil? — Celine balança a cabeça em uma admiração venerável. — Mas tenho um caminho muito, *muito* longo pela frente até conseguir fazer algo assim.

Thomas franze as sobrancelhas ruivas.

— Ela não perdeu o processo contra a Harkness Oil? Ou estou confundindo? — É evidente que ele está angustiado com o fato de precisar questionar a toda-poderosa @NaOpiniãodeCeline.

— Ah, tecnicamente perdeu. — Celine assente. — Era impossível ganhar. Mas não é esse o ponto. O ponto é que alguém constrangeu os caras. Alguém colocou uma empresa bilionária à prova e atraiu os olhares do mundo para o comportamento deles. E as vítimas conseguiram as compensações no tribunal. Ela ajudou as pessoas e mudou a opinião pública, o que tem um impacto enorme em uma governança a longo prazo, sabe?

Sophie está assentindo de modo astuto.

— É tudo uma questão de ir desgastando as grandes estruturas.

— Exato — concorda Celine e as duas compartilham uma comunhão de almas com base na troca de olhares acima da minha cabeça.

— Então você quer trabalhar com direitos humanos como a Katharine? — pergunta Aurora.

A expressão extasiada de Celine se desfaz em um piscar de olhos.

— Não. Não, eu... vou tentar direito empresarial. — Ela analisa as próprias unhas e penso que talvez eu não seja o único impostor neste quarto.

— Hã — murmura Sophie depois de um tempo. — Então... — O celular dela vibra, bem rápido por três vezes, e ela para de falar, franzindo a testa. — Merda. Galera.

— Que foi? — Estico o pescoço para ler por cima do ombro dela. Ela inclina a tela na minha direção.

> **Mary:** não fica chateada, mas contei pro Allen da festa e acho que ele abriu o bico

> **Mary:** acabei de ouvir a Holly & o Zion no corredor

* * *

CELINE

Se eu não estivesse tão ocupada entrando em pânico, ficaria lisonjeada com o fato de que Sophie se vira primeiro para mim.

— Acha que dá tempo de a gente voltar?

Com certeza não. Estamos ferrados, ferrados, ferrados, na melhor das hipóteses condenados a receber zero na Matriz, e meu estômago se revira como as ondas do oceano.

— Não — consigo dizer.

Por que eu achei que esta era uma boa ideia? POR QUÊ? A culpa é do Bradley.

— Certo. — Sophie olha ao redor do quarto de maneira séria. — Todo mundo e tudo para debaixo da cama.

— Sério? — responde Thomas bufando. — Debaixo da cama?

— Tem uma ideia melhor?

— É só uma festa! — Ele faz uma careta.

— Ânimo — intervém Aurora. — É uma experiência. A gente está vivendo perigosamente.

Raj balança a cabeça e aponta para ela.

— Vamos falar do seu espírito destemido secreto depois. — Quando ela dá risadinhas, *risadinhas*, em resposta, ele abre um sorriso. — Ou a gente pode falar agora. O que acha de motos?

— Eu...

— Galera — diz Brad com suavidade.

Ele não tem a autoridade da Sophie nem está fazendo cara feia para todo mundo como Thomas, mas por alguma razão Raj e Aurora param com a bobeira e todos se recompõem. Em uma onda de pânico, arrancamos banners da parede e enfiamos os sacos barulhentos em cantos escuros e sombrios.

Sophie derruba um cupcake e murmura:

— RIP, cara. Mal te desfrutamos.

Então ela empurra, as migalhas e tudo, para debaixo da cama, e Brad, em silêncio total, começa a ter uma parada cardíaca. Todo mundo está rindo, nervoso e sem ar até o exato momento em que ouvimos uma porta se abrir no corredor e um sussurro apressado que parece assustadoramente com Zion.

Estão perto. Perto demais. E estou convencida de que está evidente que este lugar não está vazio e cheira como uma fábrica de gim. Raj ainda luta com todos os cobertores que espalhamos no chão. Estou tirando os chocolates de vista e ponderando se Brad trouxe velas aromáticas (eu não me surpreenderia; ele é bastante rigoroso a respeito do próprio espaço), quando percebo que todos estão enfim se enfiando nos esconderijos. E percebo que dã...

Não vou caber debaixo de uma cama.

Elas já são bem baixas, tenho certeza de que se alguém se sentasse nelas, os colchões penderiam para baixo, e temos que rastejar lá para baixo em dupla. Em resumo, aquele espaço estreito escuro não parece ser um espaço do porte de *Celine* e...

— Cel — sussurra Brad.

Eu me viro e o vejo parado perto da janela aberta.

— O que está fazendo? Vai para baixo da...

— Vem aqui fora — interrompe ele.

Está escuro do lado de fora. Escuro no escuro no escuro, na verdade: noite escura com ainda mais figuras escuras que podem ser árvores ou assassinos com 21 metros de altura; conclusão a definir.

— Só pode ser brincadeira — deixo escapar.

Há outro murmúrio no corredor, mais alto desta vez.

Me aproximo de Brad e da janela gelada como o espaço sideral.

— Sei por que está aqui — explica ele. — Vi a empresa do seu pai no panfleto. Você não pode ser expulsa do programa.

— Quê? — Sinto o sangue nas veias se transformar em humilhação líquida. Minha pulsação desacelera. Minha língua está pesada. — Eu... não... É...

— Vai — comanda ele, me empurrando pela janela, com a mão no meu quadril.

Há uma batida na porta. Meus pés tocam a grama úmida. Então a janela é fechada e percebo que estou do lado de fora. No escuro. Descalça. *De pijama.*

Ele me trancou aqui fora. Ele não tem motivos para me deixar entrar de novo. Talvez os dedos dos meus pés congelem e eu precise amputá-los... ou ter que andar até a entrada do edifício e ser flagrada entrando de fininho, o que seria uma vingança por todas as vezes que insinuei que Bradley era superficial ou malicioso ou apenas que não era bom o suficiente, e talvez eu até mereça. Talvez eu mereça porque...

— Sim? — Ouço Thomas dizer, a voz intensa com o sono falso.

As janelas devem ser finas como papel.

A voz da Holly é suave do outro lado da porta.

— Tudo bem aí dentro, rapazes?

— Sim — repete Thomas.

— Ouvi dizer que talvez houvesse uma festinha acontecendo aí — comenta Zion com suavidade, como se um tom acolhedor e encorajador levasse Thomas a confessar tudo.

— Hã, não... — nega Thomas com uma nota perfeita de perplexidade. — Por aqui não.

Silêncio. Todo mundo, tudo, fica em silêncio. Prendo a respiração por tempo demais antes de Zion responder:

— Tudo bem, então. Boa noite.

Meu coração começa a se acalmar apesar dos uivos muito sinistros acontecendo na MALDITA FLORESTA COLOSSAL ATRÁS DE MIM. Não acho que Brad vai me deixar aqui fora. O que é uma noção estranha de se ter quando passei tanto tempo pensando nele como o demônio encarnado.

Recosto na parede de textura áspera da cabana. Ao menos o céu estrelado está bonito. Se eu estivesse com o celular, filmaria isso para fazer um vídeo sobre lendas típicas da temporada de terror, mas não estou, então apenas enfio as mãos debaixo da camisa para mantê-las aquecidas e espero até Brad me deixar entrar de volta.

Passaram-se 36 nuvens por cima da lua e já considerei um lobisomem gato me arrastando para dentro do mato umas nove vezes antes que haja um barulho na janela e ela se abra. Eu me viro e os olhos de Brad estão de alguma forma brilhando em meio à escuridão, brilhando como tinta.

— Celine — sussurra ele e sinto sua respiração na minha bochecha. Então a 37ª nuvem se move, o luar preenche o espaço entre nós e ele percebe que estou parada a mais ou menos 3,2 centímetros dele. — Ah. — Brad se afasta de imediato. Há uma pausa antes que ele retorne... Não o rosto, mas as mãos, e estão ainda mais quentes do que estavam antes, em brasa. — Celine, você está congelando.

Bato a cabeça na janela.

— Merda.

— Shhhh — murmura alguém no escuro.

Brad olha por cima do ombro.

— Cala a boca. Ela está com frio. — Ele se vira de volta para mim. O jeito que escalo para dentro do quarto não é exatamente gracioso. Ele me segura quando tropeço. Piso nos dedos dos pés dele. Em vez de rolar de dor no chão, ele comenta: — Seus pés estão molhados.

— Hum.

— Senta. — Ele me empurra em direção à cama.

Caio mais ou menos em cima de Aurora. Sei que é ela porque ela é muito esquelética e porque grita "ai" como um ratinho.

— Desculpa — murmuro, então quase caio durinha quando Brad se ajoelha à minha frente. — Bradley. Vai fazer o quê? Secar meus pés com o cabelo?

— Cala a boca — retruca ele e pega um cobertor de algum lugar e *toca nos meus pés.*

Bom, ele dá batidinhas neles com o cobertor de modo desajeitado, mas ainda assim. Acho que vou desmaiar. Meu estômago não está embrulhado, está todo embaraçado e os nós se movimentam com cada batida do meu coração.

Beleza, então tenho uma teoria:

Bradley Graeme não é duas pessoas, dois rostos, um melhor amigo e um inimigo. Ele é só uma pessoa, só um rosto. O outro é uma ilusão.

Hora de determinar quem é quem. E talvez determinar que eu mesma seja um completo monstro no processo.

— Vocês dois não são primos? — questiona Thomas com o tom exigente no escuro.

De maneira solene, Aurora responde:

— Essa família é muito unida.

— Aurora! — É evidente que Raj está encantado. — Por Deus, como me divirto com você.

Sophie faz um som de deboche.

— De onde venho isso tem outro nome.

Outra nuvem passa pela lua. Quando Brad levanta a cabeça e sorri para mim, sorrio de volta.

* * *

Celine: Por que tá me mandando mensagem quando a gente tá a 3 metros de distância e temos que fazer uma fogueira.

Brad: só adivinha

Celine: não sei

Brad: é a Holly

Brad: no aniversário dela

Celine: Eu nunca devia ter te dado meu número novo

NOVEMBRO

CAPÍTULO OITO

CELINE

Na quinta-feira depois da expedição PAB, estou de volta a Casa da Árvore (a escola sempre foi assim sem graça e cinzenta?) tentando frear a crise que Minnie está tendo.

— Tenho certeza de que você foi incrível ontem.

— E tenho certeza de que *não fui*. — A voz dela está baixa porque é meio da tarde e o lugar está ao menos cinquenta por cento ocupado, mas ela está gritando em espírito, ainda que não em volume. Os olhos estão arregalados. O cabelo está particularmente volumoso hoje e vibrando com o pânico. — Fui tão graciosa quanto uma girafa recém-nascida.

Fico sem reação.

— Isso é muito… ruim ou…?

Ela joga as mãos para o ar e assume a pose emburrada que Michaela Digby patenteou: braços cruzados e uma careta de criança. Não que seja injustificado: Edge Lake é uma das melhores escolas de dança do país e Minnie passou meses nervosa por causa do teste.

— Estou fadada ao fracasso. O sr. Darling estava certo. Vão rejeitar a minha candidatura e não vou conseguir notas boas o bastante para um diploma decente...

— A dança *é* um diploma decente — afirmo.

—... e vou morrer sozinha debaixo da ponte. Provavelmente *antes* dos 25 anos.

Gosto do sr. Darling (mais ou menos), mas se ele não parar de ser tão negativo o tempo todo, vai causar uma depressão coletiva em todos nós.

— Bobagem. Você deve estar com fome. Quer minha barra de chocolate de emergência?

— Estou no meio de uma crise, Celine — responde ela com um grunhido. — Quem conseguiria comer em um momento como este?

Dou de ombros e tiro o chocolate de dentro do estojo.

— Você que sabe.

Ela arranca o chocolate da minha mão.

— Não disse que *não*.

— Ótimo. Agora, Michaela. — Eu deveria estar respondendo aos comentários no meu último vídeo no TikTok (avaliando uma seleção de anéis de humor de várias lojas virtuais questionáveis), mas bloqueio o celular e o coloco virado para baixo na mesa para mostrar a ela que estou falando sério. — Não quero ouvir outra menção ao sr. Darling saindo da sua boca. Beleza? É essa a energia que quer poluindo a sua consciência? A do sr. *Darling*?

Minnie nega com a cabeça e morde o chocolate.

— Foi o que pensei. Não é de se admirar que você tenha se sentido como uma girafa ontem. O pessimismo dele estava contaminando sua mente.

Ela assente, um pouco mais esperançosa.

— Isso é verdade. Bem verdade. Não sou uma girafa. É tudo culpa dele.

— Exato. Você é um cisne. Um cisne muito, muito lindo. Como a Normani.

— Sim — concorda ela. — Tudo bem, Michaela. Você é um cisne Normani.

Dou tapinhas no ombro da minha amiga.

— Agora, por que não vamos dar uma volta e vemos se a Sonam e o Peter ainda estão na Starbucks?

Minnie se ilumina como uma lâmpada.

— Frappuccinos? — pergunta ela com a boca cheia de caramelo.

— Frappuccinos.

— Celiiiine. Você é a melhor. — Ela me dá um beijo achocolatado na bochecha.

Limpo o rosto, arrumo as coisas e saímos, passando pela minha teoria de conspiração mais recente.

Bradley Graeme está sentado na Mesa dos Populares, como sempre. E ele está impecável, como sempre, com os *twists* brilhando e a roupa naturalmente impecável, e uma adorável (falando de maneira objetiva, quero dizer) ruguinha entre as sobrancelhas enquanto ele exagera passando marca-texto no que parece ser um livro de história. Desde que voltamos para a escola, mal nos falamos porque não sei mais como falar com ele. Eu deveria estar desesperada para provar a minha teoria de quem-é-Bradley--de-verdade, mas não tenho certeza de qual desfecho quero. Se ele sempre foi o melhor amigo do qual me lembro, isto significa que...

Mas se a maneira como agimos durante a expedição de Sherwood não era *real*...

Sinto meu estômago se revirar.

Então é assim que estamos atualmente: quase calados. Sem discussões nas aulas de filosofia, sem comentários maldosos nos corredores. Era de se pensar que estamos ignorando um ao outro, mas sempre que nossos olhares se encontram, ele me dá um sorriso experimental minúsculo e diz:

— Oi.

E eu, impotente, respondo:

— Oi.

Então mergulhamos em um silêncio com o qual não sei como lidar.

E é por isso que decidi apenas focar na escola.

Infelizmente, Minnie segue o meu olhar e seus olhos enfeitados com glitter brilham de maneira especulativa.

— Você um dia vai me contar como foi a coisa da floresta?

— Eu te falei — respondo com firmeza. Disse a ela que tinha sido boa. — Você um dia vai me contar por que passa o dia inteiro trocando mensagens com Jordan Cooper?

Ela abre um sorriso alegre, o sentimento de mais cedo agora evaporado.

— Bom, ele está na minha turma de inglês. E considerando que o melhor amigo *dele* tem agido de um jeito estranho e a *minha* melhor amiga tem agido de um jeito estranho...

— O Brad tem agido de um jeito estranho?

— *Brad*, é? — repete minha amiga, dando o bote como uma pantera usando botas Doc Martens lustrosas. — *Entendi*. Lutar com ursos no meio do mato deve criar um vínculo poderoso.

— Não tem urso na Inglaterra, Michaela.

— Então qual o lance com o apelido?

— Ursos — confirmo. — Tinham tantos ursos. Ficamos cercados.

— É — comenta ela, seca. — Aposto que sim.

Aperto as alças da mochila com força quando passamos devagar pela Mesa dos Populares. Não me importo se o Brad disser algo. Quer dizer, não me incomodo de ele *dizer* algo, mas se ele *não* disser, realmente não faz mal nen...

Ele para de marcar o livro e levanta a cabeça.

— Oi, Cel.

Se eu sorrir, da forma como ele faz de modo tão natural, as pessoas podem deduzir algo patético e carente que grita EX-MELHOR AMIGA ABANDONADA DESESPERADA PARA RECUPERAR O POSTO, o que sinceramente está a anos-luz da verdade. Tenho uma melhor amiga e eu a amo. O que eu tinha com Brad lá atrás... não quero de volta.

Mas não quero dar um chega para lá nele também, então aceno com a cabeça e respondo:

— Oi, Brad.

Infelizmente ele não está na mesa sozinho. O grupinho popular está quase todo presente e contabilizado, desde Jordan Cooper até Max Por--Favor-Me-Mate Donovan. Ele está sentado na ponta da mesa como um rei, com um braço dominador ao redor dos ombros esguios de Isabella Hollis. Quando Brad fala comigo, Donno estreita os olhos incolores de lagarto. Ele solta a ex-namorada de Brad, se vira no assento e diz com uma afobação sorridente que não poderia ser mais falsa:

— Oi, Cel. Você está bem?

Hesito. Qual o joguinho dele agora? Apesar de ser uma mosca notável na cútis do ecossistema da escola, no geral Donno é sorrateiro quando faz os comentários mais desagradáveis.

— Sim? — respondo enfim.

Ele faz um biquinho e toca a própria bochecha, uma compaixão curiosa.

— Parece que está tendo uma crise alérgica.

Ah. Só posso concluir que ele esteja falando das minhas sardas.

Sim, minhas sardas falsas. Eu sei, eu sei. Elas são fofas, beleza? Todo mundo faz isso. Isabella Hollis está sentada bem ao lado dele com as bochechas tão rosadas que parece que levou um tapa e com traços de delineador marrom no nariz que não estão nem perto de serem tão artísticos quanto meus pontinhos (bastante sutis e totalmente realistas), mas é para mim que todos estão olhando. É de mim que Donno está zombando. Endireito a postura...

— Vai se ferrar — rebate Michaela antes que eu tenha a chance.

Ele levanta as mãos de modo apaziguador.

— Uau. O que foi que eu fiz?

— Nada — respondo de maneira neutra. — A ineficácia é sua característica dominante.

Essa não é nem de longe minha resposta mais fulminante, mas Minnie dá uma risada de maneira leal. Eu deveria ir embora agora, deveria vazar daqui sem olhar para trás. É o que geralmente faço, porque o mero ato de olhar para as pessoas por muito tempo significa que você se importa, e eu não me importo. Não me importo com ninguém e com nada além das pessoas que amo e os prêmios que ganharei ao longo da vida.

Então por que meu olhar glacial perambula para o outro lado da mesa, para Brad?

Enquanto o faço, tenho algumas surpresas. Esperava ver um mar de rostos maliciosos como o de Donno, mas a metade das pessoas na mesa nem tirou os olhos dos celulares. Entre aqueles que o fizeram, Isabella parece meio confusa, ou dividida, ou algo insosso para o qual não tenho tempo porque ela *nasceu* com coragem, a recebeu *de graça*, por que eu deveria me importar se ela finge que não existo? Jordan está olhando para Donno de um jeito tão repugnante que fico surpresa por ninguém nas imediações ter morrido, e Brad...

Brad deixou o livro de história de lado e então disse:

— Max, para de ser babaca.

* * *

BRAD

Quando eu era mais novo, decidi que nunca mais perderia um amigo.

Dar uma distanciada é uma coisa, mas aquela mudança angustiante de amar alguém hoje e odiar amanhã? Não conseguiria lidar com isto de novo. Não conseguia nem suportar a ideia. Então jurei ficar do lado das pessoas que ficaram do meu lado porque a vida é sobre aprender a não repetir erros.

Mas enquanto vou ficando mais velho, mais percebo que erros são complicados.

Donno e eu somos amigos há anos e nunca pensei nele como um cara ruim. Ele sempre faz comentários maldosos, sim, mas só com os *amigos* dele e não ligamos muito porque sabemos o motivo. Já fomos à casa dele. Ouvimos como o pai fala com ele e sabemos que a mãe dele morreu. Então talvez Donno *seja* um cara ruim, mas vai por mim, ele poderia ser muito pior.

A questão é que eu queria que ele fosse melhor.

Ele me lança um olhar penetrante depois do comentário sobre ser "babaca".

— Qual é o seu problema? — questiona ele com uma risada, fingindo. — Foi só uma pergunta.

Lembro do que a Celine me disse na floresta: *Que diabos alguém como eu ia fazer sentada ao lado de Max Donovan?* Achei que ela o estava chamando de chato.

— Qual é o *seu* problema? — rebato.

Há pequenas faíscas saltando da minha voz como um ferreiro forjando uma espada.

Ele revira os olhos.

— Brad. Qual é. Você pode falar o que quiser para ela, mas a gente tem que ficar quieto?

— Basicamente isso. — Ela é *minha* inimiga. Ele nem a conhece. Do que ele tem a reclamar? — Não...

O tema da nossa conversa escolhe aquele momento para sair da Casa da Árvore sem olhar para trás. Michaela lança um olhar indecifrável para mim e a segue. Relembro tudo o que acabei de falar e sinto meu estômago revirando tanto que mais ou menos cai e se estrebucha no chão.

Ao meu lado, Jordan brada:

— Ah, Brad, não liga para o Max. Ele está com ciúmes porque você está dando mais atenção para a Celine do que para ele.

Uma risadinha toma a mesa. Donno fica vermelho de raiva.

Queria achar graça, mas meus pensamentos estão em outro lugar. Eu me levanto e pego a mochila.

— Não fala merda para ela de novo. Deixa a Celine em paz.

O ar gélido do lado de fora me acerta como uma parede de tijolos. Deixei a jaqueta lá dentro, percebo; não importa. Jordan pega para mim. O mais importante é seguir as costas de Celine em movimento. Ela é uma explosão de vermelho em meio à névoa de novembro, o casaco de inverno característico e os cachos enormes de Minnie desaparecendo na multidão melancólica das crianças do ensino fundamental. Passo por entre os pequenos envoltos nos blazers dos uniformes verde-garrafa, piso nas cascas de árvore que cercam os caminhos da escola...

De algum lugar em meio à névoa, algum professor soa o apito.

— Brad Graeme! Estou te vendo, rapazinho! Pare de pisar nos canteiros de flores!

Suspiro e volto para o pavimento. Lá se vai o atalho.

Mas, lá na frente, Celine e Minnie devem ouvir o meu nome porque se viram. Celine me encara, mesmo com toda a neblina; dá para ver por causa do ângulo da cabeça dela, pela forma que muda o peso do corpo de um pé ao outro.

Então ela se vira de novo e começa a *ir embora*.

— Celine Bangura — chamo. — Não. Se. Mexe.

Se eu tivesse pensado antes de abrir a boca, não teriam sido... aquelas as palavras que eu escolheria. Algumas crianças dão risadinhas ao passar por mim, mas vale a pena porque Celine empaca no lugar. Em vez de me dar um fora e seguir com Michaela, as duas juntam as cabeças por um segundo antes que Minnie continue andando. Sozinha.

Vou até Celine antes que perca a coragem. Eu me sinto como uma bola demolidora indo na direção de um arranha-céu feito de aço. O último fluxo de crianças fica rondando ao passar, se atrasando para as aulas, tudo pela oportunidade de ver um pouquinho de drama do ensino médio. A pele de Celine está um pouco úmida por causa da névoa, brilhando como seda. Eu também ficaria olhando para ela.

— Desculpa — digo quando estamos a um metro de distância.

Ela faz uma careta.

— Pelo quê?

Pisco, confuso.

— Isso é um teste?

Celine revira os olhos, mas não vai embora.

— Seu amigo foi um babaca. Você mandou ele calar a boca. Por que está se desculpando?

— Você não se importa por eu ter... Quer dizer... — Respiro fundo o ar congelante e me recomponho. — Escuta, Celine, tratei você que nem lixo por muito tempo e eu não sou assim e sinto muito. E se... se eu fiz outras pessoas fazerem isso também, então... — Então bem em breve vou me atirar em direção ao sol porque sou otário demais para esse planeta. — Então lamento mais ainda. — Foco o olhar no dela e falo bem sério. — Tipo... ninguém lamenta mais do que eu. — Com um domínio tão maestral do idioma que falo, é de se admirar que meu livro ainda não esteja publicado.

A careta de Celine se intensifica, mas está focada no chão e não em mim.

— Que seja. Aquela metralhadora de bosta não tem nada a ver com a gente.

A gente é uma expressão bastante pesada e quase me derruba.

— E você não me trata que nem lixo — acrescenta ela, com o queixo erguido, os olhos em brasas. De repente seu olhar parece menos letal e mais inibido. — Eu trato *você* que nem lixo e você se esforça para revidar, mas no fim não consegue alcançar os altos padrões que estabeleci.

A tensão na minha coluna se esvai. Os cantos da minha boca tremem com humor, mas se eu sorrir, talvez ela me dê um tabefe.

— Os... altos padrões?

— Sim — confirmou a garota.

— Certo. — Um pensamento me ocorre. — Espera. Se você não está irritada com o Donno...

Ela revira os olhos.

— É o sonho daquela ameba conseguir me irritar.

— Então por que estava me ignorando agora há pouco?

Ela fica sem reação, piscando rápido, então faz uma expressão inocente.

— Hum.

— *Hum?* — repito. — Hum, o quê? Você me viu te seguindo e só continuou andando?

— Como eu ia saber que você estava me seguindo?

A careta inibida voltou. É bem fofo, mas não muda o fato de que estou oficialmente bravo com ela. Ela me viu e deu as costas! Estava indo embora! Por razão nenhuma!

Há uma pergunta que venho remoendo e achei que pudesse estar viajando, mas agora, *agora*, coloco pra fora.

— Por que está esquisita desde que a gente voltou para a escola?

A cabeça dela se levanta depressa.

— Não estou...

— Está *sim*.

— Não estou! Você diz oi, eu digo oi. Você passa marca-texto no livro inteiro, eu fico de boca fechada. O que mais quer de mim, Brad?

— O... Como... *antes!* Quero o antes! Como a gente estava na floresta! — Eu não tinha a intenção de falar isto, mas o ímpeto persistente no meu subconsciente enfim se acalma, então engulo o meu leve pavor e continuo: — Sei que não estou errado, Celine. Ficamos praticamente amigos e você estava *gostando*. — Aponto o dedo na direção dela como se a acusasse de canibalismo.

— Ficamos *amigáveis* — corrige ela.

— É, e você é tãooo amigável com as pessoas. O tempo todo! É conhecida por isso.

— Você não pediu tudo — solta ela. — Não *disse* que a gente deveria ser amigo. Não *disse* que eu tinha que te perdoar por... pelo que aconteceu lá atrás. Você falou para a gente esquecer. Temporariamente. Enquanto a gente estava lá!

— É, bem, mudei de ideia. — As palavras saem antes que eu possa checar se estão dentro da lei. — Me perdoa. Por tudo. Por favor.

Silêncio. Não há mais crianças espiando; só nós e a névoa e um edifício de cada lado do caminho, janelas repletas de alunos e professores que provavelmente não estão prestando atenção alguma em nós. Realmente torço para eles não estarem prestando atenção porque talvez eu tenha acabado de perder a sanidade.

Depois de uma pausa tão longa que quase me mata, uma risada escapa da garota.

— Você é engraçado — afirma ela como se eu estivesse brincando.

— Ah, a gente está listando qualidades? Aqui vai uma: você é esquiva.

Ela joga as mãos para o alto e desliza para longe como uma rainha.

— Dá um tempo, Brad.

Sigo-a.

— Você está se esquivando de uma conversa sobre amizade porque se esquiva dos seus sentimentos.

Ela analisa um arbusto próximo, aparentemente fascinada.

— Que jeito ótimo de provar que estou errado.

Ela transfere o foco para uma parede de tijolos.

Uso a minha melhor voz impaciente e precisa.

— Olha para mim, sou a Celine. Quero ser amiga do Brad, mas ia preferir morrer engasgada com um kani kama...

As tranças dela batem no meu ombro quando Celine se vira para me encarar.

— Por que eu estaria comendo um kani kama? Odeio kani kama!

— Eu sei — explico com paciência —, é este o ponto. Agora cala a boca e me deixa terminar. — Pigarreio e recomeço. — Sou a Celine e ia preferir morrer engasgada com um kani kama do que admitir que gosto do Brad porque acho que posso substituir todas as conversas sentimentais com joguinhos de poder e olhadas tortas épicas.

— Ai meu *Deus*. — Ela abaixa a voz até ser só um sibilo, como o ar saindo de um balão de ar quente. — Tudo bem! Beleza! Você não é tão ruim e eu... eu talvez entenda por que você fez o que fez quando a gente era criança, e eu... te perdoo. Beleza? Agora vai calar a boca?

Acabei de irritar Celine a ponto de ela dizer que estamos bem? Acho que sim. Engraçado como não é satisfatório como imaginei que seria.

— Talvez. — Dou de ombros.

— *Talvez?*

— Ei. Você não é a única que sabe se proteger.

— Argh. A gente pode só... conversar por cinco minutos sem você me fazer ficar pensando em mim mesma? — pede ela, que é uma frase que nunca pensei ouvir sair da boca de Celine. A garota torce o nariz.

— Não sou como você. Realmente ainda não dominei esse lance de inteligência emocional.

Fico só olhando para ela e a tensão em mim salta para longe como uma rolha de champanhe. Meu sorriso é lento, mas desta vez estou satisfeito por ela estar falando comigo. Falando de verdade, como se nos conhecêssemos de novo. Não percebi o quanto queria isso até acontecer.

Andamos lado a lado.

— Sabe — digo casualmente —, tenho uma teoria de que todo mundo precisa fazer terapia. Tipo ir ao dentista.

— É? Diz isso ao serviço nacional de saúde. — Ela faz um som de deboche.

Meus pais pagaram uma terapeuta particular para mim, a dra. Okoro, porque, considerando o trabalho do meu pai e o consultório odontológico da minha mãe, não temos uma condição financeira ruim. Coço a nuca.

O sorriso de Celine é afiado como uma lâmina.

— Nada a dizer, riquinho?

— Eu poderia dizer que não somos ricos, mas com certeza *aí* você vai fazer a festa.

Ela ri. Meu coração treme.

— Obrigada, aliás — murmura ela depois de um momento. — Por. Sabe. Falar aquilo. Lá dentro.

Sinto tanto que estou em uma montanha-russa desde que saí da Casa da Árvore que quase esqueci da existência de Max Donovan. Agora que a lembrança retorna com um estrondo, estremeço.

— Ele fala com você daquele jeito o tempo todo?

— Por quê? O que vai fazer, quebrar a cara dele?

Seria ruim dizer que sim? Acho que seria. Violência não é a resposta. Contudo, percebe-se historicamente que *de vez em quando* é a resposta...

Celine ri de novo.

— Mas *que* cara é essa agora? Estou brincando.

Reviro os olhos.

— Você é o fardo que eu carrego, sabia?

Celine abre um sorriso.

— Estava torcendo por isso.

Realmente não suporto essa garota. Eu me pergunto por quanto tempo vou poder caminhar com ela.

— E, não, o Max não fala comigo daquele jeito sempre. No geral ele é menos ousado. Ele tem uma vibe mais sussurrar-comentários-maliciosos-que-finjo-não-escutar.

Eu a encaro.

— Então ele tem te incomodado por todo esse te...

— Não ligo. — Ela me encara. — Não ligo mesmo. Confia em mim, beleza?

E pela forma que minha raiva se esvai devagar, penso que talvez eu... confie? Um segundo se passa.

— Beleza. Tudo bem. Certo.

— Ótimo.

Analiso o pavimento em que pisamos.

— Aonde a gente está indo, aliás?

— Minnie e eu vamos encontrar a Sonam para tomar frappuccino. — Se eu não soubesse, pensaria que ela está nervosa quando pergunta: — Quer vir?

Sim, quero mesmo, mesmo, mesmo, mesmo ir. Mas...

— A minha próxima aula é de história e não li nada.

Eu poderia ler na Starbucks, mas, na verdade, não poderia, não se a Celine vai estar lá. Dizendo coisas. Com a boca. Ela parou de fazer aulas de história no primeiro ano, mas por outro lado, talvez eu pudesse ensiná-la...

— Me acompanha até o portão, então? — sugere.

Sei que digo sim rápido demais, mas não consigo me arrepender. Enquanto prosseguimos, ela comenta:

— Tenho uma teoria sobre você, Brad Graeme.

Uma teoria. Ela tem uma teoria sobre mim. É sobre isso, porra. Espera. Quê?

Pigarreio e pergunto:

— É?

Celine hesita, então responde:

— Que você é exatamente quem diz ser.

— E quem eu digo ser?

Chegamos ao portão verde e ela mexe no cordão ao redor do pescoço, erguendo a carteirinha de estudante para destrancá-lo.

— Uma pessoa decente — responde depois de uma pausa. — A pessoa que eu pensava conhecer. — Celine mantém o portão aberto com o ombro e finalmente olha para mim. — Desculpa, aliás. — As palavras soam tão tensas que demoro um pouco para perceber do que está falando.

E mesmo quando entendo, não... tenho certeza. Seguro a mão dela para impedi-la de ir embora. Celine já tirou o gesso, suas unhas estão pintadas de laranja e vejo as linhas marrons finas bem marcadas nas palmas. Ela acha que são linhas da vida. Eu me pergunto o que ela leria nas minhas mãos.

— Desculpa pelo quê? — pergunto com o olhar grudado no dela. Quero cada pedacinho desse pedido de desculpas.

Ela aperta os lábios, mas em seguida os relaxa.

— Por... antes. — Sua voz está grave. — Por tudo isso, tudo o que a gente... Mas, principalmente, pelo que te falei, na época que brigamos.

Eu me lembro. *"Seus novos amigos ainda vão querer você?"*

— Eu não devia ter dito aquilo e não acreditava naquilo de verdade — afirma ela, o olhar focado no meu, as palavras nítidas. — Não tem nada de errado com você. Ou com você ter TOC, obviamente. Eu só queria te irritar, mas foi horrível e uma mentira e você é... legal. Mais que legal. Qualquer um que te conhecesse ia querer ter você por perto, ok? Então. É. — Celine fecha a boca e enfim desvia o olhar do meu.

Não ligo. Estou ocupado demais sendo abraçado por um casaco quentinho formado pelas palavras *sim, graças a Deus* porque não fazia ideia de como eu queria ouvi-la dizendo tudo aquilo. Havia uma pequena centelha de mágoa em mim e Celine acabou de apagá-la.

— Bom — consigo dizer, minha voz tão alta quanto uma inspiração, um arfar. — Bom, isso é... ótimo.

— Então. Hum. Vou parar de ser esquisita com você e você para de analisar a escuridão da minha alma ou o que for. Fechado?

— Fechado. Aham. Beleza.

Solto a mão dela. Observo-a desaparecer em meio ao manto de neblina que esconde a estrada levando à cidade. Então desabo contra um muro próximo e volto para meu próprio corpo, como quando se está sendo guiado pelo celular e se pressiona o botão para ser levado de volta à setinha no mapa e dá um zoom na perspectiva da tela. Sabe? Aqui está minha nova perspectiva: minha boca está seca, meu coração ainda bate acelerado no peito. A diferença entre um sorriso e uma careta no rosto dela é a diferença entre a precipitação e a seca e... Ai, merda, não não não não não...

Estou muito a fim da Celine.

* * *

SEGUNDA-FEIRA, 20h47
⚽GIGANTES ROSEWOOD⚽

Donno👾🏆 mudou o nome do grupo para:
OS RESULTADOS DOS SEUS EXAMES DE DST ESTÃO PRONTOS

Brad😁 mudou o nome do grupo para: ♡futebol♡

Harley✌ mudou o nome do grupo para: ⚽GIGANTES ROSEWOOD⚽

Donno👾🏆: Beleza, galera, segue a lista da equipe inicial e a equipe reserva pra semana que vem

Donno👾🏆: <listadotime.doc>

Brad😁: O Jordan e eu não estamos na lista

Donno👾🏆: então joguem melhor

Jordan😍: lol tá se doendo muito, cara

Jordan😍: triste

DEZEMBRO

CAPÍTULO NOVE

CELINE

Voltar a ser amiga do Brad é esquisito.

Não um esquisito *ruim*. Só... sabe quando a gente era criança e ia a uma festa de aniversário e comia cinco vezes mais da quantidade de açúcar que seus pais permitiam e então se sentia *perigosamente* chapada? É esse tipo de esquisito. E algo em mim está tenso como se eu estivesse esperando a catástrofe acontecer.

Como se minha mente já não estivesse cheia o bastante. Sempre soube que o último ano seria difícil com as candidaturas a universidades, provas e agora o PAB, mas não consigo parar de pensar no aniversário da Aurora. Em como todo mundo descreveu os próprios planos, como se o futuro os impulsionasse para a frente em vez de acrescentar um fardo às suas costas. Até mandei uma mensagem para ela sobre isso.

* * *

> **Celine:** como assim você quer estudar arte?

> **Aurora:** é basicamente a única coisa em que sou boa

> **Celine:** ??? falso

> **Aurora:** beleza talvez não

> **Aurora:** é mais tipo

> **Aurora:** é a única coisa com a qual me IMPORTO em ser boa.

Bom, a coisa com a qual mais me importo é Direito. Sempre foi. Então não há razão alguma para esta incerteza esquisita se revirando na minha barriga toda vez que penso no meu cintilante futuro empresarial no estilo assumir-o-negócio-do-meu-pai-e-destruir-a-vida-dele. Dou as costas para as ansiedades inúteis e afundo mais no travesseiro, rolando o feed do TikTok e salvando os melhores áudios.

É dezembro e estou planejando um tema: Conspirações Natalinas. Gente que avistou o Papai Noel, manipulações capitalistas da mão-de-obra nesta época e qualquer coisa desequilibrada, interessante e festiva em que conseguir pensar. Já sinto meus níveis de estresse diminuindo. Quem precisa de velas decorativas aromatizadas quando há caos nas redes sociais?

Alguém bate à porta do meu quarto.

— Oi — cumprimenta Giselle. — Como está?

— Tudo bem. — Dou um sorriso para a minha irmã e abro o aplicativo de notas, digitando uma ideia em potencial sobre chocolate quente, intolerância à lactose e as intenções nefastas do Papai Noel. — E você? Como foi o trabalho?

Ela faz parte da equipe do McDonald's porque, ao que parece, o trabalho em turnos combina mais com seu "estilo criativo" do que aquele das 9h às 17h.

— Argh. Eles ainda não querem me colocar na cozinha. *Mas você tem um sorriso tão lindo, Giselle!* — imita ela, jogando-se na minha cama como um cisne moribundo.

Os braços infinitos dela batem no meu cogumelo de crochê fofinho, arrancando-o de seu travesseiro favorito.

— Ei — murmuro, colocando-o de volta em seu trono legítimo. — Cuidado.

— Não grita comigo, Celine. Estou cuidando das feridas da alma. Se mais um vândalo de futebol vier zanzando do estádio Forest para descontar sua agressividade acumulada em mim... — Suas feições elegantes se transformam em uma expressão que só pode ser descrita como homicida. Junto à curva suave da cabeça recém-raspada, ela parece uma mistura de espírito vingativo e Alek Wek. — Bom, eles vão aprender. — Ela suspira e muda de assunto. — Então, li seu panfleto.

Isso não significa nada porque coleciono todo tipo de panfletos. Como se consegue descobrir as oportunidades diferentes no mundo se não vasculharmos a literatura apropriada?

— Ah, é? — murmuro, abaixo o volume no celular e rolo o feed mais um pouco.

— Sabia que a empresa do papai está patrocinando, em parte, essa coisa da Katharine Breakspeare?

Deixo o celular cair e ele bate no meu nariz.

— *Merda.*

— Sutil.

— Quê? Não. Eu... hã... — Meu rosto dói, o que, ao que parece, inibe a minha habilidade de mentir. Esfrego o nariz e desisto. — Como o encontrou?

— Encontrei o quê? Ah, você diz o panfleto que escondeu atrás da mesa de cabeceira? Só entrei no seu quarto e pensei: "Giselle, se você fosse uma escrota fingida, onde guardaria seu material ilícito?" Então bisbilhotei.

— Então você mexeu nas minhas coisas.

— Mexi nas suas coisas e nas suas mentiras, sim — confirma Giselle com alegria. Então se senta, acomodando-se contra as minhas almofadas como se planejasse ficar aqui por muito tempo. Olho na direção da porta e ela me lança um olhar perspicaz. — A mamãe saiu para beber com a Maria, lembra?

Bom, graças a Deus por isso. Tento não parecer muito aliviada, o que vai apenas implicar culpa.

— Por que você quer ver o papai? — pergunta Giselle, cada palavra escolhida com cuidado como passos por um campo minado.

Uma pequena incerteza demoníaca se revira no meu estômago.

— Não quero.

É evidente que ela não está convencida.

— Quer dizer, não assim. Não quero *ver*, ver ele. — Não dou a mínima da mínima para o homem. — Só... vou ser uma ex-aluna do PAB, sabe? Vou ser uma *Exploradora Suprema*. Vou subir no palco no Baile dos Exploradores recebendo um prêmio e uma bolsa de estudos para Cambridge porque sou brilhante e a empresa dele vai implorar para criar laços comigo sendo eu uma estrela do mundo corporativo em ascensão e ele vai ter que... assistir tudo.

Era uma explicação perfeitamente válida, mas Giselle suspira com pena de um jeito que só uma irmã mais velha consegue fazer.

— Ah, Celine.

— Que foi? Não é... Não estou... — Meu rosto está quente, mas junto uma mão na outra e me forço a falar devagar. — Não escolhi fazer o PAB porque o papai pode, e é tecnicamente uma possibilidade mesmo, aparecer no baile. Mas se ele estiver lá, ótimo. — Um bolo se forma na minha garganta. Engulo-o. — Aposto que ele nunca nem pensa na gente. Somos uma dívida direta imposta pelo governo, Giselle. Enquanto isso, a mamãe fez tudo por nós, *foi* tudo por nós, e sabe de uma coisa? Ela fez um trabalho incrível, porque agora somos seres humanos incríveis. Ele deveria ver isto.

Giselle bufa.

— Seres humanos incríveis? Você é uma nerd emo e eu sou uma imprestável que nutre ilusões de ser uma grande artista. O que tem de incrível nisso?

— Cala a boca. — Dou um tapa no braço da minha irmã. — Por que está sendo tão babaca?

— Porque não importa. — Ela coloca a mão no meu ombro. Seus olhos são pretos como a tinta de uma mensagem que não consigo ler bem. — Mesmo se nenhuma de nós nunca fizesse nada de interessante na vida, não importaria. Você não precisa ser especial ou significativa para ter valor. Você só é importante, sempre, e as pessoas veem isso ou não. Ou amam você ou não. — Giselle morde o lábio. — O papai fez besteira, Celine. Deviam ter colado nele um selo de "Inapto para a Função" na fábrica de pais. Mas ele é quem é...

Estou concordando com a cabeça, certa do propósito, meu plano saindo como se eu tivesse estado aguardando em segredo que aparecesse alguém para quem contar. Talvez eu tenha mesmo.

— Exato. Exato! Então ele vai me ver no baile e vai *sentir* como é um fracasso. Vou conseguir tudo o que ele conseguiu, mas vou fazer isso *melhor*. E ele vai saber de tudo. Vou conseguir as maiores notas na escola inteira, eles vão colocar minha cara na BBC News e ele vai cuspir o café de manhã. — Deve ser verdade o que dizem sobre o poder da intenção porque cada palavra que digo me envolve como mágica, fortalecendo meus ossos como aço. — Vou dominar a área dele e daqui a dez anos ele não vai conseguir dar um passo sem ouvir meu nome. Torço para que a vergonha o sufoque enquanto dorme. Torço para que se aposente antes da hora por estar exausto. Torço para que tenha a audácia de tentar reivindicar que sou filha dele só para eu dizer que tenho um único pai e o nome dele é Neneh.

Deveria haver um vento misterioso soprando pelo quarto quando lanço a terrível maldição em meu progenitor. Giselle deveria estar cintilando com admiração e acrescentando as próprias afirmações bastante positivas a este momento. Em vez disso, por alguma razão, ela parece... chateada?

— Cel. Querida. Não.

Paro. Fico sem reação. Não faço ideia do que fiz de errado.

— Por que você se importa? Por que sequer pensa nele? — Ela se levanta, com as mãos na cintura e tristeza no rosto. — Você ao menos *quer* ser advogada?

— Quê? — retruco com um gritinho. — Lógico que quero. Como...
— *A Katharine*, estou prestes a dizer.

— Como o papai? — acusa Giselle.

É tão ridículo que solto uma gargalhada.

— Ele? Não. Não quero ser nada como ele.

Giselle me lança um olhar sério.

— Então por que está planejando sua vida inteira em volta dele?

— Não estou! Juro por Deus. Você acha que sabe tudo...

Minha irmã bufa.

— Mais do que você eu sei.

— Só porque você é, tipo, cinco segundos mais velha do que eu. Isso é pela *mamãe* — corrijo. — Óbvio. Para provar como... como ela é maravilhosa, como não precisou dele e... e que valia a pena.

Giselle franze a testa.

— O que valia a pena?

— Ficar com a gente!

Minha irmã não responde. Em vez disso, estreita os olhos e fica me encarando com urgência, como se tivesse acabado de perceber que tenho uma terceira sobrancelha e é loira. Enquanto isso, estou tendo um pequeno ataque interno porque sei quando estou ganhando uma discussão. Sei quando estou estabelecendo pontos que soam lógicos. E tudo isso fazia perfeito sentido na minha cabeça, mas quando digo em voz alta, parece mais uma das teorias de conspiração que analiso.

Mas... mas está tudo bem porque muitas das teorias da conspiração são basicamente verdade. Não há nada de errado com querer reestabelecer o equilíbrio, a ordem e o significado de uma situação ferrada. E não há nada de errado em punir alguém que deveria lhe amar, mas não conseguiu fazer isso direito. Não é esta a base da legislação? Crime e castigo?

Ignoro a vozinha no meu subconsciente dizendo: *olha, na verdade...*

Minha irmã respira fundo e alto, contraindo os lábios, e percebo com uma onda de desconforto que Giselle, cujos humores são no geral limitados, parecidos com os de uma pantera — sonolenta, faminta e incisiva — parece preocupada. Séria. Incerta. Sinto o coração apertar.

Então ela acaba com a minha compaixão sendo uma completa estúpida:

— Ao contrário de tudo o que acabou de dizer, Celine, tenho certeza de que você é muito inteligente.

Lanço-a um olhar feio. E violento.

— Não vou me rebaixar a responder isso.

— Acredito que, se pensar direito na situação, vai chegar a uma conclusão lógica. Acredito em *você*.

Seria um discurso muito bonito se ela não estivesse tecnicamente me ofendendo.

— Pode parar com isso? Não é nada demais. É só um baile.

Sei que estou ignorando uma grande porção da conversa que acabamos de ter ao dizer isso, mas senhor. Estou exausta. Às vezes conversar com a Giselle é como ter um anjinho em cada ombro enquanto o diabinho mora entre os ouvidos.

— Só um baile? Não, Celine. Não, é um segredo. Uma mentira por omissão. Se não importasse, você não teria escondido o maldito panfleto. Você está fazendo as coisas às escondidas.

Minha garganta fica mais apertada com cada acusação tranquila que minha irmã faz.

— Não é... Não estou... — Não consigo finalizar a frase.

Giselle suspira.

— Os pais não são convidados para eventos como bailes? Como acha que a mamãe vai se sentir se aparecer lá e o vir, enquanto você podia ter contado a ela, mas não contou?

Eu... não tinha pensado a longo prazo assim, possivelmente porque imaginar tal cenário me deixa enjoada. O plano era contar para a mamãe em algum momento, sempre foi. Não é nada demais. Só não consegui descobrir como, sabe, falar de fato, explicar.

— Pois é — murmura Giselle sem emoção. — Quero que pense nesse seu *plano*. — A expressão dela fica amarga com a última palavra. — E sobre o que realmente quer fazer da vida. Porque é a sua vida, Cel. Ninguém mais tem que vivê-la. — Ela abre a boca como se quisesse dizer mais, então balança a cabeça e sai, fechando a porta atrás de si.

Encolho-me como um inseto e me deito de lado, olhando para o quadro dos Degraus do Sucesso. Giselle não entende, é só isso. Se ela entendesse, ela... bem. Ela entenderia.

Mas há uma sensação enjoativa e irritante na minha barriga a qual quero ignorar. Meu celular vibra e quando olho para a tela, vejo o nome do Brad. Pela primeira vez desde que ficamos amigos mês passado, não me animo em resposta.

Em vez disso, lembro dele me chamando de esquiva e lembro também que ele está certo.

* * *

BRAD

Quando chega dezembro, faz tanto tempo que Donno vem mantendo Jordan e eu fora de campo que de verdade considero começar a correr.

— Aff. — O desdém de Jordan é alto e nítido pelos meus fones de ouvido. — *Correr?* Sem querer ser dramático, mas eu preferiria morrer.

— Quê? — Estou deitado na minha cama (usando roupas de ficar em casa, óbvio), analisando o branco liso e perfeito do teto. No clima do inverno, a luz do sol da tarde faz o quarto todo ficar fresco e iluminado, e Jordan está me matando de rir como sempre. — Qual é, cara. É basicamente futebol, só que com menos pessoas e sem bola.

— É uma atividade extremamente entediante — rebate ele.

— Temos que pensar na nossa saúde cardiovascular!

— Esse é um problema para o Jordan do futuro. Sou jovem e sexy demais para fazer exercícios sem propósito. Me dá um prêmio ou some da minha frente.

Incrível.

— Espero que saiba como você soa ridículo.
— Sempre.
Meu sorriso some.
— Desculpa, aliás, pelo Donno estar descontando isso em você. É basicamente minha culpa ele estar irritado.
Jordan bufa.
— Não, é culpa *dele* que esteja irritado, então deixe que fique se remoendo. Não dou a mínima para Max Donovan e seu comportamento babaca. Só entrei no time de futebol não americano porque precisava fazer amigos lá e olha só: tenho amigos.
É uma excelente questão. Por que *eu* comecei a jogar futebol? Porque a dra. Okoro disse que parar de pensar demais e focar no momento presente ajudaria e ela estava certa. Então quem se importa se Donno não quer me colocar para jogar? Talvez eu vá correr mesmo.
Enquanto estou tendo Constatações Muito Importantes, Jordan ainda está tagarelando:
— Enfim, eu finalmente ter dito umas verdades a ele não teve a ver com você. Ele não pode falar com as pessoas da maneira como falou com a Celine. Sabe, somos basicamente amigos.
Levanto as sobrancelhas até o teto.
— Como vocês são amigos? Ela mal fala com você.
— E daí? Ela é tímida.
Quero morrer de rir com a ideia de Celine sendo tímida, mas... ela meio que é. De um jeito bem esquisito. Ela vai xingar um completo desconhecido se achar justificado, mas no geral ela leva trinta dias úteis a partir do dia que conheceu alguém para se sentir confortável com a pergunta: *oi, tudo bem?*
Eu me pego sorrindo e percebo que acho a natureza desconfiada dela encantadora e adorável. Esse crush é uma doença. Uma doença, eu juro!
— Além do mais — continua Jordan, inconsciente da degradação contínua das minhas células cerebrais —, ela é a melhor amiga da Minnie, e eu gosto da Minnie.
Ah, é. Acontece que Michaela Digby é, de fato, lésbica, então Jordan transformou seu interesse de adoração a um ídolo. No último mês, mais

ou menos, geralmente eu, ele, Minnie e Celine nos reunimos entre uma aula e outra. Às vezes Sonam e Peter estão lá, falando sobre uma festa de Ano Novo. Outras, alguns caras do time de futebol aparecem e Celine fica olhando feio para eles como se talvez estivessem escondendo armas letais nas meias. Funciona muito bem.

— E então — finaliza Jordan com pompa — tem o fato de que o *meu* melhor amigo está apaixonado por ela...

Engulo a saliva do jeito errado e por pouco, por muito pouco, não morro engasgado em uma tarde de domingo com a porta do meu quarto escancarada. Meu obituário seria péssimo.

— Quê? — murmuro com dificuldade, logo me sentando. — *Não* estou... O que você está...

— Cara. Qual é. Acha que não percebi?

— Jordan. Jordan, Jordan, Jordan. Não estou... Não é... — Lanço um olhar discreto para a porta porque Mason está em casa, para variar, e ele tem uma audição sinistra. — Não estou apaixonado pela... — *Celine*, falo em silêncio.

— Quê? — rebate Jordan. — Acho que a ligação está falhando.

— Só... tenho um pequeno crush nela, o menor de todos. Só. Bem pequeno. Minúsculo. Microscópico!

— Ah, é mesmo?

— Sim — confirmo, aliviado por ele estar sendo tão racional a respeito disso. — Com certeza, é isso mesmo.

— Hã. Veja bem, geralmente quando você tem um crush em alguém, não consegue esconder nadinha e me conta logo de cara, não cala a boca, e passa uns meses olhando para o nada enquanto sonha acordado com um apartamento só pra vocês, a horta e as 75 crianças que vão adotar...

— *Jordan* — rosno, me deitando de novo. Ele é o quê, um maldito livro de história moderna? — Para de desenterrar o passado. Sou quase um adulto maduro e só fiz isso, tipo, com cinco pessoas.

— Eu sei. É por isso que pensei que essa coisa com a Celine, sabe, você fingindo que não é nada a fim dela, ficando amigo dela e finalmente admitindo que assiste aos TikToks dela significava que você tinha sentimentos sérios e reais e de adulto por ela.

Não digo nada, estou ocupado demais tendo uma crise.

— Mas, ei — comenta Jordan, alegre. — Quem sou eu para falar algo?

— Ninguém. E você não sabe de nada, Jordan Snow.

Veja bem, a minha estratégia é: se eu ignorar, vai passar. O que é exatamente o oposto do que a dra. Okoro me aconselharia a fazer, mas ela não manda em mim, então é isso.

— Então está dizendo que não está apaixonado pela Celine?

— Não — digo com firmeza.

— Não, não está apaixonado por ela, ou não, você não vai me dizer que não está apaixonado por ela porque, sim, você está?

— O que... Não, no sentido de não, não estou apaixonado por ela! Óbvio!

Alguém toca a campainha. Pulo da cama e colo o rosto na janela porque estou esperando o meu exemplar de *Leopardo Negro, Lobo Vermelho*, mas em vez de ver o carteiro, vejo um casaco vermelho familiar.

— Merda.

— Que foi? — questiona Jordan.

— A Celine está aqui!

— Na sua *casa*?

— Não, na Torre Eiffel. Sim, na minha casa.

— Torre Eiffel? — repete ele, seco. — Sério, Brad?

— Cala a boca! O que eu faço? — Meu quarto está uma bagunça horrenda, estou usando óculos em vez das lentes de contato e tenho uma auréola de frizz ao redor da cabeça porque passei o dia de preguiça na cama sem a minha bandana. É por isso que as pessoas não deveriam simplesmente aparecer de surpresa. — Eu nem guardei a roupa lavada ainda!

— Só... joga no guarda-roupa e fecha a porta.

— *Jordan* — murmuro, horrorizado.

— Tudo bem, beleza. Coloca no quarto da sua irmã.

Bom, isso... pode ser uma boa ideia. Pego a cesta de roupa lavada e ando na ponta dos pés pelo corredor. Lá embaixo, a porta da frente se abre e ouço a voz do papai. Graças a Deus. Ele fala pelos cotovelos.

— Talvez ela nem tenha vindo ver você — arrisca Jordan enquanto entro de fininho no quarto da Em. Está mais frio aqui do que no resto da casa e metade vazio. Deixo a roupa e saio de lá bem depressa. — Seus pais não são amigos? Talvez ela tenha vindo buscar alguma coisa.

Ahhh.

— Talvez — concordo, o coração desacelerando. E desanimando. Coração estúpido. Então ouço meu pai dizer "o Brad está no quarto" e o órgão volta à vida. — Nada disso — corrijo, me apressando de volta para o quarto. — Com certeza ela veio me ver!

Meu irmão Mason estica a cabeça enorme e quadrada para fora do banheiro. O cabelo *dele* está com os cachos brilhosos perfeitos e ele está com uma tira de cera colada entre as sobrancelhas.

— Por que está correndo aqui dentro? — pergunta ele, alto como uma buzina.

— Cala a *boca* — sússurro.

— Você entrou no quarto da Emily? A gente não pode entrar lá.

— A Celine está subindo — aviso a ele —, então a menos que queira demonstrar sua técnica para lidar com a monocelha, some.

Ele me mostra o dedo do meio e bate a porta do banheiro com toda a força de seus bíceps superdesenvolvidos.

Jordan está rindo no meu ouvido, o que não ajuda.

— Para de rir — ordeno com seriedade. — O que eu faço? O que eu *digo*...

— Coisas normais — orienta Jordan, então se corrige. — Coisas do Brad. O de sempre. Você conhece essa garota, lembra?

Certo, é. É só a Celine. Respiro fundo e me sento na cama de novo.

— Lógico. Obrigado, Jordan.

— De nada. Aliás, acho que ela gosta de você também.

— Jordan! — Isso também não ajuda porque é ridículo. A Celine é... a Celine. Ela não *gosta* de pessoas. No mundo dela, faz, tipo, cinco minutos que voltamos a ser amigos e tenho bastante certeza de que ela requer dez anos de companheirismo leal e contato visual latente e talvez algumas batalhas letais travadas lado a lado (ou costas com costas; isso sempre parece irado em filmes) antes de sequer considerar ter um crush. Sei que ela teve um... *lance* com Luke Darker no ano passado, mas foi esquisito e agressivo e não quero isso. Quero algo que ela não vai me dar. — Isso não é... Ela não... Cala a boca.

— Se você diz — responde Jordan, zombando.

— Digo mesmo!

— Beleza, tanto faz — cantarola ele. — Vamos fingir que nenhum de vocês está nem remotamente interessado no outro, se isso faz você se sentir melhor. Ah, e Brad?

— Hã?

— Sai do celular.

— Ah, é!

Encerro a ligação.

CAPÍTULO DEZ

CELINE

Dezembro acaba de chegar, mas quando bato à porta da casa de Bradley, reparo na guirlanda já pendurada. Trev Graeme atende alguns momentos depois.

— *Olá*, Celine! — cumprimenta com animação. (Ele é bem como Bradley, sorrindo a todo momento.) — Entra, entra. Como você está? Como está... — Ele para de falar, encarando de cara feia a placa torta no jardim com os dizeres "PASSE AQUI, PAPAI NOEL". — Ah, de novo não. Esse vento maldito. Perdoe o linguajar, querida, um segundo. — De chinelo, ele sai e vai até a placa.

Quando Brad e eu brigamos, parei de vir aqui, então não passei muito tempo com Trev nos últimos anos. Ele vai à minha casa de vez em quando, principalmente quando a mamãe precisa de ajuda para levantar alguma coisa, depois tomam chá na cozinha. Eu, no geral, tomo chá de sumiço quando isso acontece. Não porque não gosto dele. É só que ele me lembra de como sou escrota.

Veja bem, Trevor Graeme ama muito a família e provavelmente preferiria morrer a deixá-los. Quando eu era mais nova, passei por uma fase humilhante em que invejava Brad pela sorte que tinha.

Eu sei. É horrível. Não se preocupe, já superei.

Mas talvez existam outras coisas escrotas relacionadas a pais se espreitando no meu cérebro as quais meio que *não* superei. Talvez Giselle tenha feito umas pequeninas observações corretas ontem. Não consigo parar de pensar naquela possibilidade, que é a razão de eu estar aqui. Então sorrio ao longo de uns minutos de conversa com Trev quando ele volta, aceito uma bebida e um pacote de biscoitos com graciosidade e então subo depressa na direção do cômodo que espero ainda ser o de Bradley.

Ainda é.

Ele deve ter me ouvido pairando na escada porque aparece na soleira da porta como um segurança. Está com as mãos nos bolsos e uma expressão divertida no rosto...

E está usando óculos. São armações circulares grandes na cor dourado-claro e acho que nunca notei como seu nariz é adorável até ver os óculos apoiados nele agora. Que humilhação. Acho que já estou tendo palpitações cardíacas.

Para. Se controla!

Brad arqueia a sobrancelha.

— Sabe, você tem meu número agora, Celine. Pode mandar mensagem antes de vir aqui. Eu posso... destrancar a porta.

Tento soar imune à sua presença.

— E assim eu evitar falar com o seu pai como uma bárbara sem educação?

Ele revira os olhos e abre espaço para me deixar entrar, mas percebo que ele está me lançando olhares enquanto ando pelo quarto, como se estivesse nervoso.

— E o que está rolando?

Não há um jeito fácil de perguntar a alguém se a pessoa acha que seu plano de vida inteiro remonta a GRANDES E ENORMES TRAUMAS PATERNOS, então decido ir devagar.

— Nada. Tudo bem.

— Beleza. — Ele bufa quando vê o pacote de biscoitos na minha mão. — Nem ouse comer isso aqui dentro. Não suporto farelos.

— Aff. Que tirano. — Mas eu já sabia, por isso não abri o pacote.

O quarto de Brad mudou tanto quanto ele, mas também não mudou nada. Ainda há as relaxantes paredes cor de creme, a cama perfeitamente arrumada e as gavetas e guarda-roupa estão bem fechados em vez de transbordando com coisas como os meus. A mesa debaixo da janela é nova, mas tudo em cima dela é um conjunto de ângulos corretos e perfeitos. Ele fica sempre mais organizado quando estamos quase no período de provas e no momento estamos fazendo revisões para os módulos de inverno.

A estante enorme perto do guarda-roupa não é nada nova, mas os livros nela talvez sejam. Embora, a julgar pelas lombadas, ele ainda goste de ficção científica e fantasia.

— Pode se sentar — diz ele, interrompendo meus pensamentos.

— Onde?

— Onde quiser, Celine, qual é. — Ele se joga na cama, bagunçando o edredom perfeito.

Faço uma careta de censura e me sento de maneira comportada na beira do colchão.

Brad abre um sorriso.

— Você é tão legal.

— Quê? — Estou horrorizada. Ninguém nunca me acusou disso. — *Legal?* Você percebe como... completamente *sem gra*...

—- Não precisa romper uma artéria, Cel.

— Como horrorosamente *insípida*...

— Legal — repete ele apesar dos meus faniquitos. — Legal, legal, legal. Como torta.

— *Torta?*

Ele está confiante.

— Torta.

Santo Deus. O fato de que estou gostando desta conversa, que preciso me esforçar para não brilhar feito um globo espelhado, deveria ser um sinal vermelho por si só. Infelizmente já faz um tempo que tenho me sentido assim perto do Brad e acredito saber qual é o motivo.

Ele está usando novamente seu moletom em tons pastel de azul e cor-de-rosa, e sua covinha está à mostra porque ele está sorrindo para mim. Ele é estupidamente lindo e me chama de *legal* apesar da quantidade enorme de vezes em que acabei com o dia dele. Algo quente e nervoso me assola como uma maré, e antes que possa transbordar para fora e causar danos incalculáveis, solto algo diferente:

— Você me acha uma filha horrível?

O sorriso do Brad some.

— Quê? Não. Por quê?

Não sei por que fico feliz por ele dizer não. Ele ainda nem ouviu quais foram os meus crimes.

— A Giselle sabe que... que meu pai — falo com dificuldade — está envolvido no... você sabe.

É por isso que estou aqui: o Brad *sabe*. Ele me conhece tão bem que me ajudou a escapar por uma janela.

— Espera.

Brad se levanta para fechar a porta porque ele é tão atencioso e meticuloso que alguém deveria tatuar as duas palavras na testa dele, e ouço Mason gritar do corredor:

— Pai, tem uma garota no quarto do Brad e ele está fechando a porta!

— É só a Celine — grita Brad de volta. — Vê se cresce.

Por algum motivo, sinto minhas bochechas pegarem fogo como duas pilhas de folhas secas e murchas. Certo! Sou só eu! A amiga totalmente platônica dele! *Óbvio*, Mason, se controle.

A porta se fecha sem nenhuma reclamação de Trev (então você concorda, Trevor, que seu filho mais velho me considera uma ameaça tão perigosa à virtude dele quanto um pedaço de madeira? Beleza, tranquilo, só para confirmar). Então Brad volta a se sentar na cama com uma expressão séria, mais perto de mim do que antes. Seu joelho está a centímetros de distância do meu, e ele está se inclinando na minha direção, pernas cruzadas, cotovelos apoiados nas coxas.

É uma postura bem confortável. Os olhos dele são como uma noite quente de verão.

— O que ela disse?

Fico sem reação.

— Hum? Hã, ela disse... — Vasculho os meus arquivos mentais para me lembrar da distante história de ontem. — Ela disse que estou escondendo coisas da mamãe e que estou deixando meu pai comandar a minha vida quando ele nem faz parte dela e várias outras bobagens do tipo. Só porque quero esfregar o meu eventual inevitável sucesso na cara dele. Ela está errada. — Faço uma pausa, respiro fundo e admito entre dentes: — Mas... por outro lado... Giselle é inteligente, e a gente está tecnicamente no mesmo barco quando se trata de pais...

— Tecnicamente — concorda Brad, com uma expressão solene demais para ser séria.

— Calado. — Dou um tapa no braço dele e tento não ter palpitações com o fato de que ele é 1) quente; e 2) sólido. Tipo, dã, Celine. Ele é um ser humano vivo, não um fantasma transparente gélido; óbvio que possui forma e vigor. Coloco a mão formigando dentro do moletom da banda Vulfpeck com cuidado e prossigo: — Eu só... tenho um dever intelectual de analisar acusações assim de modo imparcial. Certo?

Brad assente.

— Então pensei em pedir a você uma... perspectiva de quem está de fora.

— Beleza. Deixa eu perguntar uma coisa. Além da bolsa de estudos, o seu pai é uma das razões para você estar no PAB?

Eu me remexo desconfortável e me forço a ser sincera. Ele me chamou de esquiva, mas mando no meu próprio cérebro e vou encarar o que aparecer, obrigada, de nada. Assim como cada mulher no quadro dos Degraus do Sucesso encara o que quer que o universo lance na direção delas.

— Talvez.

Ele arqueia a sobrancelha.

— Isso significa sim?

— Não.

— Então significa não.

— Não! — Lanço um olhar sério a ele. — O que está fazendo?

— Pressionando — responde com serenidade. — Aprendi na terapia.

— Verdade?

— Não. — Antes que eu possa dar um peteleco entre as sobrancelhas dele por ser tão profundamente irritante, Brad estica o braço e aperta um dos pompons da minha meia. (Sim, há pompons nas minhas meias. Está frio, ok?) Observo-o beliscar a bola vermelha macia entre o indicador e o dedão. Mas quando levanto a cabeça, o foco dele não está na meia, e sim em mim. — Fala a verdade — ele pede de maneira tão, tão suave, não como um comando, mas como se estivesse realmente pedindo.

Como se fosse algo importante.

Engulo em seco e admito.

— Tem... algo satisfatório no fato de que o meu pai vai me ver ganhando a bolsa de estudos.

O cantinho da boca de Brad estremece.

— O que foi? — pergunto de maneira brusca, a inibição à espreita como a névoa.

— Nada. — Ele solta o pompom e aperta meu tornozelo. Por pouco não caio durinha. — Só gosto de como você tem certeza das coisas, só isso. O que mais?

Sinto a boca seca.

— O que mais...

— O que mais está fazendo por causa dele?

— Não *por causa* dele. — Franzo a testa. — Não quero ser advogada por causa dele.

— Mas você quer trabalhar com direito empresarial — retruca Brad. — Isso é por causa dele?

Mudo a expressão para uma careta. A irritação é mais fácil e bem mais familiar do que qualquer que seja o sentimento causado pelo peso da mão dele, que *ainda está no meu tornozelo, Jesus Cristo, Bradley*. Não é nada, não é nada, ele vive tocando em todos os amigos.

— Como sabe em que área quero trabalhar?

— Porque eu estava na festa em que você anunciou isso — responde de maneira branda — e achei esquisito que as pessoas que você admira, como a Katharine, trabalham em outras áreas, mas você não está nada interessada em seguir o exemplo delas.

— Não é que eu não esteja interessada — protesto, então paro de falar porque...

Bem, o que importa? Essas decisões, falando de forma prática, estão no futuro. E, sim, tenho costume de planejar decisões com antecedência, mas, bem...

— Pelo amor de Deus. Por que está me perguntando isso? Você deveria me dizer que sou ótima, que a Giselle está errada e que está tudo bem.

— Você é ótima — afirma ele e sinto a tensão deixando meus ombros. Mas logo retorna quando ele acrescenta: — A Giselle não está errada. Tudo... pode ou não estar bem?

Afasto o tornozelo do toque dele. De imediato parece que está dez degraus mais frio.

— Brad!

— O que foi? — Ele ri. — Não vou mentir para você, Celine. Seu plano de vida parece *levemente* ressentido e vingativo...

Faço aquele barulho que é metade tosse e metade risada que as pessoas fazem quando acham algo tanto assombroso quanto engraçado.

— Como *é* que *é*?

Ele me ignora.

— Mas é justificado! Não é um crime inafiançável nutrir sentimentos ruins quando coisas ruins acontecem com você.

Bem, eu sei disso. Só que *parece* um crime ter qualquer tipo de sentimento, como se eu tivesse que estar bem independentemente de qualquer coisa. Meu pai não me abala. Posso provar.

Uma voz que parece com a da Giselle pergunta: *deixando que ele molde sua vida toda?*

— O que eu deveria fazer? Simplesmente me... esquecer dele? Deixar com que se safe depois do que fez? Como isso é *justo*?

Uma linha triste se forma entre as sobrancelhas de Brad.

— Não é.

Algo venenoso dentro de mim que estava prestes a dar o bote se aquieta. Agora me sinto vazia e sem direção.

— Mas sabe com o que me importo? — Os olhos de Brad estão arregalados e adoráveis por trás dos óculos, como um beija-flor sendo atraído por margaridas. — Se você está *feliz* ou não com suas escolhas ressentidas e vingativas. Você está? Feliz?

Abro a boca, depois a fecho.

— Nã-não! Sem pensar. Quer ser uma advogada empresarial formidável que acampa com a Katharine Breakspeare nos fins de semana? Sim ou não? Responde rápido.

— Quer dizer... Quero algumas dessas coisas.

— Está falando da parte da Katharine Breakspeare, não é?

Reviro os olhos.

— Cala a boca. — Acho que já chega de autorreflexão por hoje. Eu me sinto insegura agora, quanto às minhas decisões, quanto a mim mesma. E se eu não puder ter certeza de mim, no que posso me agarrar, de fato? Mas não posso despejar tudo isso em cima do Brad. Não posso despejar isso em ninguém. — *Você* quer ser um advogado figurão e formidável que acampa com a Katharine Breakspeare nos fins de semana? — pergunto tentando incitar um sorriso, tentando provocar.

— Não — responde de imediato, sem pensar.

Então seu pescoço fica vermelho.

Fico só olhando para ele.

— Você quis dizer não para a parte de acampar.

Ele se mexe sem jeito.

— Isso?

Ele está mentindo para mim? Está. Com certeza está. Mas isso significa...

— Você... não quer ser advogado?

Ele não responde. Vejo um músculo se mexendo em sua mandíbula, que segue tensionada.

— Brad?

Ele se encolhe.

— Eu não *não* quero ser advogado.

O que Minnie faria em um momento como este? Seria sensível.

— Mas você não *não* não quer ser advogado?

— Não. Eu quero. Quero. Vai ser legal. — Mas reconheço o tom esperançoso em sua voz, como se estivesse negociando consigo mesmo. Reconheço porque às vezes uso o mesmo tom.

— Vai ser legal — repito com cuidado. — Mas não tão legal quanto...?

Ele bufa como um cavalo frustrado.

— Qual é. Eu me abri, agora é sua vez.

— Por Deus, Celine. — Ele ri, cai deitado na cama, então se senta de novo. Tira os óculos, então os coloca de novo. Esfrega a mandíbula, então murmura: — Às vezes acho que queria escrever um ou dois livros?

Uma pequena reação em cadeia é acionada em meu cérebro e uma lembrança é desbloqueada.

— Ah, é. Ah, é! Você queria ser escritor.

Ele solta um grunhido e fecha bem os olhos.

— Quando eu tinha dez anos!

— Mas não mais?

— Não... Não é tão simples assim.

— Por que não?

Brad morde o lábio. Eu realmente queria que ele parasse de fazer isso. É muita falta de consideração comigo, uma pessoa que pode vê-lo e que é tragicamente vulnerável à visão de uma boca magnífica.

— Porque — continua ele, ficando de pé de repente. — Só... olha isso.

Ele pega o laptop da mesa e se senta ao meu lado de novo, abrindo o computador. O protetor de tela dele é John Boyega em *Guerra nas Estrelas*, tão gato que deveria ser crime. Então abre uma série de pastas e me deparo com uma página cheia de arquivos do Word. Os nomes começam pequenos: Rascunho 1. Rascunho 4. Rascunho 9. Não muito depois, surgem as letras. Números romanos. Bradley escreveu muitos rascunhos.

— Não consigo terminar nada — revela, então fecha o laptop e o coloca na mesa de cabeceira.

Fico olhando para ele.

— Ai meu Deus.

— Eu sei! — Ele está indignado consigo mesmo. — Fico tentando, mas...

— Não, Brad, é isso que estou dizendo. Quantas vezes você já tentou escrever esse livro?

Ele me lança um olhar como se eu tivesse acabado de pisotear seu dedo do pé já quebrado.

— Umas mil vezes, obrigado, Celine.

— E você ainda está tentando?

— Entendo que é inútil, mas você sabe o que dizem sobre a definição de insanidade.

— Você pode dizer esse tipo de coisa?

— Espera aí, deixa eu consultar o conselho de distúrbios mentais. — Brad faz uma pausa. — Sim.

— Quer saber o que acho?

— Infelizmente — Ele suspira — quero.

— Acho que você está vendo pelo lado errado. Você até pode achar que o fato de ter escrito tanto é algo ruim, mas eu não acho.

Brad parece profundamente descrente, mas, como ele é absolutamente fofo, apoia os cotovelos nos joelhos, o queixo nas mãos e escuta.

— É?

— É. A gente só insiste assim quando ama muito uma coisa. Se você ama escrever, deveria tentar. Além do mais, não faço ideia do que é necessário para escrever um livro — na verdade, acho que eu morreria de tédio —, mas tenho bastante certeza de que é preciso ter esse nível de comprometimento. Sabe, para terminar.

Os olhos do Brad ficam esbugalhados.

— Mas, Celine. Eis o que você não está considerando. EU. NÃO. TERMINEI. O. LIVRO!

Minha risada escapa sem a minha autorização.

— Sim, Bradley, e o que *você* não está considerando é que: UM. DIA. VOCÊ. VAI. TERMINAR!

Isso o faz parar para pensar. Ele abre a boca, fecha, abre de novo.

— Não... não tem como você saber disso.

— Não tem como *você* saber disso — rebato. — Eu sim. Você é *o* Brad Graeme, porra. Eu apostaria em você a qualquer momento.

O sorriso dele é a coisa mais suave e doce, como uma garrafa de alívio se derramando.

— Meu Deus, Celine. Você é tão maravilhosa.

Fico sem reação.

— Quê?

— Você sabe o que acabou de me dizer? Ou você estava, tipo, em um estado dissociativo e vai sair dele e esquecer da coisa toda? — Ele dá tapinhas no meu joelho, me reconfortando. — Tudo bem. Vou lembrar.

Agora que ele mencionou, tudo o que falei foi abominavelmente piegas. E sentimental. E é possível que tenha revelado certas coisas sobre a minha... minha afeição insensata por certos aspectos da personalidade dele. Certo, beleza, minha afeição insensata por literalmente tudo nele.

— Hum... esquece. Finge que não falei nada. Você é alto demais e me dá nos nervos, que tal?

Ao que parece isso é hilário porque Brad cai na gargalhada.

— Você é *tão* reprimida.

O som da risada dele é como um riacho de água morna parcialmente escondido em uma trilha num dia de verão: um deleite inesperado. E não acho que sou nada reprimida porque olho para ele e meu coração pula de modo bem deliberado, e sei exatamente como me sinto.

Mas por que escolher se alongar em algo que não vai a lugar nenhum? O que vou fazer, colocar as mãos nas bochechas dele e beijar seu rosto irritante? Óbvio que não. É preciso ser sensata quanto a tais sentimentos ou eles sairão do controle. Gostar de alguém tanto assim é um jogo perigoso porque o que fazer quando a pessoa for embora?

Não sei o que fazer comigo mesma, então puxo um travesseiro de trás das costas dele e o acerto em Brad.

— Ei! — Ele ri ainda mais, pega o travesseiro de mim e me acerta de volta.

— Ai! — Dou um grito.

Ele para de achar graça e fica instantaneamente preocupado.

— Merda, você...

O que me dá tempo o bastante para pegar outro travesseiro.

— Ah! Para. — Brad segura meu pulso com dedos em chamas e diz bem sério: — A violência não é a resposta.

— Você acabou de me acertar!

— Aquilo — responde ele de modo imponente — foi legítima defesa.

Quando passo o travesseiro para a outra mão, ele pega esse pulso também. Tento me soltar dele; não funciona. Ele parece bem presunçoso. Então me lanço na direção dele, o que não ocorre como eu esperava, considerando que ele ainda segura meus pulsos.

Ele cai apoiado nos cotovelos e acabo bastante inclinada em cima dele. Se eu estivesse escolhendo estar interessada em Bradley, esta seria uma situação perfeita. Poderia parar de apoiar parte do peso no joelho direito e me deixar me apoiar mais *nele*, nossas bocas ficariam muito próximas e ele estaria na posição ideal para perceber que estou com um cheiro sedutor graças ao meu sabonete líquido de limão e à pomada capilar de coco. Então ele colocaria a língua dentro da minha boca e acabaria nutrindo uma paixão duradoura por salada de frutas.

Permito-me imaginar tal cenário por alguns perigosos segundos antes de me lembrar que não tenho autorização para estar interessada em Bradley. Então continuo apoiando todo o meu peso no joelho direito. O colchão afunda um pouco e hesito, mordendo o lábio.

Então Brad cai de costas com tudo e me puxa para baixo com ele.

* * *

DOMINGO, 14h04

Jordan🫶: o que tá acontecendo, cara, me atualiza

Jordan🫶: Brad

Jordan🫶: BRAD! Que porra vcs tão fazendo aí????

Jordan🫶: 👀👀

CAPÍTULO ONZE

BRAD

Essa é uma má ideia? Pode ser uma má ideia. Mas tenho, tipo, dezoito por cento de certeza de que percebi uma vibe, o que na verdade é uma probabilidade bem grande para os meus parâmetros. E ainda que eu com certeza não esteja *apaixonado* pela Celine — isso seria ridículo, Jordan está viajando —, definitivamente estou um pouquinho obcecado com a ideia de beijá-la. Penso nisso o tempo todo. Como quando estamos discutindo na aula de filosofia ou quando vamos todos tomar frappuccino. Logo, logo ela vai perceber que passo muito tempo pensando na boca dela, a menos que eu consiga ficar à frente do problema e alcançar a boca em questão.

Isso resolveria as coisas, certo? Beijar, de fato, quero dizer? Resolveria a obsessão com o beijo. Ou tornaria dez vezes pior. Só tem um jeito de descobrir.

Puxo-a para perto de mim, um peso macio que pressiona a minha coluna no colchão com firmeza.

...nente com os olhos e pergunta:

— ...sso?

...Celine, é basicamente uma pergunta educada.

...ço a ela meu melhor sorriso.

— Essa coisa da amizade está indo muito bem, não acha?

Estou testando o terreno. Se ela disser *é sim, lindo* e lamber meu pescoço, vou entender isso como um sinal verde.

Celine se apoia nos cotovelos para olhar para mim, mas não se levanta.

— Estou te esmagando?

— Não.

— Beleza. — Ela evita me encarar e aparecem umas covinhas em suas bochechas redondas como se as estivesse mordiscando por dentro. De perto assim, ela é toda escuridão cintilante e maquiagem rosa brilhante e cílios longos tremulando na direção oposta à minha. — Hum. Sim. É. Indo. Bem.

Dou um sorriso animado.

— Isso foi ótimo, Cel. Bastante emotivo. 10 de 10.

Ela revira os olhos, mas ainda não se mexeu. Estou me sentindo bastante otimista com a situação, caso ignore o quanto meu estômago está se revirando de nervosismo e que desfechos péssimos estão agora se projetando na parte de trás do meu crânio como uma bobina cinematográfica acelerada. Jogo uma cortina bem grossa e escura na frente da tela e digo:

— Vou sugerir uma coisa.

Ela começa a suspeitar e com razão.

— O quê?

— Você. Quer dizer. Você... quer... — Caramba.

Isso é mais difícil do que pensei. Meu coração toca um solo de bateria no momento. Como consegui que Isabella me beijasse? Ah, sim, lembro agora: "*Bella, gosto de você de verdade*", e ela cuidou do resto. Mas se eu disser a Celine que gosto dela, provavelmente ela vai pular pela janela por reflexo. Por alguma razão isso faz meu coração doer.

E ainda assim...

— Celine, gosto de você de verdade.

Ela rola para longe de mim e cai no chão fazendo um barulho alto. Bem, que droga. Vou para a beira da cama bem na hora em que ela se levanta.

— Tudo bem aí em cima? —grita o meu pai.

— Deixei um livro cair — grito de volta.

— Desculpa — responde Celine, sem fôlego, esfregando o quadril. — Não percebi que... o chão estava... ali. — Então ela dá um sorriso caloroso.

Minha esperança despenca até chegar ao centro da Terra.

— Ai, Deus. Você não gosta de *mim*.

Celine fica boquiaberta.

— Do que está falando, Bradley? Óbvio que gosto de você!

— Certo. — Concordo com a cabeça depressa, tentando não morrer de constrangimento. Tristrangimento. — Óbvio! Somos amigos!

— Foi isso que quis dizer, não foi? Como amigos.

É bem gentil da parte de Celine me dar uma chance de escapar. Mas ela ainda está sorrindo, não um daqueles sorrisos acidentais normais em que seus olhos ficam franzidos até parecerem pedras preciosas escuras e reluzentes, mas um sorriso educado perfeito que parece nervoso. Ou ansioso. Ou... outra coisa que não quero que ela esteja.

— Bom, não — respondo devagar.

Isso é ridículo. Eu sou ridículo. Há uma possibilidade enorme de que eu vá piorar as coisas...

Que pode fazer valer a minúscula possibilidade de eu melhorar as coisas.

— Não — repito com mais confiança agora. (Se eu for fazer as coisas do jeito errado, que eu faça com estilo e convicção.) — Quando puxei você para cima de mim e, sabe, te olhei com os olhos brilhando e disse que gostava de você, não quis dizer como amigos. Óbvio.

Ela abre a boca. Fecha a boca. Entre estes movimentos e a forma como está piscando devagar, parecendo um tanto atordoada, seria fácil colocá-la em uma vasilha com água e chamá-la de peixinho dourado.

— Mas está tudo bem — acrescento depressa. — Não vou ficar esquisito ou nada assim. Estou... estou feliz por sermos amigos.

Ser amigos é bom. Ser amigos é infinitamente melhor do que antes. Não há motivo algum para os meus órgãos internos estarem se afogando nas águas da minha desolação. *Estou totalmente bem.*

— Bem — murmura Celine. A voz dela é tão bonita. Como metal brilhante. Estou bastante bem agora. — Senhor — diz ela depois de um momento.

Consigo ser paciente e racional por mais 0,3 segundos.

— Sem querer te pressionar, mas eu adoraria ouvir umas frases completas agora.

Ela se senta na cama muito de repente. Na verdade, é possível que tenha caído.

— Tem certeza?

Eu quase caio ao ouvir isso.

— Se tenho certeza?

— De que você, hã... gosta de mim — sussurra ela.

Conto até oito.

— Celine. POR QUE EU NÃO TERIA CERTEZA?

— Bem, não sei! — Ela joga as mãos para o alto. — Só parece que isso aconteceu tão do nada...

— *Não* foi...

— Voltamos a ser amigos faz 49 dias — afirma ela, então acrescenta com a voz culpada: — Mais ou menos.

Só consigo encará-la.

— Você *contou*?

Ela levanta o queixo na defensiva.

— Você não?

— Bem, lógico que *eu* contei. É o que eu faço! Conto as coisas! E *gosto* de você, lembra? Por que você contou?

Celine cruza os braços e dá de ombros.

Não consigo acreditar. *Não consigo* acreditar.

— VOCÊ GOSTA DE MIM TAMBÉM.

— Cala a boca! — sussurra. — Seu irmão provavelmente está se escondendo ali fora pronto para dar o bote.

Estou ocupado demais perdendo a cabeça, então nem tenho tempo de desfrutar as coisas sem sentido saindo da boca dela.

— Por que decidiu discutir comigo? Você é um ser humano impossível! Sabe que a gente poderia ter passado esse tempo todo se beijando?

O corpo dela todo se agita como um suricato.

— Bem, você quer?

— Óbvio que quero! Por que acha que falei disso?

— Porque seu coração foi tomado por um sentimento delicado? — sugere a garota, seca.

Deus, ela é tão irritantemente fantástica.

— Eu estava *sendo assertivo*.

— Entendi. — Ela considera a questão por um segundo. — Minha vez?

Isso corta as minhas asinhas e enfim absorvo a verdade: a pessoa de quem gosto gosta de mim ao mesmo tempo e qualquer um que já gostou de alguém sabe que isso quase *nunca* acontece. Além disso, a pessoa é Celine, que é como adicionar combustível de foguete a fogos de artifício. Ou a mim. Há combustível de foguete em mim.

— Tudo bem — confirmo, mas o que quero dizer é: *sim, com certeza sua vez, faça algo por favor, agora.*

Ela morde o lábio, segura meu pulso e me puxa para a frente. Para mais perto. Dela. Eu me mexo com toda a graciosidade e dignidade de um filhote labrador. Meu joelho direito toca o joelho esquerdo dela. Celine se inclina na minha direção, com cheiro de férias. Vejo a textura de sua pele. Posso contar seus cílios. Posso...

— Brad — diz ela com suavidade, sorrindo, de verdade desta vez. — Você deveria fechar os olhos.

Mas ela é tão bonita.

— Você primeiro.

— No três.

Começo a rir enquanto contamos. *Um, dois, três.* Meu mundo é escuro e tem o cheiro da Celine. Sinto sua respiração na minha boca quando ela fala.

— Você tem razão. Também gosto de você.

Porra, aí sim.

— A gente deveria conversar — continua ela, e dessa vez sinto o mais leve roçar da sua boca na minha.

A sensação cintila na minha barriga. Ela vai me matar.

— Está se oferecendo para conversar sobre algo? — respondo com a voz rouca, tentando parecer impassível e divertido, e atuando muito mal. — Você gosta mesmo de mim.

— Espertinho — murmura.

Então com muita suavidade ela encosta a boca na minha, só por um segundo, simplesmente o segundo mais sublime da minha vida. Um choque elétrico me percorre da cabeça aos pés e faz meu corpo inteiro vibrar.

— Mais — peço e coloco uma mão em sua bochecha.

A curva se encaixa perfeitamente na palma da minha mão.

Posso senti-la sorrir.

— Tudo bem.

Desta vez eu a beijo. Por mais tempo. Com mais intensidade. Sua boca está quente e macia, e ela respira rápido. Meu cérebro escorre para fora da cabeça. Ela segura meu pulso de novo e consigo sentir a minha pulsação contra os dedos dela; está bem acelerada.

Eu deveria ter passado os últimos 5.000 meses fazendo iss...

— Pai! — grita Mason. — O Brad está transando!

Ótimo: meu irmão chegou, bem na hora, para destruir a minha vida. Eu me afasto de Celine, marcho até a porta entreaberta (aquele sem noção pervertido do cacete) e a escancaro. Mason já está correndo escada abaixo.

Viro para trás. Os olhos de Celine estão arregalados e desfocados, e ela está ofegante, e por um segundo esqueço de estar furioso porque estou bastante satisfeito comigo mesmo.

— Oi — murmuro.

Ela pisca com intensidade, aperta os lábios e se levanta.

— Droga. É melhor... a gente descer.

— Provavelmente.

Vou entrar escondido no quarto de Mason hoje e o sufocar enquanto dorme.

Enquanto seguimos para a escada, nossos cotovelos se encostam. Algo se contrai na minha barriga. Cel me lança um olhar de soslaio, escandalizado, e esfrega o braço como se eu tivesse a mordido.

Meu próprio braço está formigando.

— Gosto *mesmo* de você.

— Shhh. — Ela arregala os olhos para mim com seriedade e vai andando na frente. — Não quero que o seu pai ouça!

Ah. Ela fica constrangida com tanta facilidade, mas acredite: o papai vai adorar isso. Celine é uma das pessoas favoritas dele. Ainda assim, fico de boca fechada porque ela está assustada, e sei que sentimentos não são muito a praia dela. Acabamos de ter um momento e agora ela precisa de espaço. (Caramba, sou tão maduro. Alguém deveria anotar isso.)

Chegamos à cozinha em meio a um silêncio adulto e vemos o meu pai picando cebolinha em cima da ilha e olhando para nós com as sobrancelhas erguidas (o que é um mau exemplo de segurança na cozinha; de olho na faca, papai).

— Oi — digo.

De alguma forma, ele levanta ainda mais as sobrancelhas.

— Obviamente — anuncio — Mason está mentindo.

Mason, que está comendo um bolinho de arroz encostado na pia, responde, com a boca cheia:

— Mão, mão estou.

Farelos caem na sua camisa vermelha do *Notts Forest*.

Observo-o horrorizado.

— Como somos da mesma família?

Ele tira os cachos pretos de cima dos olhos que estreita para mim.

— Você é abotado.

Papai solta um suspiro pesado.

— Mason, não fala de boca cheia, para de perturbar o seu irmão e vai lá para cima.

Mason bufa e vai na direção da porta.

— Aliás — continua o papai na direção dele —, você não vai à festa hoje à noite.

Mason se vira para ele.

— Quê?

— Lembra da nossa conversa — relembra o papai —, sobre o que bons homens dizem e não dizem sobre damas?

Aha! Sim! Lembro disso. Ele está tão ferrado.

— Eu não estava falando da *Celine*! — choraminga Mason. — Estava falando do Brad!

— Você estava falando da Celine, sim — afirmo solenemente. — Estava violando a autonomia corporal dela com mentiras misóginas para fins pessoais, Mason. Estava tratando Celine como dano colateral em uma guerra entre irmãos. A mamãe vai ficar muito decepcionada com você quando chegar.

Mason se engasga. Celine parece muito estar mordendo a língua com força para não rir.

Papai parece estar achando graça, mas revira os olhos e diz:

— Já chega, obrigado, Bradley. Mason, vai lá para cima.

Mason bufa e sai pisando duro.

— Agora — murmura o papai, exibindo aquela expressão sou-o-responsável-aqui. — Vocês dois. O que está acontecendo?

Ele está fazendo uma pergunta direta e focando o olhar no meu. Tento cerrar os dentes, mas já posso senti-la se rachando sob a pressão parental.

— Acontecendo? Como assim? Não tem nada... — O que está faltando nesta frase? Ah, sim. —... acontecendo.

Celine olha para mim como se eu tivesse sido abduzido e substituído por um espantalho em forma de Brad. Então anuncia:

— Preciso ir para casa. Disse a Giselle que ia fazer o jantar hoje. Tchau, Trev. — Ela lança um olhar quase tímido para mim. — Hum. Tchau, Brad. — Então se manda depressa.

Eu a sigo até o corredor para trancar a porta.

— Cel...

— Desculpa — sussurra ela —, mas realmente não sei falar com pais. — Então ela some em uma nuvem de fumaça, me deixando ali como um traidor para enfrentar as consequências sozinho.

Não faz mal porque é óbvio que o papai vai contar para a mamãe e com certeza a mamãe vai contar à Neneh.

Quando volto para a cozinha, o papai terminou de picar a cebolinha e começou a picar pimenta *scotch bonnet*. Eu me sento em um dos bancos diante da ilha de mármore e observo as mãos dele em movimento, aguardando que a conversa se inicie. Quando não acontece, quando ele continua picando com uma expressão séria e começo a ponderar se estou mesmo encrencado, não aguento mais a pressão.

— Sabe que o Mason está inventando coisa. Né? Pai. Qual é. Né?

Além do mais, já fiz sexo antes. O papai *sabe* que já fiz sexo antes porque o Mason *roubou a minha calça jeans*, as esticou com o quadril enorme e colocou para lavar sem checar os bolsos. Mamãe encontrou uma camisinha lá, e eu poderia ter deixado que *ele* levasse a culpa, mas muito nobremente admiti que era minha, então na real, era de *se esperar* que ele me desse cobertura uma vez ou outra, mas ele não faz isso porque é um grande otário.

O papai ri e finalmente olha para mim.

— Espero que seja o caso, Bradley Thomas.

— Então qual é o problema? — Pego a cabeça de alho, tiro um espremedor da gaveta e passo a fazer algo de útil.

O papai murmura:

— Você e a Celine, hein?

A gente deveria conversar, ela disse. Mas aí colocou a língua na minha boca, então... Eu me remexo no assento e descasco o primeiro dente de alho.

— O que tem?

Papai suspira de novo. Abaixa a faca. Foca em mim de maneira séria e absoluta.

— Você acha que é uma boa ideia?

Franzo tanto a testa que fico com dor de cabeça.

— Por que não seria?

— É seu último ano na escola. Direito é um curso muito exigente.

Direito, diz ele, como se fosse um fato consumado, como se eu fosse um olimpiano que deseja isso mais do que tudo e ele fosse um treinador dedicado cuidando de mim. Óbvio que este assunto viria à tona. Óbvio.

— A competição é alta e... as provas finais são muita pressão. Confia em mim. Lembro bem e nunca tive que lidar com as... dificuldades extras que você tem.

Largo o alho e tento acompanhar o raciocínio.

— Esse é um discurso do tipo *"estou preocupado com seu nível de maluquice"*?

— Bradley. — Ele faz cara feia. — Já falei para não dizer isso.

Eu o ignoro.

— Porque achei que eu estava indo bem. Não estou indo bem?

Eu me *sinto* bem.

Ou me sentia antes do meu pai começar a usar enigmas para falar.

— Você está indo bem — responde papai, então vacila. — Quer dizer. Você está se sentindo bem?

Dou de ombros.

— Sim?

— Certo. — Ele assente. — Certo. Bem, só estou dizendo que: vamos manter assim.

Perdi alguma coisa?

— O que isso tem a ver com a Celine?

Papai hesita antes de falar no seu tom *tomando cuidado*, como se eu fosse uma bomba prestes a explodir.

— Adoro a Celine. Mas sei que você sempre teve... sentimentos intensos por ela.

Agora estou irritado porque eu estava pronto para discutir, mas isso é tecnicamente verdade. Meus sentimentos pela Celine foram positivos e negativos, platônicos e combativos e... esta coisa nova em que eu quero segurar a mão dela pelo próximo milênio, mas independentemente de tudo, sempre foram intensos.

— Certo — concordo, tentando forçar a mandíbula a relaxar.

— Não sei se é uma boa hora para esses sentimentos ficarem ainda mais intensos — finaliza o papai. — Além de qualquer outra coisa, você precisa dessa pressão adicional agora?

— Ah — murmuro de forma tensa quando os sentimentos inflamam como gêiseres vulcânicos dentro de mim. Dez minutos atrás, eu estava me divertindo à beça beijando a garota mais sexy do planeta e agora estou recebendo sermão por causa da minha alma delicada. (Bem, minha química cerebral delicada, mas tanto faz.) — Mas não vejo como gostar da Celine seja pressão.

Papai abre a boca, então a fecha.

— Não posso te dizer o que fazer, Brad — diz ele, mentindo antes de prosseguir me dizendo o que fazer: — Só estou dizendo que talvez deva pensar duas vezes antes de acrescentar um romance tórrido à lista de coisas com as quais se preocupar.

— Certo, mas não estou *preocupado*.

— E se você e a Celine se candidatarem a universidades a quilômetros de distância, ou estiverem ocupados demais estudando e não conseguirem se encontrar, ou o que seja, você não vai ficar preocupado? — Ele está franzindo bastante a testa e apoiando as mãos abertas na tábua de picar, as pimentas esquecidas. — Você sempre estava fixado em uma coisa ou outra que acontecia com a Bella...

— Não *compara* as duas!

Papai ergue a mão como se dissesse "você tem razão".

— Certo. Não. Desculpa.

Bella e Celine não são a mesma pessoa. Não há razão alguma para mencionar os dois nomes na mesma frase. Além disso, Bella não sabia do meu TOC e... tinha uma ideia sobre relacionamento e eu tinha outra. Era complicado. Celine e eu, nós somos simples. Eu a conheço, a quero e ela definitivamente me conhece.

Mas ela quer conversar, sussurra aquela vozinha irritante no meu subconsciente, aquela que saca coisas que eu preferiria não notar.

— Só estou dizendo — papai continua, pegando a faca de novo — que a primeira expedição PAB foi bem desgastante para você. Sei que ainda não conseguiu terminar as candidaturas às universidades. E as provas finais vão ser... O curso de Direito exige uma pontuação...

As palavras "não *ligo* para o curso de Direito" jorram de mim, como quando você abre uma garrafa de refrigerante e a espuma se derrama. Achei que elas ficariam aqui dentro, mas então algo sacudiu e girou um pouco rápido demais, e agora o balcão está todo pegajoso e metade da minha garrafa, vazia. Não há como voltar atrás.

Papai deixa a faca cair e olha para mim com uma expressão tão abismada e preocupada (abispada, talvez) que era de se pensar que minha cabeça tivesse se descolado do pescoço.

— Perdão? — questiona ele.

Agora me sinto um babaca. Ele só está tentando me dar um conselho, do jeito que sempre faz, e como reajo? Jogando verdades inconvenientes na cara dele.

— Nada — respondo, pegando o alho. — Desculpa.

— Brad, você...

— Estou bem.

— Você sabe que pode me contar qualquer coisa. Se não estiver se sentindo... Se estiver tendo qualquer...

— Estou de mau humor. — Forço um sorriso. — Você meio que cortou minha vibe, velho.

A expressão dele se suaviza.

— Filho. Sabe que não estou tentando ser negativo. Só quero o melhor para você.

— Eu sei.

— Mas não posso te dizer o que fazer — repete.

Pais amam dizer esse tipo de coisa, como se suas palavras, expressões, *expectativas* não fossem tão pesadas quanto um pequeno planeta. No geral, a palavra do meu pai é lei, quer ele saiba disso ou não.

Mas não desta vez.

Acontece que, quando se trata de Celine, o papai está certo: ele não pode me dizer o que fazer. Ninguém pode.

* * *

CELINE

DOMINGO, 15h12

> **Minnie:** Você fez O QUÊ?

> **Celine:** FOI UM ACIDENTE

> **Minnie:** lol não, não foi, você vem babando nele faz séculos

> **Minnie:** só estou chocada por VOCÊ finalmente perceber isso!!!

Não faço ideia de por que conto as coisas para a Michaela. Ela é um ser humano profundamente irritante.

Depois de ficar um tempo parada na frente da casa dos Graeme, estou voltando depressa para casa (algo bem irresponsável de se fazer enquanto mando mensagens, eu sei, mas a necessidade se faz presente). Então ouço meu pior pesadelo (literalmente) atrás de mim: é Brad. Chamando meu nome. Logo depois que nos beijamos.

E, senhor, o jeito como nos beijamos. Foi completamente de morrer. Tipo, vi fogos de artifício e esqueci do meu próprio nome e considerei por um momento colocar a mão dele no meu peito, o que é tudo bem perigoso, de fato, porque...

— Celine!

Eu me viro bem devagar e, sim, meus ouvidos não me enganaram. Ele está correndo pela calçada, um casaco por cima da roupa. Ai, meu Deus. Fico ali parada como uma estátua e entro em pânico.

Assim que ele me alcança, sem fôlego, pergunta:

— Aprendeu a cozinhar?

A ponta de seu nariz está vermelha por causa do frio. Os olhos estão escuros como a meia-noite... não aquela típica do inverno frio, mas aquela típica do verão quente em que não se consegue dormir porque os lençóis ficam grudando na pele e, de qualquer forma, há aventuras a serem vividas do lado de fora.

E a boca dele é... macia. E sei disso em primeira mão porque...

No meio da conversa, Celine.

— Não — respondo, esperando que ele não perceba a pausa bem minúscula que fiz por estar atordoada. — Por quê?

Ele arqueia a sobrancelha.

— Porque você acabou de dizer que tinha que ir fazer o jantar.

Merda.

— Devia ser proibido você olhar para as pessoas assim quando as está interrogando.

Ele arqueia a outra sobrancelha e continua sendo desconcertantemente lindo.

— Assim como?

Hesito.

— Esquece.

Ele abre um sorriso enorme como se soubesse exatamente qual é o meu problema. (Considerando o meu entusiasmo em enfiar a língua na goela dele, considerando que admiti gostar dele, ele entende por completo.)

— Bom, que bom que consegui te alcançar, senão eu ia te seguir até em casa e entrar escondido no seu quarto. Tinha um plano elaborado que envolvia escalar uma treliça. — Brad faz uma pausa. — Mas provavelmente eu não faria isso porque acabei de lembrar quanto eu peso.

— Além disso — respondo, imagens de Brad no meu quarto dançando em minha mente —, a gente não tem uma treliça.

— Isso também — concede ele com alegria. — Minha mente é um lugar dramático e com frequência impreciso. O ponto é... você disse que a gente deveria conversar.

Ele fica sério e me observa com atenção. Meu estômago se revira sob o foco dele, metade animado e metade apavorado.

Por que eis os fatos: é dezembro. Estamos no último ano e, em mais ou menos dez meses, Brad e eu vamos nos separar. Quando sairmos de Rosewood, estaremos geograficamente mais distantes do que nunca. Não nos veremos todos os dias. Vamos conhecer pessoas novas e desenvolver novas bolhas sociais que não têm chance alguma de se cruzar. Vamos escrever novos capítulos nas nossas vidas e eu serei uma coadjuvante na dele, e tudo bem: é natural e compreensível.

Mas já vivi isso antes e não quero reviver. Doeu muito quando brigamos anos atrás porque éramos muito próximos, próximos o bastante para parecermos um só. Então fomos partidos em dois, e eu tive que segurar a barra enquanto o sangue jorrava da lateral do meu corpo e metade de mim tinha desaparecido.

Bem, estou bem agora, porque sou só eu. Senti a atração me puxando para ele, mas resisti.

Se nos aproximarmos mais, se ele me beijar mais, se disser o quanto gosta de mim e sorrir como se o fato de eu gostar dele também tivesse colocado o mundo em ordem...

Seremos um só de novo. E isso não pode acontecer. Não pode.

— Celine — diz ele com suavidade. — Fala.

Então falo.

— Escuta. Brad. O que aconteceu mais cedo foi, sabe, legal... — Deus, sou tão mentirosa. — Mas não pode acontecer de novo.

O sorriso inicial dele desaparece como uma repentina e catastrófica ausência do sol. Depois de uma pausa longa e agonizante, ele responde tão baixinho que é difícil de ouvir:

— Por que não?

Engulo em seco.

— Porque... porque então o quê?

— Bem, Celine, se você deixasse que eu te beijasse mais, e eu continuasse fazendo e você continuasse gostando, acho que a próxima coisa seria... a gente começaria a namorar.

Sinto a garganta se fechar com terror ou alegria. Quem saberia a diferença, de verdade?

— Mas a gente não pode namorar — respondo com a voz estrangulada.

O divertimento de Brad é um sopro branco no ar.

— Quer dizer, com certeza a gente poderia.

Ele faz soar tão fácil. *Tudo* é fácil para ele.

— Mas e a faculdade?

— Aff. Juro por Deus, a faculdade ainda nem começou e já está destruindo a minha vida.

— Relacionamento à distância nunca funciona.

É verdade, e essa é uma colocação normal e racional, ao contrário de algo como: *a ideia de nos separarmos já é ruim o bastante, então preciso que você não torne tudo mais difícil querendo namorar à distância.*

Ou *em algum momento você me deixaria, mas não pode me deixar se não for meu.*

— Por quê? — rebate. — Porque as pessoas não conseguem resistir à vontade de esfregar os genitais uns nos outros? Fica tranquila. Não vou fazer isso.

— Nunca achei que fosse fazer isso.

Ele não precisaria fazer isso. Ele só precisaria... se sentar ao lado de alguém no fundo de uma sala de aula todo dia por seis semanas e perceber que queria sair com a pessoa, e então se sentiria preso pelo fato de não poder fazer isso porque haveria eu a alguns quilômetros de distância pensando que ele era meu. É tudo o que precisaria fazer. Só... parar de querer ser meu.

O que seria perfeitamente lógico. Normal. Parte do processo de crescer. E jamais quero que isso aconteça, então tento de novo, buscando por uma explicação que ele vá aceitar.

— Somos muito novos, Brad, e as pessoas mudam, e os próximos anos das nossas vidas vão ser *transformadores*. Quer dizer, duvido que *eu* me transforme tão cedo, mas... mas você vai, e ficar muito apegado a partes de uma etapa anterior da vida simplesmente não é uma ideia sensata.

Ele faz um som enojado e chuta a grama congelada entre nós.

— Por que está todo mundo me dizendo como não é sensato ter sentimentos? Somos o quê, vulcanianos, porra?

— Não estou dizendo para não ter sentimentos. Jamais te diria o que fazer dentro da sua própria mente.

Ele levanta a cabeça, talvez pelo que falei, ou talvez pela forma acidental como falei, como se tentar controlá-lo fosse ser um crime. O que seria, por muitos motivos, mas se tem uma coisa que não suporto é demonstrar os próprios sentimentos, e ele os incita para fora de mim sem nem tentar.

Mais um motivo para eu não o beijar de novo, como se eu precisasse de mais.

— Celine. — Ele faz o meu nome parecer um suspiro. Como uma cachoeira bem delicada. — Você disse hoje que eu poderia fazer qualquer coisa.

— Livros — lembro-o em desespero. — Eu estava falando de livros. Escrita. Trabalhos. Sonhos.

— As pessoas só podem sonhar com trabalho? Achei que fantasias eram para ser divertidas.

Há um segundo de incerteza hesitante em que o mundo oscila ou tremeluz ou muda e não tenho bem certeza se estou me protegendo ou me autossabotando de maneira grandiosa. Então tudo retorna ao lugar e a lógica prevalece: tudo acaba. Não quero tê-lo se ele vai embora. Então não vou aceitá-lo de forma nenhuma.

Ali está. Lógica. Quem pode discutir com ela?

— Desculpa — murmuro.

A mandíbula dele se mexe. É a sua expressão teimosa.

— Ainda gosto de você. Não vou deixar de gostar.

Não acredito em você.

Ele vacila.

— É o que está me pedindo?

Diz que sim. Diz para ele não olhar para você assim. Diz para não falar seu nome de maneira tão doce. Diz para não encostar o ombro no seu quando saírem para tomar frappuccino ou encostar o joelho no seu na aula de filosofia. Diz para ele...

— Não posso te dizer o que fazer — é tudo o que respondo porque sou patética e péssima.

Ele mordisca o lábio inferior, franzindo a testa, os olhos fixos nos meus.

— A gente estragou tudo hoje?

Não, não, não. Se tivéssemos estragado, significaria que não haveria mais Brad de nenhuma forma, nunca, e não consigo lidar com isso.

— A gente ainda é amigo. Sempre, ok? Sempre. Diga.

Eu deveria estar constrangida, forçando alguém a dizer algo assim, mas estou mais preocupada em fazer as palavras saírem da boca dele. Como se fosse um encanto mágico que nos gravasse em pedra. Amigos para sempre. Talvez eu faça uma pulseira para ele.

— Cel. — Ele ri, mas parece estar mais cansado do que achando graça. — Tudo bem. Sempre. Beleza?

— Beleza. Tudo bem.

— Ah. Adoro quando você manda em mim. — Mas há cautela por trás da autoconfiança dele.

Hesito.

— Está flertando comigo?

— Você não me pediu para parar.

Não. E sou a pior amiga do mundo porque continuo sem pedir.

CAPÍTULO DOZE

BRAD

Celine disse que eu poderia fazer qualquer coisa. Também disse que não podemos ficar juntos. Aqui, então, seguem as minhas opções:

1. Celine nunca mente. Eu *posso* fazer qualquer coisa. Um dia, vou escrever algo que valha a pena ser lido.
2. Celine é uma mentirosa. *Podemos* ficar juntos. Só não voltamos a ser amigos há tempo o bastante para que ela confie em mim ainda.

Acontece que não dá para as duas coisas serem verdade. Então passo as últimas duas semanas do período letivo sendo amigo da Celine, porque não vou deixar de ser nunca mais, e flertando com ela, porque ela não parece odiar isso. Também pesquiso no Google *"consigo escrever um livro?"* porque pela primeira vez estou considerando a questão com seriedade e o Google é a pessoa mais inteligente na minha vida. Quando a pesquisa mostra o resultado "*como escrever um livro*", que é uma pergunta ainda melhor, sinto como se tivesse sido acertado por um raio da genialidade.

Infelizmente, as muitas dicas que encontro on-line não me ajudam a terminar a minha história épica de ficção científica em uma semana, então mais uma vez estou aqui sentado na calçada da Avenida Fracasso. Eu me pergunto o que mais fiz de errado nos últimos tempos.

— Brad. — A mão de Celine envolve o meu cotovelo.

Ela me faz parar de andar a 0,5 centímetros de uma pilastra de vidro cintilante. Estamos nas férias de Natal e de volta ao Sherwood, o hotel chique onde ouvimos sobre o PAB pela primeira vez, prontos para encontrar *a* Katharine Breakspeare e receber as nossas pontuações até agora. Ao que parece, me desliguei enquanto andávamos pelo lobby ornamentado.

À esquerda, um funcionário engomado do Sherwood me lança um olhar de desprezo por trás do balcão lustrado da recepção. Tento não marcar o vidro imaculado deles com a minha respiração enquanto me afasto.

— Obrigado. Desculpa.

Celine faz uma expressão preocupada. Ela ainda está com a mão no meu cotovelo e aproveito a sensação, ainda que fosse melhor se eu não estivesse sentindo o contato através de uma camisa grossa e um casaco de inverno. Vai se ferrar, dezembro.

— Está tudo bem? — questiona ela.

— Aham. Só estou pensando.

No meu futuro criativo tragicamente fadado ao fracasso. Nada demais.

— Beleza. — Ela começa a afastar a mão.

Coloco a minha em cima da dela.

— Na verdade, ainda estou me sentindo meio instável. Melhor continuar com a mão aqui.

— Brad. — Os lábios dela tremem.

— Ou a gente pode andar de mãos dadas. Seria legal. Para o meu equilíbrio, quero dizer.

— *Brad*. — Os lábios tremem ainda mais. Seus olhos estão dançando. Aposto que se eu colocasse a mão na bochecha dela, estaria quente. —

Você não pode flertar comigo enquanto Katharine Breakspeare está no recinto.

Estou cansado e nervoso, então meu cérebro sugere todo tipo de argumento terrível para isso, mas tento ignorar e pergunto à fonte:

— Por que não?

— É falta de profissionalismo — responde ela, pomposa, indo em direção ao elevador cromado e sofisticado.

— Falta de profissionalismo? A gente tem 17 anos! Qual é, exatamente, a nossa profissão? — Eu me apresso atrás dela.

— Exploradores — é a resposta concisa dela.

O elevador se abre de imediato e entramos.

Celine e eu temos uma reunião de dez minutos cada com Katharine. A da Cel é mais ou menos agora e a minha, daqui a meia hora. Estamos aqui juntos porque ofereci uma carona a ela e porque, depois da vez do Raj — daqui a uma hora, mais ou menos —, vamos todos sair para comer doces. E estou repetindo tais fatos básicos para mim mesmo porque, se não o fizer, os grandes pensamentos sombrios no meu subconsciente podem me sufocar.

Ops. Não era para eu pensar nesses pensamentos.

Mas estão aqui agora: os piores cenários sobre a reunião de hoje, infiltrando-se como sombras por uma fresta na porta. Eu odiava elevadores quando era criança porque não os entendia, e tudo o que eu não entendia se baseava em sorte, e sorte era um monstro que eu não conseguia controlar. Talvez tenha sido por isso que minhas defesas se enfraqueceram assim que entramos aqui. Ou talvez eu só esteja mais sensível porque passei boa parte da noite anterior pensando em todas as formas em que a minha conversa com Katharine poderia dar errado e agora (fantástico!) estou pensando nelas de novo.

— Brad? — Os olhos de Celine focam nos meus por meio da parede espelhada do elevador.

Ela está congelada no ato de colocar as tranças verdes e pretas atrás das orelhas.

— Hum? — pergunto, mas não consigo ouvir minha própria voz porque minha mente está alta demais.

Aqueles pensamentos estão dizendo fracasso, beco sem saída, decepcionante-como-sempre. Conto os números dos andares no painel no elevador, um dois três quatro cinco seis sete oito. Em trinta minutos, Katharine Breakspeare vai me dizer que estou fora do PAB porque sou péssimo, azar o meu, acontece. Meus momentos de felicidade estão contados, um dois três quatro cinco seis sete oito...

— Você está bem?

— Aham — respondo. Então: — Não.

Ela se vira na minha direção...

— Espera, só... me dá um minuto.

Ela morde o lábio, concorda com a cabeça e torna a se virar.

Fiquei batendo as juntas dos dedos na parede do elevador, um dois três quatro cinco seis sete oito, e agora estão doendo. Minha culpa por tentar ignorar os pensamentos em vez de, sabe, aceitá-los e me ancorar no presente ou o que seja essa porra, mas...

— Sabe como é irritante que pensamentos intrusivos apareçam toda vez que a gente quer que as coisas deem certo?

Os olhos dela encontram os meus no espelho.

— Eu diria "irritante demais pra caralho". Acertei?

De alguma forma, sorrio.

— Bem isso.

Ela sorri de volta.

Beleza. Beleza. Exalo e encaro todos os pensamentos ruins porque não devo temer. São deturpações mentais. Minha vida não está condenada a ser uma série de fracassos, e contar não pode alterar o destino mesmo que realmente pareça que *deveria* fazê-lo, e esses pensamentos não são de fato meus, mas vou aceitá-los porque consigo lidar com eles. *O medo mata a mente. O medo é a pequena morte que leva à aniquilação total.*

— Desculpa — murmuro.

Enfrentarei meu medo.

Celine faz uma careta.

— Pelo quê?

Permitirei que passe por cima e através de mim.

— Geralmente sou muito bom em, sabe — dou de ombros — cuidar do meu cérebro.

— Sei disso, Brad. Você está fazendo isso agora.

Parece um elogio risível. Fico vermelho de verdade.

— Só é difícil perceber, às vezes, o que é uma linha de raciocínio lógica e o que, bem, não é.

— Certo — responde Celine com calma.

Voltarei o olho interior para ver seu rastro.

O elevador para e as portas começam a se abrir. Rápido demais. Droga. Celine olha para mim, então aperta o símbolo para fechar e pressiona o botão de número oito.

Fico sem reação.

— O que está fazendo?

— Não precisa falar comigo — afirma ela, olhos focados no espelho.

— Sem pressa.

— Você tem que estar lá em...

— *Relaxa*, Brad.

Respondo rindo:

— *Você* está me dizendo para relaxar?

Ela revira os olhos.

— Faz o que mandei.

Onde o medo não estiver mais não haverá nada.

Somente nós restaremos.

Quando chegamos ao último andar, consegui dar uma segurada no meu estoque infinito de piores cenários relacionados ao PAB e deixei de lado a ideia de que o elevador vai desabar no chão a menos que eu pise em cada painel do chão. Não vai. Não é assim que a engenharia funciona. Voltamos a descer enquanto a Celine ajusta o vestido preto no espelho. Passo o braço pela cintura dela e enterro o rosto em seu cabelo, apenas porque sinto vontade. Porque posso. Porque a sensação é boa, e ela é macia e sólida e eu quero dizer...

— Obrigado.

— Profundamente desnecessário — murmura ela.

Sorrio, aperto-a de novo, dou um passo para trás.

— Seu cabelo está com um cheiro incrível.

Ela me lança um olhar desconfiado.

— Não começa.

— Começar o quê? — pergunto com toda a inocência. — Só estou dizendo a verdade. E por falar nisso, você está bonita hoje.

— Você também — responde, então congela no lugar. — Quer dizer... Você está...

Tenho cem por cento de certeza de que ela está corando.

— Lindo?

— Não.

— Deslumbrante?

— Não... — Percebo uma risada em sua voz.

— Com a cara do seu próximo namorado?

— Eu não namoro. — Celine bufa, então o elevador apita.

Franzo a testa enquanto a sigo por um corredor cavernoso cor de creme. Agora essa é uma senhora de uma distração.

— Como assim não namora? — Achei que ela só não namorasse *comigo*. Porque vamos mudar ou coisa assim, o que *não vai* acontecer, mas estou, acredite ou não, tentando respeitar a decisão dela, então de maneira heroica não menciono isso. — Você já teve um namorado antes. Não teve?

A expressão dela está chocada e abismada. (Chosmada.)

— Você está falando do *Luke*?

— Então ele não era seu namorado?

Se é esse o caso, por que diabos tive que assistir ao cara suspirando por ela durante meses? Eles não estavam se pegando em cada canto escuro feito dois coelhos ferozes? Não o vi uma vez *dando o próprio lenço a Celine*? Com certeza vi.

Aff. Agora estou com ciúmes de Luke Darker? Talvez eu nunca mais recupere a minha dignidade.

— Não — responde Celine com firmeza —, o Luke não era meu namorado.

Ela começa a andar mais rápido, como se tentasse se esquivar da conversa, seus passos abafados pelo grosso carpete estampado de azul e dourado.

— Então o que ele era?

— Um cara.

Luke Darker não era só um *cara*. Alguém pare as máquinas.

Espera. Há algo mais importante acontecendo aqui. Passamos por uma parede de pinturas com placas douradas abaixo delas. Eu as ignoro.

— Você não planeja namorar ninguém? Nunca?

Celine dá de ombros de uma maneira casual demais.

— Nunca pensei nisso.

— *Por quê?*

— Não surgiu a oportunidade.

Eu apostaria o meu testículo esquerdo que surgiu a oportunidade com Luke e definitivamente surgiu oportunidade comigo. Ela está evitando sentimentos de novo. De propósito.

Sei que ela gosta de mim, ela *disse* que gosta de mim, então pensei que a questão antirrelacionamento fosse uma falta de confiança. Voltamos a ser amigos faz cinco minutos e da última vez que a amizade se rompeu, terminamos despedaçados, então ela duvidar dos meus sentimentos, ou mesmo dos próprios, é compreensível.

Mas ela está me dizendo que não confia em *ninguém*?

Quero mais do que isso para você.

Como se diz algo assim a alguém sem parecer muito grosseiro?

Enquanto tento descobrir, chegamos a uma porta ornamentada. Há uma placa dourada em cima dela que diz SALA DE REUNIÕES AZUL. Celine exala e alisa a saia do vestido. Aposto que, pela primeira vez, ela está ainda mais em pânico do que eu, considerando que sua Senhora e Salvadora Katharine Breakspeare está no cômodo ao lado.

Ainda assim ela tira um tempo para segurar a minha mão de novo.

— Brad, você sabe que consegue, né?

Por Deus, quero tanto beijá-la agora, mas em vez disso, digo:

— Eu te digo o mesmo, Bangura.

A porta se abre.

— Obrigada — diz uma voz familiar, uma confiança natural. Katharine. — Estou muito feliz que conseguimos um tempo para fazer isso funcionar.

Foi ela quem abriu a porta, mas em vez de passar por ela, a mantém aberta e dá um passo para o lado para deixar que um grupo de pessoas saia. Não Exploradores, adultos usando ternos e casacos de lã. Celine e eu damos um passo para trás, soltando as mãos, e aceno com a cabeça em educação para todos que fazem contato visual. Nunca é uma hora ruim para causar uma boa impressão. Espero que ela se lembre de não fazer cara feia.

O último homem parece vagamente familiar. É alto, ainda que não tanto quanto eu, careca, com pele marrom e óculos com armações prateadas que reluzem na iluminação do local. Há algo em seus olhos muito, muito escuros que instiga a minha memória, mas não consigo pescar exatamente o que é, então apenas assinto e o espero passar.

Ele não passa.

Empaca no lugar como se tivesse trombado em um painel de vidro. Ouço-o respirar fundo. Vejo suas bochechas perderem a cor. Ele arregala os olhos e fala de um jeito estrangulado:

— Celine?

Ah.

Merda.

É o pai dela.

Só o vi algumas vezes, há muitos anos. Não há fotos dele na casa das Bangura. Eu me viro para observar Celine tão depressa que sinto o pescoço estalar, mas por fora ela é o exato oposto do meu pânico explosivo.

Celine fica parada na frente do pai, ombros para trás, olhar firme, a expressão educada, mas impassível. E ela diz com muita, *muita* calma:

— Desculpe. Eu conheço você?

O sr. Soro parece que acabou de levar uma facada. De repente estou me divertindo como nunca. Este momento só poderia ficar melhor se ele tivesse uma súbita e catastrófica diarreia e se cagasse na frente de Katharine Breakspeare e tivesse que andar todo cagado até em casa.

— Eu... — gagueja ele. — Eu...

Incrível. Ele não consegue dizer uma única palavra. Uma lamentável espécie de ser humano.

De repente me sinto extremamente furioso. Esse *verme* é a razão de Celine, *Celine*, que é *tanto* quando ele é *tão pouco*, duvidar de tanta coisa na própria vida? Inacreditável.

O sr. Soro pigarreia e enfim se recompõe.

— Eu... ah... desculpe... Vou só... Bom ver você. — Ele faz um movimento estranho com o braço, então segue em frente, fugindo como uma barata.

Observo enquanto ele segue pelo corredor com uma provável expressão de puro nojo no rosto. Então percebo Katharine Breakspeare observando a cena com interesse e coloco a melhor máscara neutra no rosto. De jeito nenhum que Celine quer aquele drama se desenrolando diante de sua heroína.

Não consigo imaginar como ela se sente agora. O que eu faço? Tenho que fazer *alguma coisa*.

— Certo, então — comenta Katharine. — Celine Bangura?

Esse deveria ser o momento em que Cel, de maneira silenciosa, mas visível, explode de prazer por Katharine saber o nome dela. Em vez disso, não há lampejo de emoção nenhuma em seus olhos.

— Sim — confirma ela.

As duas entram na sala e a porta é fechada.

* * *

CELINE

Quando eu era pequena, a mamãe lavava o meu cabelo. Eu me abaixava na banheira para enxaguar, as orelhas submersas, e ouvia a sua voz como se estivesse a quilômetros de distância.

Às vezes Giselle lavava o meu cabelo.

O meu pai nunca lavou.

A sala de reuniões pela qual Katharine Breakspeare me conduz é elegante, muito bem decorada nas cores creme e azul, com uma enorme mesa oval de madeira escura no centro. Passo por cada cadeira de couro como um fantasma e pondero em qual delas ele se sentou. Pondero se ele está pensando a meu respeito.

Importaria se estivesse? Mudaria algo? Ele ainda seria um homem que não consegue olhar a própria filha nos olhos. Para mim ele ainda seria uma grande folha em branco. Achei que eu odiava o meu pai, mas agora tudo o que sinto é exaustão, como se ele tivesse perfurado uma veia minha e drenado metade da vida que eu tinha.

Se ele fosse pai de outra pessoa, eu o acharia patético. Nem faria esforço de pensar no nome dele.

Uma pequena chama se acende e faísca, tremeluz, cresce em meio à escuridão do meu estômago que se revira.

—... muito bem, Celine — Katharine está dizendo e percebo que estamos sentadas na ponta da mesa.

Um metro de madeira lustrosa nos separa. Ela está com um tablet na mão e uma curva leve e encorajadora na boca grande. Há rugas finas ao redor de seus olhos, ampliadas pelos óculos de armações pretas, e o cabelo demonstrando o *blowout* famoso está para trás em um rabo-de--cavalo simples. Eu queria estar devorando estes mínimos detalhes; a minha falta de entusiasmo parece um luto.

Sorrio e emito um som vago, mas positivo/grato/encorajador. O que ela acabou de dizer é um mistério. O couro do assento da cadeira é quente demais, e o calor irradia pelas minhas coxas. Meus ouvidos estão zumbindo de leve, o que não pode ser um bom sinal.

A voz da mamãe sussurra em minha mente: *"Você está bem. Está tudo bem. Você é minha filha"*. Endireito a postura. Mulheres Bangura não desmoronam.

— Sua pontuação de liderança foi bem alta — afirma Katharine, rolando a tela do tablet. — Sua pontuação em trabalho de equipe foi...

— Baixa? — interrompo como uma bárbara sem educação.

Não é como se eu tivesse esperado ir bem. Não gosto de pessoas e elas não gostam de mim. Não confio em pessoas; por que elas deveriam confiar em mim? Sou irritadiça, durona e...

— Na verdade — continua Katharine —, sua pontuação em trabalho de equipe também foi alta. De acordo com os feedbacks, você com frequência apoiou e encorajou seus companheiros Exploradores.

Bem, isso não pode estar certo. Talvez ela esteja lendo a ficha de outra pessoa. A menos que... Ela está falando da coisa da barraca? Sério? Eu estava *entediada* e todo mundo era *lento*, então fui apressá-los. Não foi tão encorajador assim.

— Você agiu, em múltiplas ocasiões, para amenizar o efeito de... personalidades fortes no grupo — prossegue Katharine — para que membros mais calados pudessem ter voz.

Essa é só uma forma técnica de falar *"você calou a boca do Allen"*, o que só fiz porque ele precisava desesperadamente ser silenciado. Sério, o prazer foi meu.

— Você cuidou dos espaços comuns, deu uma chance às opiniões de outras pessoas mesmo quando não necessariamente concordava... — Katharine enfim para de observar o tablet místico e levanta a cabeça para me encarar. — Sim, trabalho em equipe é um dos seus pontos fortes. Sua pontuação mais baixa, na verdade, foi em pensamento criativo.

Hum. Talvez seja sobre aqueles exercícios de obstáculos com cordas que fizemos e como fiquei presa no topo de uma árvore e nem pensei em pular até o chão.

Ou pode ser por causa do projeto de fauna venenosa que fizemos...

— Como sabe, a expedição final em Glen Finglas vai ter um peso maior na média. Meu conselho seria tentar explorar um pensamento um pouco mais flexível. Já ouviu falar da frase *questionar a premissa*?

Não me importo, não me importo, não me importo, estou com muito calor e meus olhos doem e quero ir embora. Respiro fundo e mantenho o sorriso.

— É como rejeitar a premissa?

Antes de eu sair para focar no último ano da escola, fui campeã da equipe de debate por três anos.

— Sim, mas não exatamente. É algo mais interno.

— Certo. Então, não, acho que não.

— Gosto muito do trabalho de Becca Syme — conta Katharine, bloqueando o tablet e o colocando na mesa. — Ela propõe que conseguiríamos resolver nossos problemas de maneira mais criativa se parássemos para questionar a premissa subjacente sob as nossas ideias estabelecidas. Isso faz sentido para você?

Respiro fundo de novo e forço o cérebro a compreender o idioma.

— Sim. Sim, acho que sim.

Por exemplo: meu pai é um desgraçado e eu deveria fazê-lo se envergonhar. A premissa: que o sangue o torna meu pai? Que eu consigo fazê-lo sentir alguma coisa?

O tempo passa e também nossa conversa. Katharine me parabeniza por passar pela expedição e me deseja sorte na Escócia. E então estou cambaleando para fora, e Brad está lá. Sophie também. Quando nossos olhares se encontram, ela me avalia com uma preocupação que parece me ralar como se eu fosse queijo, então desaparece com Katharine. Brad segura a minha mão.

— Cel. Celine. Fala comigo.

— Não. — Minha boca está dormente, mas estou pronta para uma briga.

Mas Brad não questiona. Ele só entrelaça nossos dedos e me leva pelo corredor.

— Certo. E qual foi sua nota?

Minha mente é um branco em pânico.

— Não sei.

— Tudo bem! — O dedão dele roça as costas da minha mão. — Está tudo bem, tudo bem, não precisa saber. 5 de 5. Você é Celine Bangura. O que mais poderia ser?

— Ela disse que não tenho pensamento criativo.

— Pff. — Brad revira os olhos. — O que Katharine Breakspeare sabe, afinal? Ei, Cel, olha aquilo. — Ele acena com a cabeça e percebo que me trouxe para um corredor longo com uma parede de retratos impressionistas mostrando hóspedes famosos que estiveram aqui. — Aquele é o Freddie Mercury?

Estreito os olhos para o retrato.

— Não pode ser.

— Por que não?

— Sem chance de Freddie Mercury ter se hospedado aqui.

— Mas os dentes... — rebate Brad de maneira racional. — Vamos jogar no Google. Cadê seu celular?

Simples assim, ele pinga, pinga, pinga óleo nas minhas juntas enferrujadas de mulher de lata e me sinto relaxar. Um pouco. Uma parcela. O suficiente. Depois que todo mundo tem sua vez com Katharine e estamos a caminho da doceria, pareço completamente bem. Thomas não aparece, mas o restante de nós se espreme em um dos bancos, com Aurora enumerando as opções sem glúten no cardápio e Raj comendo tanto sorvete que quase passa mal. Percebo que senti mesmo falta deles, e o zumbido distante nos meus ouvidos quase se esvai por completo, e Brad segura a minha mão debaixo da mesa a noite toda.

Aurora me lança olhares astutos e significativos, mas, de maneira bem madura, finjo que nem vi.

Quando damos o dia por encerrado e nos separamos, acho que estou bem. O zumbido ainda está lá, mas é tão fraco que quase esqueço dele. Brad e eu ainda estamos de mãos dadas enquanto passamos pela Trinity Square em direção ao estacionamento, e os postes ao redor fazem as calçadas escorregadias pela chuva cintilarem como prata. Um grupo de rapazes um pouco mais velhos do que nós organiza uns instrumentos maltrapilhos a alguns metros de distância e abre uma capa de guitarra para coletar gorjetas. Não sei como eles conseguem tocar nesse frio; meus dedos estariam armando um motim se os de Brad não estivessem me mantendo aquecida.

— Não acho que as notas importem nesse momento, de qualquer forma — diz Brad. — A primeira expedição é... apenas prática. Glen Finglas tem um peso maior. E sabemos nossos pontos fortes e fracos agora, então podemos melhorar. Qualquer um ainda pode ganhar. — Ele faz uma pausa, dando espaço para que eu responda. Quando não o faço, ele continua falando, alegre como sempre. — Estou muito ansioso para o... — Ele para de falar, então continua: — Para terminar tudo. Não saber o que vai acontecer está me matando, sabe?

Mas não era isso que ele ia dizer. Conheço Brad bem o bastante para perceber quando ele está se corrigindo, e não é preciso ser um especialista nos interesses dele para deduzir o que estava prestes a mencionar antes da pausa: ele está ansioso pelo baile. O Baile dos Exploradores em que vamos comemorar e conhecer empregadores em potencial, incluindo, ah é, meu pai. Não acredito que pensei que quisesse vê-lo, ou melhor, que queria que ele me visse. Não acredito que pensei que a presença dele pudesse fazer alguma coisa além de estragar tudo. Não acredito que conversei com Katharine Breakspeare e nem me importei, nem me lembro de tudo que ela falou, nem perguntei sobre o caso da Harkness Oil nem...

Nem quero mais *ir* à porcaria do baile, não quero ver meu pai de novo, não...

— Celine — diz Brad, parecendo tão *infeliz*, como alguém saído de um livro gótico, e levo um segundo para perceber que a voz dele está assim por minha causa. — Não chora.

Concordo. *Não chora, Celine.* Sério, por favor. É repugnante. Mas as lágrimas estão escorrendo, muito quentes, pelas minhas bochechas e pelo queixo em uma velocidade assustadora. As lágrimas deveriam ser grandes assim? Provavelmente estão evaporando no ar invernal. Provavelmente estão se acumulando na base da minha garganta como um lago. Seria possível afogar alguém nos soluços hediondos tipo ondas que fazem meu peito estremecer. Coloco as mãos no rosto porque nunca senti tanta vergonha na vida. Estou *chorando*, em *público*, mas não consigo parar não consigo parar não consigo...

— Vem aqui — chama Brad —, vem. — E passa o braço pela minha cintura.

Não vejo aonde estamos indo, mas depois de alguns passos, ele pressiona meu ombro para baixo e me sento. Sinto um banco de pedra muito gelado. Então Brad me abraça e paro de sentir frio. Estou quente, mas ainda há um núcleo de gelo em mim com uma fissura vulcânica escaldante bem no meio e todos os tipos de coisas terríveis estão vazando pela rachadura.

Tiro as mãos do rosto e as coloco no ombro de Brad em vez disso. Ele tem cheiro de sabonete e de se enroscar na cama. Meus dedos torcem o tecido de seu casaco e puxam com força, força demais, mas não consigo me forçar a ser cuidadosa.

— Não é *justo*. — As palavras são arrancadas de mim em um soluço.

— Eu sei.

Ele não sabe. Não tem como saber. Mas não o invejo por isso como fiz no passado. Dessa vez, fico muito, muito feliz porque não desejo isso a ninguém.

— Eu não deveria me *sentir* assim. Ninguém deveria ser capaz de me fazer *sentir* assim.

— Sinto muito.

— *Odeio* isso.

— Sinto muito.

Os músicos de rua começam a tocar um cover alegre de "Hotline Bling".

— Mas que porra — murmura Brad —. Se liguem. A vibe é outra.

De alguma forma, rio. Com lágrimas na voz. Com meleca. Eca.

— Eles só conseguem tocar os instrumentos — sugiro.

Seu ombro se mexe contra minha bochecha quando ele bufa, e posso sentir um sorriso na voz.

— Que bom. Você está sendo pedante. Fiquei preocupado por um segundo.

Rio, choro, bufo e faço um espetáculo de mim mesma. Não acredito que estou soluçando no ombro dele no meio de Nottingham.

— Me dá um tiro, por favor.

Levanto a cabeça, limpo as bochechas sem jeito, evitando olhar para ele...

— Ei. Para.

Brad põe a mão no meu queixo e o ergue com gentileza até nossos olhos se encontrarem. Os dele estão acolhedores e focados quando ele tira um lenço de sabe-se-lá-onde e enxuga meu rosto.

Respiro fundo de maneira audível e fico ali enquanto o garoto me limpa como uma criança.

— Isso é péssimo.

— De nada. — Ele me dá outro lenço. — Assoa.

Obedeço.

— Põe aqui.

Ele tem outro lenço limpo (ele obviamente anda preparado e por que estou surpresa?) aberto na mão. Coloco o meu em cima do novo lenço, ele embrulha a coisa toda como uma pequena encomenda e enfia no bolso. Então pega o álcool em gel do outro bolso e põe uma boa quantidade na minha mão, então duas constatações colossais me ocorrem ao mesmo tempo, o que é bastante injusto, porque um raio não deveria atingir o mesmo lugar duas vezes:

> Eu amo Bradley Graeme. No sentido de: doaria um rim a ele, lavaria suas meias, me tornaria uma supervilã se ele morresse. Eu o amo tanto que quase quero dizer isto em voz alta, uma perspectiva perigosa e terrível com a qual não sou nem remotamente capaz de lidar agora. Por sorte, tenho algo para me distrair disto.
>
> Giselle estava certa.

— E se tudo em mim for só uma reação a ele? — sussurro.

A banda agora toca "Despacito". Eles só podem estar brincando, não é possível.

Brad coloca a mão no meu joelho e aperta.

— Está me ouvindo?

Só consigo encará-lo.

— Sim?

— Seu pai é só algo que aconteceu com você. Como daquela vez que estava doente, comeu um pote de *Ben & Jerry's* e seu vômito ficou com gosto de sorvete de chocolate, então você não come mais.

Faço uma careta.

— Brad. Eca.

— Que foi? É um exemplo. Sua personalidade inteira não se resume ao *Ben & Jerry's* — afirma Brad, sério — e não se resume ao seu pai também.

Ele faz soar tão simples, mas acreditar nisso é bem mais difícil.

— Era apenas sorvete. Isso é... — Meu plano de vida inteiro. — Meu quadro de Degraus do Sucesso diz...

— Então mude.

— Mas não é esse o *ponto*! O ponto é: quantas coisas fiz ou quis fazer para... para mostrar algo a alguém que nunca vai se importar e nunca vai mudar? Quão patética isso me torna?

Parece que tudo está levemente distorcido, como se minha visão não se alinhasse ao ângulo do mundo ao meu redor. Achei que eu fosse forte. Talvez seja o oposto.

— Sabe o que disse para mim antes? — pergunta Brad com a voz baixa, os olhos fixos nos meus. — Você disse que não é justo. Porque você, Celine, é o tipo de pessoa que se importa com justiça. Você é o tipo de pessoa que quer justiça e isso não é ele, é o oposto dele. É só você. Então tem se esforçado demais para equilibrar as coisas. E daí? Isso não faz de você patética. Faz de você *você*. Você só precisava descobrir sozinha que... que a justiça é sobre você ser feliz, não ele ser punido.

Uma parte teimosa de mim quer insistir que ele está errado, que ainda sou ferrada da cabeça e que este é o fim do mundo, mas a questão é que o que Brad disse faz sentido. E gosto de sentido. Consigo seguir sua lógica passo a passo e acho que ele está certo.

Quero que as coisas sejam justas. Quero que as coisas sejam boas. Quero que o dano seja reparado — as mesmas coisas pelas quais Katharine Breakspeare luta quando pega casos de direitos humanos. É com isso que me importo. É quem sou. E talvez eu tenha deixado isto moldar as minhas escolhas de uma forma que não me beneficia, mas as escolhas podem mudar. Tenho controle sobre isso. Tenho controle sobre mim mesma.

Meu pai não tem.

Só que isso não é verdade, porque sinto o peso de tudo o que ele fez — tudo o que não fez — nas minhas costas. E não sei se um dia o peso vai embora.

Mas você pode tentar tirá-lo dali, certo?

Engulo a última onda de lágrimas.

— Você estava certo antes. Eu realmente evito os sentimentos. Mas vou tentar. Melhorar. — Deixar que conduzam minhas escolhas em vez de deixar o meu pai me dominar. — E eu... *sinto* que não quero vê-lo no baile.

Brad assente devagar.

— Mas não posso simplesmente... não ir. Posso? Isso não seria dar muito poder a ele?

A resposta de Brad é cuidadosa.

— Não quero que ele estrague isso para você. Seja te chateando quando estiver lá ou roubando isso de você no geral. Acho que talvez você... devesse falar com a sua mãe.

Algo dentro de mim despenca e quica no banco de concreto.

— Certo.

A mamãe não sabe nada a respeito disso porque eu muito deliberadamente mantive segredo dela e de repente isto parece menos com uma proteção e mais com a traição que minha irmã disse ser. Não fazemos coisas escondidas da mamãe. Ela nunca fez nada para merecer isso. Mas fiz mesmo assim e agora tenho que revelar tudo e, o quê, pedir a ajuda dela? Fui eu que me enfiei nesta bagunça.

Deus, não consigo mais pensar nisso. Minha cabeça dói e a única coisa boa que vejo é Brad. A única coisa boa que *sinto* é Brad. A banda está tocando "Heat Waves" e a música percorre meu corpo, enjoativa, nervosa e faminta.

— Vou te pedir uma coisa.

Ele fica tão imóvel que o ar ao seu redor vibra em comparação.

— Sim?

Tem um nó de ansiedade na minha garganta que cresce a cada segundo, mas consigo forçar as palavras por ele:

— Você... A gente pode, tipo... se beijar? De novo. Talvez? — Mordo o lábio.

Proferir a frase foi uma tarefa quase impossível.

Brad me encara. Seus olhos parecem mais escuros, preto puro, como se as pupilas tivessem crescido para ir de encontro ao anel meia-noite ao redor da íris. Ele contrai os lábios, solta, a boca carnuda e macia e honestamente impossível de resistir, o que é provavelmente a razão de eu estar nesta situação. Só que não, estou nesta situação porque ele é o tipo de cara que diz coisas como:

— Por quê?

O medo estala dentro de mim como uma fogueira. *Porque eu te amo*.

— Por que não?

— Celine.

— Porque você é gostoso, óbvio.

Ele sorri e me dá um peteleco entre as sobrancelhas.

— Ai!

— Para de me objetificar e diz a verdade.

Aham, beleza. Sei que acabei de decidir encarar meus sentimentos, mas *aceitar* que o amo é bem diferente de admitir isso em voz alta. Quem diz *eu te amo* depois de uns meses de amizade reavivada? Não eu, obrigada, de nada. Tenho 17 anos. Minha mãe ainda lava as minhas roupas. Vou mudar meu plano de vida inteiro porque o primeiro era um erro emotivo demais, então de que vale o meu amor exatamente? Do que esse amor é capaz?

— Cel — sussurra ele.

Sabe quantas pessoas permanecem com a pessoa de quem gostavam quando tinham 17 anos? Não muitas. Mas sabe quantas amizades sobrevivem à escola e prosperam por anos?

Um número bem maior.

Enfim decido.

— Não quero te perder.

É a única verdade que estou pronta para contar.

— Tudo bem, Celine — responde ele com suavidade. — Está tudo bem. — Ele sorri de canto de boca. O lado correspondente do meu estômago se revira. — Você não confia em mim, não é?

— Eu... — Quero muito dizer que sim.

Mas estou com um gosto ruim na boca e não consigo forçar mais palavras a saírem. A decepção faz morada na minha barriga. Eu deveria ser melhor que isso.

Brad merece mais que isso.

A garganta dele se mexe, e vislumbro algo doloroso em seu rosto antes que suma como se nunca tivesse existido. Talvez não tenha mesmo. Talvez eu esteja projetando coisas. Talvez eu seja a única que sente que as entranhas acabaram de saltar para fora.

Ele dá seu sorriso habitual e lindo e diz:

— Mas ainda quer me beijar.

Eu me forço a rir e, depois que começo, é surpreendentemente fácil. Tudo é fácil com ele. Minha voz está rouca, mas ainda a faço sair, ainda faço a piada:

— Sem julgamentos. Tenho uma teoria de que setenta por cento da população global quer te beijar, e essa é uma estimativa moderada.

— Mas só você pode. Sorte a sua. — Ele enfia a mão no meu cabelo. Seu dedão roça a curva da minha mandíbula. — Tudo bem. Então me beija.

O nervosismo faz minha barriga se contorcer. Meu coração estremece.

— Mas...

— Só me beija. Só isso. Que mal faz um beijinho de língua entre amigos?

Amigos. Como eu queria. Certo?

— Você é ridículo.

— Você é linda. — Ele encosta a boca na minha.

O beijo é delicado e cuidadoso, tão doce que faz a rachadura no meu peito doer. Geralmente, quando estou de olhos fechados, tudo o que vejo é preto, mas quando Brad está me tocando, é tudo dourado e cintilante. A segurança floresce, como a música se erguendo gentilmente no ar enquanto a banda toca "Comfortable".

Ele se afasta de mim de leve e murmura contra a minha boca:

— Viu, eles estão torcendo por nós.

Afasto o último resquício da tristeza estranha, seguro a nuca dele e encosto nossos lábios de novo. Não estou nem perto de matar toda a minha vontade do Brad.

Mas faço uma anotação mental para dar uma gorjeta aos músicos.

CAPÍTULO TREZE

BRAD

Assim que deixo Celine em casa, toda a animação se esvai e sobra apenas decepção, porque... que diabos foi aquilo? Eu basicamente disse a ela que poderíamos ser, tipo, amigos que se pegam às vezes? Sou mesmo tão *trouxa* que dei um pedaço de mim mesmo para a garota dos meus sonhos (literalmente) sem nem um pouco do compromisso que quero em troca?

Bem, sim, é evidente. Pressionei demais no pior momento possível, então recuei por completo até chegar à boca dela.

"Para de me objetificar e diz a verdade."

Por que perguntei isso a ela? É óbvio que a Celine não confia em ninguém totalmente e pensei que ela estaria pronta para jurar devoção eterna algumas horas depois de trombar com o demônio encarnado? Ela estava *chorando*, pelo amor de Deus. Sou literalmente o pior do mundo.

Tamborilo os dedos no volante enquanto flashes da luz dos postes passam por mim. Meu cérebro aponta que podemos estar indo com tudo na direção de uma ponte agora e despencando lá de cima, então provavelmente deveríamos checar o velocímetro e todos os retrovisores oito vezes ou, de preferência, parar de dirigir, mas lembro ao meu cérebro que não há pontes no trajeto até em casa porque, curiosamente, não moro em Veneza. Quando estou estacionando o carro na entrada atrás do Kia da minha mãe, meu celular acende no banco do carona e o toque preenche o veículo. Eu ignoro. Estacionar é muito importante para mim.

Celine também é e você estragou a porra toda.

Sim, obrigado, cérebro. Agradeço o lembrete.

Aqui está o problema: se eu acreditasse que ela não tem sentimentos por mim, talvez conseguisse me controlar, mas não acredito nisso. Ela me *disse* que gosta de mim e, senhor, o jeito que ela me *olha*... sei que eu deveria deixar quieto, mas não consigo. Eu... me importo demais com ela.

"*Você não confia em mim, não é?*"

E se ela confiasse?

Vários pensamentos melancólicos e alguns ângulos impecáveis depois, desligo o motor e ligo para Jordan de volta.

— E aí, cara, qual é a boa?

Literalmente nenhuma. Só talvez a forma que minha boca ainda está formigando com a lembrança da boca de Celine, mas até isto é contraditório.

— Acabei de chegar em casa. E você?

— Uaaaaau. Que isso?

Franzo a testa lá para dentro. As luzes estão acesas. Todos estão em casa.

— Que isso o quê?

— Essa voz, cara. Quem atirou o pau no seu gato?

— Não tenho gato.

Eles brincam com animais mortos e realmente não preciso deste tipo de energia na minha vida.

— A reunião não foi boa, é?

Na verdade, não mencionei isto para a Cel, mas a minha reunião foi boa. Muito boa. Minha pontuação para a expedição-teste foi 4,79. Se eu der duro em Glen Finglas e levar a sério meu ponto fraco — comprometimento, ao que parece, provavelmente porque eu não conseguia parar de fazer graça com Raj ou encarar Celine —, eu poderia ser um dos três Exploradores. Eu poderia ganhar.

— Acho... que tenho uma chance real de ganhar a bolsa de estudos — admito, as palavras saindo de mim com um suspiro.

— Hã. Perdi alguma coisa? Isso é... ruim?

— Não. Não, é bom. — Só que não, não é, porque ai meu Deus, eu nem me importo agora.

Não sinto a menor faísca de entusiasmo, e não é só porque estou chateado por causa de Celine. Quando analiso os sentimentos, encontro uma montanha de pavor com a ideia de que estou um passo mais perto de fazer o curso de Direito acontecer porque...

Sei como é querer tanto algo a ponto de te consumir. Sei o quão ganancioso sou, o quanto *preciso*. E agora sei como é ficar sem.

Dou um tapinha no freio de mão para ter certeza de que está acionado, então digo:

— Não quero estudar Direito. Seria legal, mas não é o suficiente. — Assim que as palavras são ditas, é como se um cinto muito apertado ao redor do meu quadril relaxasse um pouquinho.

Respiro um pouco mais fundo e encaro a minha casa. Consigo ver a parte de trás da cabeça do meu pai pela janela da sala. O cinto se aperta de novo.

— Eita. Entendi.

Ficamos em silêncio por um momento.

— E o que quer fazer em vez disso?

— Hum. — Nunca admiti isso a ninguém — mas não, contei à Celine, e ela não riu nem teve nenhuma das outras reações cruéis e improváveis que meu cérebro estava convencido de que eu enfrentaria. Ela só... me apoiou. Disse que eu poderia fazer qualquer coisa. Então antes que possa pensar demais, respondo: — Tenho tentado escrever um livro.

— Que ótimo! Considerando o quanto você lê, faz total sentido.

Espera aí.

— Despejei o que tem de mais proibido e agoniante no meu interior e tudo o que tem a dizer é *"faz total sentido?*

Jordan cai na gargalhada.

— *Escrever um livro* é o seu segredo mais proibido e agoniante? Eu te amo, cara. Nunca mude.

— É ridículo. Sabe quantos exemplares de um livro são vendidos por ano, em média? Pouquíssimas centenas, Jordan. Um número *deprimente* de exemplares. — Estou tentando evitar a especificidade pelo bem dos meus nervos, mas o número surge no meu cérebro de qualquer forma, então...

— Cara, já falamos sobre isso: para de decorar estatísticas deprimentes. Eu o ignoro.

— Sabe quantos autores de fato conseguem viver da escrita? 13,7 por cento. E devo acreditar que vou ser parte dos 13,7 por cento quando não consigo nem terminar um livro?

— Bom, deve — responde Jordan, como se fosse óbvio. — Você é Brad Graeme.

— *Por que* as pessoas ficam *dizendo* isso?

— Porque é verdade. Mas estou sentindo certa agressividade aqui, então vamos mudar de assunto.

Uma risada escapa de mim, a frustração grudada nela, e passo a mão no rosto.

— Desculpa.

— Tudo bem. Me mostra o livro e te perdoo.

Estremeço.

— Não. É terrível.

— De alguma forma, não acredito em você.

Dessa vez, minha risada é amarga.

— Parceiro, você sabe que sou superconfiante. Não estou sendo modesto. — Ao menos dessa vez não se trata de um ataque de autoconsciência. — Sei o que é um bom livro. Já li 75 milhões deles. E o meu? O meu não é um bom livro. Não é sequer um livro terminado, o que parece ser o mínimo do mínimo.

— Beleza, tudo bem, justo. — Jordan suspira. — Mas vai ser bom em algum momento, certo?

Pratico meu direito de permanecer calado.

Jordan continua falando como se estivesse tentando convencer um bebê a parar de fazer birra. O que está começando a parecer adequado de um jeito irritante.

— E ao menos agora sabe o que deveria estudar, certo?

— Errado.

— Qual é, cara. Quer escrever? Vai cursar Letras. Doeu?

— Meu pai... — Quero dizer que ele vai perder a cabeça, só que isso não é verdade.

Não, ele vai apenas ficar arrasado e decepcionado e várias outras coisas que terminam com "ado" das quais não gosto, e vai haver toda essa pressão extra porque se não der certo, se eu não terminar o livro, fizer dele um best-seller e então de alguma forma engarrafar a fórmula desse sucesso e reproduzi-la pelo resto da vida, vou apenas provar que ele estava certo em se decepcionar.

Mas e quanto à minha decepção se eu nunca tentar?

— Seu pai — responde Jordan com firmeza — está vivendo a própria vida. Você devia viver a sua. Ainda nem terminou as candidaturas da universidade, e o prazo se encerra mês que vem. Vai se inscrever para Letras.

— Eu... — Quero fazer isso.

Muito. Ainda que esteja com medo, ainda que eu possa fracassar, há um buraco negro de *quero quero quero* me sugando para dentro.

Não achei que seria tão bom em acampar, fazer trilhas e outras paradas nojentas ao ar livre também, mas consegui um 4,79. Talvez Celine esteja certa. Talvez eu possa fazer qualquer coisa.

Ainda assim...

— Eu não conseguiria entrar. Não estou fazendo aula de linguística este ano.

— Mas conseguiu um dez no ano passado.

— Consegui um nove — corrijo no automático.

— Um nove, que seja. Conseguiu nota alta.

— Mas...

— Mas o quê? — rebate Jordan, irritado.

Procuro outro problema e não encontro nenhum.

— Não sei. Meu cérebro é uma confusão terrível das piores hipóteses.

— Eu sei. Mas... como é que se fala mesmo?

— Pensamentos intrusivos.

Ainda estou encarando a janela da sala. A mamãe também está lá, assim como Mason, e eles estão saltitando na frente da TV e parecem estar se divertindo. (Isto é especialmente incomum porque Mason desenvolveu uma alergia à diversão quando fez 13 anos.)

— Exato. Não são *seus* pensamentos, então não mandam em você. Certo?

Falei isso para ele uma vez. Agora está usando as minhas palavras contra mim como um demônio.

— Argh. Senhor.

— Certo. — Ele parece presunçoso e insuportável. — E, ei, aposto que um diploma em Letras faria seu livro ser bem menos lixo.

E essa frase enterrou de vez a minha carreira como advogado. Porque estive pensando nisso do jeito errado, não estive? Pensando que tenho que ser bom o bastante para estudar. Mas talvez estudar seja o que vá me fazer ser bom o bastante. Eu não tentaria me juntar ao papai no tribunal sem passar no exame da ordem.

Talvez não haja nada de errado com o primeiro livro de alguém ser terrível quando não se sabe bem o que se está fazendo.

Ou talvez seja terrível porque você é terrível e nem anos de aprendizado ou prática mudarão isso.

Respiro fundo, coloco um escudo brilhante ao redor da minha nova esperança florescente e vejo a baboseira bater nele e voltar.

— Jordan, acho que talvez você seja um gênio.

— Como assim *talvez*?

Conversamos por mais dez ou quinze minutos, tempo o bastante para a tensão do dia se desgarrar do meu corpo. Quando saio do carro e destranco a porta de casa, estou quase me sentindo otimista. Tomei uma decisão. Estou feliz com ela, ainda que esteja nervoso. Nada pode me parar agora.

Só tenho que encontrar uma forma de contar aos meus pais.

Eu me lembro da última vez que mencionei para o meu pai que talvez eu não ligasse para o Direito. Lembro da forma como sua expressão murchou, da forma como ele ficou *preocupado*, como se eu tivesse perdido a sanidade, e o pavor se aloja na minha barriga, mas estou atropelando as coisas. Não há mesmo nenhuma garantia de que vou sequer conseguir entrar no curso de Letras. Então talvez eu... deva considerar um passo de cada vez? Primeiro me candidatar, depois me preocupar com o resto?

Não sei...

A casa está aquecida e barulhenta. A mamãe sai da sala enquanto estou guardando os sapatos, toda embrulhada em um dos cardigãs azuis de lã porque ela sente frio todo inverno, mesmo com o aquecedor ligado.

— Oi, querido! — Ela prendeu os cachos compridos e escuros em um coque enorme, que está se desfazendo no momento. — Estamos jogando um jogo no Nintendo do seu irmão. Vem jogar também.

Engulo o nervosismo.

— Tudo bem.

— Como foi a reunião? E seus amigos?

— Eles estão bem. Celine e eu comemos cookies de chocolate com laranja. — Então enfiei a língua na boca dela e parti meu próprio coração, mas guardo isso para mim. — A reunião foi boa.

Nossa árvore de Natal é enorme e brilhante no canto da sala, com a luz principal apagada, então o foco todo está na TV. Papai e Mason estão correndo na frente dela, mas o meu pai ainda consegue me lançar um sorriso por cima do ombro.

— Esse é o meu garoto! Essa bolsa de estudos já é sua!

— Talvez.

A mamãe ri e passa o braço pelos meus ombros, beijando a minha bochecha.

— Ânimo, Ió. Não importa se conseguir a bolsa de estudos ou não. Empréstimos estudantis nunca mataram ninguém.

Este é o momento em que faço a brincadeira "não, mas talvez o Direito mate" e é tão sutil e encantadora que todo mundo está muito ocupado rindo para perceber minha mudança de plano de vida repentina e abrupta. Só que evidentemente Deus não me agraciou com a coragem necessária porque, em vez disso, sorrio, abraço a minha mãe de volta e decido mencionar isso depois.

Depois significa daqui a meses quando (se) eu receber as cartas de admissão. O tempo conserta tudo, certo?

Estou a meio caminho do sofá quando empaco no lugar, o último pensamento ricocheteando pelas paredes do meu cérebro como uma bola de squash. *O tempo conserta tudo.*

— Brad? — chama a mamãe. — Tudo bem?

— Aham.

Não está. Estou tendo uma baita epifania, daquelas de parar tudo o que se está fazendo. Se o tempo conserta tudo, pode consertar Celine e eu.

Tudo que preciso fazer é ser paciente, certo? Ela acha que vou deixá-la, então não vou deixá-la. Ela acha que ninguém fica, então vou ficar. É simples assim. Não vou *dizer* a ela que sou confiável, vou *provar*.

A nuvem cinza pairando acima da minha cabeça se esvai diante deste plano genial. Afundo no sofá, meu humor enfim mudando, e anuncio:

— Vou jogar contra o Mason na próxima.

— Vou *acabar* com você — responde meu irmão caçula, ofegante.

Abro um sorriso.

— Manda ver.

FEVEREIRO

CAPÍTULO QUATORZE

CELINE

DOMINGO, 18h56

Minnie: entãoooo fui aceita na Edge Lake 🦢

Celine: QUÊ???

Celine: EU SABIA!!!

Minnie: 💅

Celine: UM CISNE, MICHAELA. VOCÊ É UM CISNE DA EDGE LAKE

Minnie: valeu, amiga 😊

Celine: vamo fazer uma festa da pizza quando eu voltar

Minnie: bem, quem sou eu pra recusar pizza

Minnie: mas enquanto isso

Minnie: vai ficar bem passando a semana toda sozinha com o boy novo?

Celine: a gente não vai tá sozinho

Celine: e por que eu não ficaria bem?

Minnie: sei lá vai ver que seu tesão animalesco toma conta e você acaba perdendo a virgindade no meio do mato

Celine: a virgindade é uma construção social e escolho não aderir ao conceito

Celine: espera.

Celine: ELE NÃO É MEU BOY MICHAELA

Minnie: hahahaha tá bom celine

* * *

Reviro os olhos e fecho a conversa porque estamos no ônibus para Glen Finglas para a expedição final na Escócia — e depois dos últimos meses de vida normal, preciso entrar no clima do PAB de novo. Preciso ser a minha melhor versão Exploradora Breakspeare. Preciso *não* ter um infarto, e se Michaela continuar me acusando de um relacionamento que não tenho, é bastante provável que eu tenha uma parada cardíaca.

A questão é que Brad e eu não estamos namorando. Temos passado muito tempo juntos, nos tocado muito, e é verdade que infelizmente estou apaixonada por ele, mas isto não nos torna *namorados*. Dizimei qualquer chance de isto acontecer. É fevereiro, o que significa que tenho meros sete meses para superar essa dolorosa obsessão por ele, reduzir os sentimentos de *amor*, que são honestamente um disparate, até a categoria mais segura de *amizade amorosa*, e me acostumar com o fato de que, quando outubro chegar, estaremos muito distantes um do outro para continuar com as sessões de pegação secretas e cem por cento platônicas.

Minnie fantasiando coisas que nunca acontecerão realmente não ajuda.

Aurora está sentada ao meu lado fazendo um desenho assustadoramente bom de um cardo em um caderno com capa de couro e páginas grossas na cor creme, então abro o app da câmera e volto a atenção para ela.

— Ei, Rory.

Ela encara o meu celular e esconde o rosto com o caderno.

— Celiiiiiiine.

— Que foi? Você está fofa!

— Não, não estou. A presença de qualquer câmera em um raio de dez metros faz meus músculos faciais congelarem em uma posição muito estranha. É um fato — comenta ela com firmeza. — Foi testado cientificamente.

Reviro os olhos.

— Bem, então abaixa para eu poder tirar uma foto dos campos da Grã-Bretanha passando ali fora.

— Lógico. Vivo para servi-la. Minha coluna é dobrável, de qualquer forma, para sua comodidade...

Bufo e a empurro de volta no assento. A vista idílica da janela envolve uma estrada principal esburacada, uma fila de trânsito que consiste principalmente de Ford Kas vermelhos e Vauxhall Astras cinza, e um campo estéril cercado onde um único bode magricela mordisca o que parece ser uma calcinha enorme.

Faço uma careta e deixo Aurora endireitar a postura.

— Esquece.

E então, como uma mariposa sombria para uma chama incrivelmente luminosa, me viro em direção ao assento do outro lado do corredor. Na direção de Brad.

— Ei — chamo como quem não quer nada. — Dá um sorriso.

Ele interrompe a conversa com Raj, olha para mim e se acende como uma lâmpada. Boca suave, dentes fortes, olhos escuros como um segredo. Algo dança dentro do meu estômago, o que é um acontecimento completamente normal; às vezes meu estômago dança perto de Minnie também. Geralmente em pavor, depois que ela menciona uma fantasia conjunta para o Halloween ou uma nova técnica de maquiagem que ela quer testar em mim, mas ainda assim. Tem dança rolando.

— O que está fazendo? — pergunta Brad na maior inocência, enquanto pisca para o meu celular como uma estrelinha profissional.

— Um vídeo do PAB para o TikTok.

— Boa — responde Raj, inclinando-se para a frente. — Você é famosa na internet.

— Não exatamente — murmuro.

Mas a voz do Brad se sobrepõe à minha:

— Aham, ela tem 32 mil seguidores. Ela fez um vídeo sobre árvores que viralizou recentemente. — Ele dá as costas para a câmera. Vejo as partes precisas de diamante da escuridão vívida de seu cabelo e o ângulo acentuado de sua mandíbula se mexendo enquanto ele fala, fala e fala sobre mim. — Era, tipo, sobre como todas as árvores do mundo são jovens. No passado tinha árvores maiores com troncos como vulcões. Como montanhas! Mas todas morreram, e as que achamos que são grandes na verdade são só mudas crescendo de novo... — Ele para de falar, se mexendo no assento, procurando algo nos bolsos do jeans. — Espera, não estou explicando direito. Vou te mostrar.

Estou boquiaberta.

Então Aurora se inclina para ver por cima do meu ombro e murmura:

— Três minutos filmando o Brad. Vai dar um TikTok excelente.

Fico sem reação, faço uma careta e bloqueio o celular.

— Você não devia estar desenhando?

Quando chegamos a Glen Finglas, está escurecendo. Saímos do micro-ônibus em um misto de entusiasmo e nervosismo, e enquanto somos guiados para o acampamento, fica cada vez mais óbvio quem não está mais no grupo... e quem foi adicionado. Há uma nova supervisora, uma mulher mais velha do leste asiático com cabelo grisalho e uma expressão entediada para contrapor a de Holly. Não faço ideia de por que incluíram alguém novo pois, quando conto as cabeças, descubro que só restaram nove Exploradores.

Nove.

Cada um de nós tem uma chance em três de ganhar a bolsa de estudos, mas as chances não são iguais — elas dependem em parte da nossa pontuação na expedição-teste. E não sei qual é a minha.

Não pela primeira vez, amaldiçoo meu pai com todas as minhas forças. Ei, eu deveria estar sentindo meus sentimentos, e a frustração feroz é um sentimento, com certeza.

Uma mão enluvada toca a minha. Em meio à pouca luz, Brad é todo olhos e bochechas sombreadas que me conduzem direto para a boca dele. A ponta da língua escapa para umedecer seu lábio inferior. Lembro de hoje de manhã, quando ele me arrastou para trás do micro-ônibus e passou a língua bem devagar no *meu* lábio inferior, e algo na minha barriga se aperta com força.

Brad dá uma batidinha no espaço entre as minhas sobrancelhas.

— Assim está melhor.

Eu me sinto um tanto atordoada.

— O quê?

Ele me cutuca.

— Vamos.

O Acampamento Sunny Days é uma faixa comprida e estreita de terra bem cuidada entre a floresta de aparência sobrenatural e um riacho escuro com fluxo tranquilo. Holly e Zion nos conduzem como gatos passando por pessoas ricas em suas vans para acampar em direção aos lotes reservados para nós. Vejo um pai sentado com duas crianças em frente à uma barraca, apontando para a lua já visível no céu manchado de roxo. Um cantinho do meu coração se contorce.

Venho pensando desde... dezembro.

Desde que vi o meu pai.

Venho pensando que preciso conversar com alguém e, uma vez que me recuso a despejar mais sentimentos em Minnie, Brad, mamãe ou Giselle, talvez este alguém devesse ser um profissional? Para ajudar a cuidar dos meus sentimentos. Tipo ir ao dentista. Como o Brad falou.

Não sei. Só uma ideia.

O ar está frio, úmido e tão deprimente quanto se esperaria que o ar escocês estivesse no fim do inverno. Assopramos os dedos gélidos e fofocamos enquanto caminhamos.

— Cadê o Thomas? — pergunta Aurora.

— Ele me mandou mensagem — revela Raj. Então pega o celular, ajusta os óculos imaginários no rosto e tenta imitar o sotaque de garoto de escola particular de Thomas: — Não estou com tempo, para ser honesto — recita de maneira solene. — As provas vão chegar antes do que se imagina, e congelar as bolas no meio do mato não é um *condutor* ao sucesso.

— Ele não usou a palavra *condutor*. — Sophie bufa à minha esquerda.

— Ah, sim — garante Raj —, usou sim.

— Cadê o Allen? — pergunto.

É Aurora quem responde baixinho:

— Ouvi dizer que pegaram ele transando com alguém na lavanderia. Ao que parece, usaram uma embalagem de barra de chocolate e um elástico como proteção.

Há um momento de silêncio abismado antes que eu diga com firmeza:

— Bem, isso não pode ser verdade. Quem no mundo transaria com o Allen?

Por alguma razão, Brad acha a minha frase hilária.

— Certo, Exploradores Breakspeare — anuncia Holly, seu tom monótono determinado cortando a conversa. — Cá estamos. Primeiro: permitam-me apresentar uma nova supervisora, Rebecca. Considerando que esta expedição acontece em uma área ampla, ela vai se juntar a Zion e eu como seus contatos de emergência. Venham até nós para pegar o número dela antes do final do dia, ok?

Murmuramos de modo obediente.

Brad diz:

— Oi, sra. Rebecca!

Óbvio que sim.

Nossa nova supervisora fica sem reação, então abre um sorriso daqueles de marcar as bochechas. Há um espacinho entre seus dentes da frente que não combina com o cabelo grisalho nem com a testa vincada.

— Olá, rapaz — responde ela, encantada.

É evidente que Holly está enojada com a falta de resistência de Rebecca. Ela prossegue de maneira rápida e severa.

— Este acampamento será a sua casa por apenas uma noite, então: Não. Se. Acostumem. Usem o restante do dia para montar as barracas em grupos de dois ou três e se instalar.

Sophie bate o pé dentro da bota contra o solo de concreto duro e murmura:

— Cristo celestial, Hol, não quer mais nada, não?

Da frente do grupo, Zion nos lança um olhar severo. (A voz de Sophie se propaga.) Endireito a postura e faço uma expressão séria para mostrar que sou uma Exploradora Responsável que respeita os supervisores e está pronta para qualquer coisa.

Bradley percebe meu olhar e pergunta baixinho:

— Que cara é essa?

— As bombas de água do acampamento ficam ali — informa Holly, esticando o braço como um letreiro bastante queimado de sol e que faz pilates com frequência. — Descartem o lixo nas lixeiras apropriadas *ali*. Banheiros e chuveiros estão *ali*.

O último *ali* parece perigosamente perto da floresta em si. Estreito os olhos para as árvores e vejo um caminho de pedra com algumas placas vermelhas que parecem dizer BANHEIRO. Hum. Quem teve a ideia de enfiar os banheiros no meio do mato???

— E se eu precisar fazer xixi no meio da noite?! — sussurra Aurora.

— Faz agachada, meu bem — aconselha Sophie.

— Tudo bem, parça? — murmura Raj.

Quando viro o rosto, Brad parece estar contemplando suas escolhas de vida com muita seriedade.

— Tudo — sussurra ele de volta. — Só me adaptando à ideia do *chuveiro público*.

— Minha mãe colocou lenços umedecidos na minha mochila, se quiser.

É evidente que Brad fica ofendido com a sugestão de que ele mesmo não veio armado até os dentes com os próprios produtos de higiene.

— Hum. Obrigado. Mas. Tenho os meus.

— Amanhã de manhã — continua Holly —, vocês vão desmontar as barracas, pegar os mapas e começar o primeiro dia da expedição por Glen Finglas. Esperamos vê-los para jantar no acampamento Duke's Pass até às 16h, prontos para descansar antes da trilha do dia seguinte. A rota e o gerenciamento de tempo são responsabilidade de vocês. A forma com que farão o trajeto também.

Nosso grupo troca olhares furtivos; já decidimos caminhar como um time. A união faz a força. Além disso, eu ficaria entediada até a morte se passasse os próximos três dias perambulando pelo mato sozinha.

De qualquer modo, Brad e eu temos que ficar juntos. Nossos pais nos disseram isso, então estamos apenas agindo com responsabilidade.

— Há várias Bússolas de Ouro escondidas ao longo da rota, e vocês têm a opção de se orientar à medida que avançam ou se concentrar na velocidade. Pontos extras serão concedidos para ambas as opções, conforme previsto em seus manuais. Pela manhã vocês receberão câmeras GoPro para registrar a experiência da expedição. Esta filmagem, junto às entrevistas no acampamento toda noite, serão usadas para definir suas pontuações.

Mais uma olhada significativa, dessa vez levemente (certo, intensamente) estressada, ou talvez seja impressão minha. Podemos ligar e desligar as câmeras quando quisermos, por exemplo, se tivermos que fazer cocô em um arbusto, que é uma possibilidade que ninguém mencionou, mas aposto que já aconteceu com alguém — mas a mera ideia de ser filmada em cada momento desse desastre florestal é meio que uma grande pressão. O vídeo não muda nem desaparece. O vídeo é preciso e impiedoso. Tenho que ser uma alúmen PAB perfeita nos próximos dias. Quero uma bolsa de estudos.

Mas será que quero aparecer no baile e recebê-la, se isto significar ver o meu pai? Nos meses depois de cruzar com ele, ainda não me decidi e isto está me corroendo por dentro.

— Boa noite, Exploradores — diz Holly em um tom como se tudo estivesse perdido. — E boa sorte.

Há uma pausa angustiante enquanto o vento uiva ao redor.

Então Zion anuncia:

— Eu trouxe chocolate quente, aliás. Vamos armar os fogões de acampamento?

* * *

BRAD

O primeiro dia de trilha amanhece tão iluminado e congelante que estou correndo um sério perigo de perder a visão por conta da neve. Acontece que a Escócia é como uma versão do programa *Fear Factor* da Inglaterra, em que quase tudo é o mesmo, mas dez mil vezes mais extremo. O céu? Mais azul. A grama? Mais verde. Infelizmente, o frio é também mais frio e o orvalho da manhã, mais molhado. Descobri isso por volta de 6h quando acordei com o *ping-ping-ping* de água gélida no meu nariz.

Isso mesmo. *Entrou água* na nossa barraca. Quer dizer, Raj disse que é condensação e chamou de "perfeitamente natural", mas o ponto é que... a água **externa** *tocou meu rosto*. Talvez eu nunca mais durma. Ainda estou esfregando o nariz com um nojo distraído quando Celine aparece, ridiculamente linda para uma garota que passou a noite no chão como o restante de nós. Suas bochechas estão brilhando e redondas com seu sorriso feliz-demais. Ela faz a simples capa de chuva preta parecer um item instagramável, e as alças da mochila cortesia-de-Breakspeare estão valorizando muito seus seios. Se eu não morrer de terror durante a expedição, talvez eu morra de tesão.

— Oi — diz ela para Raj, então pega meu pulso e tira a minha mão do meu rosto.

Entrelaço nossos dedos. Ela me lança um olhar e com gentileza se afasta porque não somos um casal. Somos quase-nada. Só posso tocar nela em particular e talvez isso nunca mude.

Toda vez que me lembro de tais fatos, algo dentro do meu estômago murcha e se encolhe em posição fetal. Pelo andar da carruagem, não vou ter mais onde armazenar a comida e ficarei enjoado em tempo integral.

— Seu nariz está vermelho — murmura ela.

Aperto os lábios, cerro a mão em punho e lembro a mim mesmo de algumas coisas.

Você ofereceu isso a ela. No geral, você gosta disso. E não é para sempre.

— Você está bem? — Celine me cutuca.

— Aham. — Estou me recompondo.

Lembrando do plano, porque é algo que faço agora: tenho planos para alcançar meus objetivos e os coloco em prática. Aprendi isso com Celine. Agora, meus planos estão mais ou menos assim:

Objetivo A: Ser escritor.

1. Me candidatar a uma vaga em Leeds e Bristol para cursar Letras. ✔
2. Receber cartas de admissão. ?
3. Contar aos meus pais. ✘

Ainda estou trabalhando no último item.
Então tem o Objetivo B: Namorar a Celine. Infelizmente, este plano não é tão direto, porque segue mais ou menos assim:

1. Beijar muito a Celine ✔
2. Mostrar a ela que ela pode confiar em mim?
3. Confessar meus verdadeiros sentimentos e pedir mais uma vez (com certeza na terceira vez vai) ✘

As coisas ficam complicadas depois disso porque o resto é com a Cel. Ou ela dirá SIM, POR FAVOR! e vou passar o resto da vida em um estado de alegria francamente indecente (é o meu desfecho de preferência) ou dirá não. Ela vai dizer: *não é sobre confiança*. Ela vai dizer: *só não estou tão a fim de você*. E vou ter que superar, de alguma forma, e só passar o resto da vida em um canto morrendo de saudade lenta e silenciosamente. O que vai fazer de mim uma péssima companhia em festas.

— Vocês dois já desmontaram a barraca? — pergunta Celine, mais alto desta vez.

Raj olha para ela, então olha para a nossa barraca bastante montada.
— O que acha?
— Perceberam que somos os últimos aqui? Sophie vai ter um ataque.

— Alguém disse meu nome? — comenta Sophie, vindo em nossa direção pela grama com os mapas debaixo dos braços e Aurora logo atrás. — Meninos, a barraca de vocês ainda está montada? Andem logo. Conversem rápido.

— O Brad estava tendo uma crise — responde Raj e minhas bochechas ficam quentes porque acho que ele está falando da minha crise bem pequena e totalmente racional baseada na água. Então adiciona: — Não conseguia decidir o que vestir.

E minhas bochechas ficam ainda mais quentes. Não achei que ele tivesse percebido aquilo. Só estou tentando parecer... sabe, namorável! Em botas de caminhada! É mais difícil do que se imagina.

Celine me olha de cima a baixo, as tranças compridas caindo para a frente enquanto absorve minha roupa esportiva verde-musgo e camisa térmica branca. É casual e prática porque, né, mas cores coordenadas combinam de maneira mais natural e fico incrível de verde. Sou o próprio outono. É visível que Celine concorda porque está fazendo a mesma cara que faz quando deixo qualquer que seja o livro que estou lendo de lado e caio em cima dela na minha cama. Essa cara envolve um olhar levemente vago e uma mordidinha no lábio inferior; gosto bastante dessa cara.

Levanto a sobrancelha.

— Em que está pensando?

— Nada — murmura ela sob o barulho de Sophie e Raj discutindo.

— Mentirosa.

— Desmonta a barraca antes que a Soph tenha um treco — ordena Celine. — E não esquece de abaixar dobrando a cintura. Li em algum lugar que se agachar faz mal para os joelhos.

Bufo de maneira cética.

— Estou me sentindo muito objetificado no momento.

Ela abre um sorriso.

— Não faço ideia do que está falando.

* * *

CELINE

Cada Bússola de Ouro encontrada vale dez pontos e cada trinta minutos seguidos nesta trilha valem outros dez. Mas tivemos uma ideia genial: encontrar as bússolas em equipe. Assim, ganharemos os dez pontos como um time, o que significa que esses pontos estarão disponíveis para *todos nós* em vez de serem divididos *entre nós*.

Obviamente as bússolas não são a única coisa que contribui para as nossas pontuações nesta expedição. Temos que mostrar todas as habituais qualidades Breakspeare enquanto estamos acampando sob os olhos atentos de Zion, Rebecca e Holly, e temos que ilustrá-las durante as entrevistas ao fim de cada dia e tudo o que dissermos tem que ser respaldado pelas filmagens retiradas das pequenas câmeras presas aos casacos. Talvez seja por isso que as primeiras duas horas de trilha pelo mato sejam silenciosas e estranhas; estamos todos nos sentindo inibidos.

Ou talvez seja porque todos estão ocupados demais ofegando graças ao ritmo exaustivo em que Sophie está indo. Sinceramente, aquela garota deve ter um motor no lugar de pulmões: está andando na frente como se não fosse nada, com a mochila abarrotada de suprimentos.

Temos que carregar um terço do nosso peso corporal enquanto andamos, mas sou uma flor delicada, então Brad está carregando a maior parte das minhas coisas, graças a Deus. Dou uma olhada nele pela visão periférica, em parte para me certificar de que ele não desabou com o peso e em parte porque ele é lindo demais para não olhar. Essa coisa que estamos fazendo, em que passamos todo o tempo juntos, fugimos para ficar nos agarrando e falamos sobre o futuro enquanto evitamos com cuidado a distância que este futuro colocará entre nós... achei que facilitaria as coisas.

Só que nada disso é fácil.

Sei a textura da pele dele. Sei como sua respiração muda quando torço as suas roupas entre os dedos e o puxo para mais perto. Também sei como ele suspira quando está tendo pensamentos ruins, sei que ele sabe o quanto é lindo e gosta muito disto, sei que ele vira uma criança de 5 anos quando está perto do irmão mais novo. E amo. Tudo isso.

Eu deveria dar um fim nisso, mas toda vez que tento, descubro do jeito mais difícil que é impossível.

Estou encurralada pelas minhas próprias escolhas. *É pegá-lo ou largá-lo.* Só que tenho bastante certeza de que perdi a oportunidade de pegá-lo como tive em dezembro e não posso largá-lo de novo nunca mais, então este meio-termo é tudo o que nos resta. Sinto a vista embaçada por uma fração de segundo, fazendo a imagem dele ficar tênue nas bordas como se fosse um fantasma. Então pisco e tudo está nítido, cristalino e transparente, da forma como deve ser.

— Ei. — A voz de Aurora me arranca dos meus pensamentos.

Percebo que fiquei sem reação encarando a cabeça de Brad por tempo demais e foco o olhar no chão da floresta em vez disso. Está coberto de vegetação morta, musgo congelante e galhos quase tão grossos quanto meu pulso. No fim das contas, Glen Finglas é ampla e sinuosa, com árvores antigas que se estendem por quilômetros na vertical como sentinelas.

Respiro fundo o ar gelado com gosto de mato e olho para a Aurora.

— Aham?

— O Brad está... bem? — pergunta ela em um sussurro.

Há algo no tom dela, na leveza cuidadosa dos olhos azuis arregalados, que faz a minha expressão mudar e a voz endurecer.

— Ele está bem. Por quê?

Algumas pessoas sabem que o Brad tem TOC. Outras, não. Não importa muito porque não é da conta de ninguém. O problema é quando as pessoas percebem que há algo de diferente nele, não sabem nomear e fazem disso uma *questão*. Aurora é minha amiga e gosto muito dela, mas se ela acabar sendo uma dessas pessoas, vou arrancar o cabelo dela todo e usá-lo para fazer um cachecol.

Ela ergue as mãos como se talvez tivesse identificado a intenção de cachecol de cabelo nos meus olhos e murmura:

— Só percebi que ele, hum, fica incomodado com algumas coisas, só isso. E ele está encarando bastante aquela madeira e fiquei preocupada que ele talvez...

— O quê? — Viro a cabeça para checar.

Brad está mesmo encarando muito uma madeira, embora *madeira* talvez seja a palavra errada: estamos chegando a uma clareira coberta de musgo e no centro dela há um grande tronco de árvore caído, liso por causa do tempo e do clima, mas com as pontas irregulares como feridas. Está oco e dentro dele há uma abundância de todas as coisas que acabam com a paz de Brad, como aglomerados de cogumelos e pequenos insetos sinistros e...

— Obrigada. E, hã, desculpa — digo à Aurora, então me apresso para ir até ele.

O lance com o Brad é que ele sempre parece tão tranquilo e bonito que é difícil identificar quando está tendo um momento. Agora os olhos escuros estão concentrados e o cenho, franzido, mas sua boca está suave e os lábios, entreabertos. Sua mandíbula está acentuada como sempre, mas não tensa. Ele está com as mãos nos bolsos, então não sei se está cerrando os punhos, se está tamborilando os dedos...

Só pergunte. Dã.

— Brad?

— Cel — murmura ele, sem desviar o foco do tronco.

— Você está bem?

Ele dá um sorriso minúsculo e omisso.

— Está querendo saber se estou tendo uma série de pensamentos obscuros e inevitáveis sobre fungos, esporos e germes efervescentes da raiva flutuando da urina de raposas para dentro do meu corpo?

— Hum...

— Porque não, na verdade não.

Minha resposta não ajuda nada.

—... Meio que... parece que está?

— Bom, talvez — admite ele —, mas só uma quantidade bem normal desses pensamentos.

Ah, céus.

— Esta é uma das vezes que tenho que deixar você ter um minuto ou, tipo, é uma das vezes que devo fazer outra coisa? — pergunto e não recebo resposta. — Você me diria, certo, se eu tivesse que fazer outra coisa? Brad!

Enfim ele desvia o olhar da árvore. Seu sorriso aumenta até se transformar em algo lento e familiar que desfaz o frio ao nosso redor como café fresco.

— Está preocupada comigo, amor?

Meu coração não pula ao ouvir a palavra, ou se o faz, é por causa do choque. De uma pequena surpresa. Com certeza nada além disso porque é normal chamar as pessoas de *amor*. O carteiro me chama de *amor*, pelo amor de Deus. Enfim, conhecendo Brad, ele só está tentando me distrair.

Mordo o lábio e aperto o cotovelo dele, analisando seu rosto como se pudesse ler os pensamentos escritos ali. E talvez eu possa, ao menos um pouco, porque percebo, respirando aliviada, que ele está bem. A preocupação apertando minha barriga é amenizada.

— Por que eu estaria preocupada com você? — questiono, arqueando as sobrancelhas.

— Porque somos *muito* bons amigos. — Há uma provocação na voz dele que me faz sorrir contra a minha vontade.

— Verdade — concordo, perdendo a batalha contra o sorriso.

— Maravilhosamente próximos.

Ainda não tão próximos quanto eu gostaria.

— Alguns diriam que somos íntimos.

— Ninguém diria isso a essa altura da década de 1940.

A voz dele está cantarolante, enfurecedora e maravilhosa.

— Se é o que diz, Celine.

— Por que vocês dois estão demorando aí atrás? — indaga Sophie a alguns metros de distância.

Brad me lança um último sorriso antes de olhar para ela por cima do meu ombro.

— Acho que precisamos seguir na direção sul a partir daqui.

— Mas viemos da direção sul!

— Só um pouco. Fora da trilha. Vem cá, olha o seu mapa.

Então Brad pega o próprio mapa e nos mostra uma das pistas da Bússola de Ouro, onde estamos na área agora e nos lembra que aquele tronco deve ser o ponto de referência disforme e irregular no setor E6, então se formos na direção *sul*...

E é assim que Brad e seu foco vívido e todos os detalhes minúsculos que ele não consegue deixar de notar nos levam à nossa primeira Bússola de Ouro.

CAPÍTULO QUINZE

BRAD

Alcançamos o próximo acampamento a tempo, meia hora antes na verdade, com cinco Bússolas de Ouro. Encontrei três delas, o que não conta tecnicamente porque estamos trabalhando em equipe, mas nossas câmeras vão ter capturado isto, certo? E aceito qualquer coisa que me aproxime da bolsa de estudos. Agora que sei que vou estudar Letras, comecei a nutrir todo tipo de esperança, comecei a me imaginar usando sapatos *brogues* bordô e, tipo, calça quadriculada e gola alta azul-marinho nas aulas em que debato a natureza da mente criativa com professores superinteligentes, então vou para casa e escrevo dez mil palavras de pura perfeição.

E sei que a faculdade não vai ser assim. Sei que vou ter que trabalhar, provavelmente vou me dar mal um pouco e meu primeiro livro ainda vai ser mais ou menos impossível, mas o ponto é: *quero* fazer isso. E estou lembrando que se eu ganhar a bolsa de estudos, posso usar o empréstimo todo para conseguir uma casa melhor e evitar ter um colega de quarto. (Porque, sério, dá para imaginar ter um colega de quarto? E se ele for como Mason? Eu preferia morrer engasgado.)

Então quando saímos da floresta e entramos no acampamento Duke's Pass, já estou planejando o que vou dizer na entrevista dessa noite para impressionar os supervisores. Vou retratar de maneira modesta, mas precisa, como fui valioso para a equipe etc. A julgar pela expressão superséria no rosto de Celine, ela está planejando o mesmo.

— Oi — digo, batendo o ombro no dela. — O que vai dizer na entrevista?

Ela pisca com intensidade, os cílios tremulando como asas fuliginosas.

— Quê? — Os seus lábios estão entreabertos e eu queria beijá-los, mas também quero saber no que ela estava pensando agora há pouco, se não era sobre Holly, Rebecca e Zion.

A ruguinha entre as suas sobrancelhas só é aceitável se ela estiver tramando algo. Do contrário significa que ela está preocupada, e não quero Celine preocupada.

— Qual é o problema? — pergunto.

— Nenhum — responde ela, a palavra bastante proposital para ser verdadeira.

— Cel...

— Nenhum, sério. — Os dedos dela roçam meu pulso, encontrando o espaço entre a luva e o casaco com uma precisão guiada pelo calor.

Sinto algo saltar dentro da barriga como uma montanha-russa em um parque de diversões.

— Isso não é justo.

— Você é tão fácil.

— Está julgando a minha libido?

Ela abre um sorriso, entrelaça nossos dedos, inclina-se na minha direção e simples assim estamos oficialmente de mãos dadas em público. Como um *casal*. Como se ela não se incomodasse com isso.

— Talveeez. Vai fazer o quê?

Tanta coisa.

— Ei, olhem! — exclama Raj. — Eles têm um parque!

Ele corre na frente em direção a uma pequena área recreativa de madeira e Celine afasta a mão da minha, supostamente para seguir Raj, mas me sinto murchar um pouco. Às vezes acho que ela quer o que quero, sente o que sinto. Em outras, é como observá-la fechar os olhos e dar as costas.

Paciência, lembro a mim mesmo. *Paciência*. É só que esperar está começando a parecer um pouco como mentir. E não minto para Celine.

— Galera — chama Sophie —, nós deveríamos estar sendo exploradores responsáveis e supermaduros.

— Quem quer brincar no balanço? — pergunta Raj.

Aurora dá um gritinho e corre até ele.

— Ah, pelo amor de Deus! — Sophie lança um olhar na minha direção. — Faz alguma coisa.

Celine parece achar isso hilário.

Suspiro e olho ao redor até ver a plaquinha verde e dourada no parque.

— É só para crianças de até 12 anos — observo.

— Eu ainda tenho cara de 12 anos!

— Raj, você tem bigode.

— Olha quem fala — Celine sorri por cima do ombro —, sr. Barba Por Fazer.

— Acaba com ele, Celine! — Raj está em júbilo.

Levanto a sobrancelha para ela, sem me impressionar.

— Está querendo acabar com a minha autoridade?

— E que autoridade seria essa? — rebate ela, doce como mel.

Sophie grunhe.

— Deus do céu. É o mesmo que se afogar em uma banheira de hormônios.

Então ela entra no parque pisando duro, pega Aurora no colo e a afasta dos balanços.

Celine morde o lábio e a segue.

E eu tomo uma decisão. Considerando que não vou dormir na grotesca barraca pingando condensação hoje, talvez possa usar o tempo para fazer outra coisa.

* * *

CELINE

Aurora, Sophie e eu estamos bem empacotadas dentro da barraca, tentando nos aquecer e discutindo boas maneiras sobre roncos no acampamento.

— Não é culpa dele — comenta Aurora com pesar. — Talvez ele tenha algum tipo de problema.

Está escuro como breu, como é típico da zona rural, mas posso imaginar seus olhos arregalados em compaixão. Então o ronco a nível de terremoto do nosso vizinho misterioso reverbera pelo acampamento, tão alto que se pensaria que o culpado estava aqui dentro da barraca com a gente, e imagino um sorrisinho aparecendo no rosto dela.

— Justo — concede Sophie —, mas não percebi ninguém no acampamento dormindo sozinho. Então tomara que quem quer que esteja por perto lhe dê um empurrão para que ele vire de lado.

— A pessoa deve estar acostumada — considero. — Talvez esteja dormindo.

— Com essa barulheira?!

— Talvez a pessoa ache isso relaxante depois de décadas vivendo e dormindo lado a lado em amorosa harmonia. Talvez seja como uma canção de ninar e a pessoa não consiga dormir sem isso. — Não percebo que foi uma coisa esquisita de se dizer até que as garotas ficam em silêncio.

É Sophie quem finalmente responde.

— Celine, que drogas você usou?

— A doce droga do amor verdadeiro — retruca Aurora.

— Quê? — me exalto sem querer. — Do que você está falando... — Mas antes que eu possa investigar a raiz desse comentário perturbador, vem um barulho do lado de fora.

E não é um ronco. É meu nome, sussurrado por uma voz que conheço bem demais.

Meu coração se anima como um cão bem treinado.

— Espero que não seja o Brad — murmura Sophie.

Aurora se anima.

Faço um som de censura para elas e pego o celular, iniciando o app da lanterna e abrindo a barraca com uma velocidade sobre-humana.

— Você está bem? — pergunto assim que a dobra se abre, revelando uma figura sombreada que reconheço.

É noite de lua cheia e as nuvens que a cobrem mudam de lugar bem na hora que ele sorri para mim. Bradley Graeme sob o luar é uma visão de dar pane na mente e disparar o coração, uma que a maioria das pessoas pagaria para ver apenas pela mera estética da coisa. Mas quando olho para ele, quando comparo a luz em seus olhos com as estrelas espaçadas no céu e descubro que a luz dele é mais intensa, quando desejo poder tocar cada pedacinho dele da forma que o brilho prateado faz, não é só estética. Não mesmo.

Ultimamente, quando estou pegando no sono, tenho uma fantasia esquisita meio dormindo, meio acordada, de Brad me dando um pedacinho de si mesmo e me deixando colocar no bolso e guardar comigo. Eu deveria jogar no Google o simbolismo dos sonhos e descobrir o que significa. Até poderia fazer um vídeo no TikTok a respeito, mas tenho medo da resposta.

Não sei por quanto tempo consigo continuar fazendo isso.

— Oi. — Brad toca a ponta do meu nariz com uma precisão enervante. — Presta atenção. Quer ir no parque?

Fico quente de vergonha e olho para mim mesma.

— Hã, eu estou de pijama.

— Quer se trocar?

— Mas temos toque de recolher.

— Podemos fingir que não...

Lembro que ainda estou passando, dia após maldito dia, pela tarefa árdua de reconhecer e expressar meus verdadeiros sentimentos.

— Sim.

Ele se anima.

— Que bom. Vou esperar aqui. Coloca as luvas.

Reviro os olhos, fecho a barraca e ignoro as risadinhas zombeteiras de Aurora e Sophie enquanto visto um casaco depressa. E um sobretudo. E um cachecol. E luvas, porque usar tudo aquilo sem luvas seria esquisito, não porque ele me mandou colocar. Quando me arrasto para fora da barraca e a fecho, o acampamento está calmo e silencioso, com exceção do pio assombroso de uma coruja aqui perto, o uivo sinistro do vento pela floresta na direção norte e o ronco ressonante do Tal Cara.

Brad está esperando com as mãos nos bolsos, mas assim que me levanto, ele enlaça o braço no meu como se estivesse me conduzindo por um salão de baile e vamos devagar, com cuidado, na direção do parque.

— Como pode estar tão escuro assim? — questiona ele.

— Bom, à noite, o sol vai embora...

Ele me dá uma cotovelada na costela.

— O sol não *vai embora*.

— Você é tão pedante.

— A gente sairia voando para o espaço e morreria.

Faço um som de deboche.

— Não tem como você saber.

— Celine — responde ele com seriedade —, se me disser que foi convencida por uma teoria da conspiração contra a existência da gravidade, vou ser obrigado a reconsiderar a nossa...

Acho que ele vai dizer *relação*, o que seria um problema, óbvio, porque não estamos em uma relação. E esta é uma coisa boa, segura e sensata, então fico aliviada quando ele completa com "reconsiderar a nossa amizade". Fico. Fico mesmo.

Quando fico calada é porque tenho que me concentrar. O parque fica do outro lado do acampamento e quando as nuvens deslizam para a frente da lua, o que acontece em intervalos de segundos, é como se estivéssemos perambulando com argila colada nos olhos.

— O que houve? — questiona Brad.

— Estou tentando não trombar no trailer de ninguém.

— Quis dizer recentemente. Com você. Não parecia bem hoje.

A lua reaparece e estamos de volta ao parque, o que é uma distração conveniente. Brad abre o portão beeeeeeeem devagar, mas ainda assim faz barulho. Nós dois congelamos no lugar.

Nem Holly, nem Rebecca, nem Zion enfiam as cabeças para fora da barraca e começam a balançar bandeiras vermelhas de Desqualificação e

Desgraça na nossa direção, então entramos no parque. Achei que iríamos para os balanços, mas, em vez disso, Brad me puxa para um castelinho em cima de palafitas de madeira.

— Por que estamos fazendo isso mesmo? — resmungo. — Infringindo o toque de recolher. Devo ter perdido o juízo.

— Já fizemos isso antes, lembra?

— Sim e quase fomos pegos. Ao que parece, nenhum de nós aprendeu a lição.

— Acho que você não consegue resistir a mim. — Ele dá uma piscadela e, juro por Deus, a verdade atinge meu peito em cheio.

Entramos no minúsculo castelo de conto de fadas iluminado pelas estrelas e sinto dor. O chão de madeira é duro e congelante quando sento, mas Brad me puxa para trás até eu estar encostada em seu peito e vale muito, muito a pena. As coxas dele envolvem as minhas. Ele respira fundo, e sinto seus pulmões se expandirem, sinto o calor de seu hálito no meu pescoço quando ele me abraça e entrelaça nossos dedos em cima da minha barriga.

— Bem, que aconchegante — digo secamente porque ou é isso, ou vou desmaiar de felicidade.

— Cala a boca — responde ele e, com o nariz, move meu cabelo para dar um beijinho bem debaixo da minha orelha esquerda.

Certo, minhas opções se esgotaram: agora só me resta desmaiar.

— Me fala o que houve — murmura ele.

Eu te amo.

— Nada.

— Você parece distraída.

— Estou sempre distraída. É um lamentável efeito colateral de ser inteligente. Você não entenderia.

Ele ri e me sinto quente e zonza por dentro. Até me permito desfrutar disto. Então, com suavidade, ele fica calado e há uma longa pausa antes que murmure, parecendo só um pouco triste:

— Queria que confiasse em mim, Celine. Queria muito, muito mesmo.

A questão é que confio absurdamente no Brad. Tipo, se o mundo estivesse acabando, se os alienígenas viessem, um esteroide colidisse com o planeta ou um deus faminto saísse da terra e exigisse retaliação, e eu não conseguisse defender a humanidade por estar em coma ou, tipo, esperando o esmalte das unhas secar, acho que Brad poderia salvar o mundo no meu lugar. Eu confiaria nele para fazer isso sem pensar duas vezes.

Então diga a ele.

Mas não posso. Porque o que quero mesmo é desembuchar *todos* os meus sentimentos, dizer confio em *você*, sim, mas também *eu te amo e acho que vou amar para sempre, mesmo que um dia você me deixe para trás*. E no final das contas, não sou corajosa o suficiente para isso. Ainda não sou corajosa o bastante para arriscar ser abandonada.

Mas talvez um dia eu seja? Se eu tentar muito? Não é impossível, é?

Por enquanto, vou dizer *uma* verdade, ainda que não seja *a* verdade.

— Vamos terminar a expedição em dois dias. Então temos mais ou menos um dia para descansar, e então...

Ele segue a minha linha de pensamento, como sempre.

— Então é o Baile dos Exploradores.

Meu coração pesa como pedra com a ideia.

— Aposto que ele estará lá.

Brad não pergunta quem.

— Você tinha razão — admito. — Preciso contar para minha mãe.

— Precisa, sim. Sinto muito.

Exalo toda a minha frustração (não se preocupe, vai se proliferar de novo como mofo) e encosto a cabeça no ombro dele. Brad beija a minha bochecha, quase distraído, e naquele momento, quero, quero, *quero* tanto que poderia comer o mundo.

— Entendo. Você sabe que ainda não falei com os meus pais sobre escrever.

Sim, assim como sei que Trev está feliz por ter um dos filhos seguindo seu exemplo. Ainda assim, tateio pela mão de Brad no escuro e digo:

— Seu pai te ama. Ele sempre vai amar.

— Eu sei. Só sou covarde. Todos somos, um pouquinho, às vezes. Não é tão terrível como as pessoas fazem parecer. — Ele faz uma pausa. — Ainda é bem terrível, porém.

— Ei!

— Ei você. Estou esculachando nós dois, então tudo bem.

Considero isso por um momento.

— Justo, mas a gente não tem que continuar sendo covarde. Não é quem eu quero ser.

Há um longo silêncio antes de ele dizer com muita, muita suavidade:

— Não. Nem eu.

Brad fica calado de novo e começo a me preocupar de ele ter se perdido dentro da própria mente.

— Ei. — Aperto sua mão e procuro um assunto mais leve. — Quando você virou um farejador de Bússolas de Ouro, aliás?

Sinto o peito dele se inflar atrás de mim.

— Não me odeie só porque você não pode ser eu.

— A bolsa de estudos é sua.

Estou falando sério: ele é bom. Na verdade, irritantemente, ele é melhor do que eu, mas se tem alguém que aceito que fique na minha frente, este alguém é ele.

— Não ouviu que aquela garota, a Vanessa, voltou horas antes de todo mundo? — Ele bufa. — E ela conseguiu três bússolas sozinha. Ela é tipo a Exterminadora.

— Ela é tipo a Sarah Connor.

— Ce-*line*. Sim. Já viu a série?

— Que tipo de pergunta é essa? Óbvio que vi a série.

A partir dali tudo é fácil e leve, como deveria ser, como preciso que seja. Passamos horas demais no nosso castelo sob as estrelas e quando enfim voltamos para as barracas, Brad me beija até eu perder as forças.

— Tente dormir — sussurro contra a boca dele.

— Celine, sabia que surge *condensação* nas barracas?

Sinto a própria boca tremer em humor.

— É?

— Nojento — murmura ele. — O lado de fora e de dentro são dois lugares separados.

Então ele me beija mais. Sua boca acaricia o canto da minha, instiga meus lábios a se abrirem, me saboreia com suavidade. Suas mãos seguram meu rosto, os dedões fazendo círculos hipnóticos nas minhas bochechas. Sei que Brad gosta de mim porque ele toca em qualquer parte minha que permito, mas quando me beija assim, como se o resto do meu corpo não importasse de fato ou não fosse o que ele quer, é quando começo a ter ideias imprudentes como: talvez ele me ame também.

Quer dizer, sei que ele *gosta* de mim. Poderia acontecer, certo?

— Boa noite, Cel — sussurra ele e me manda para a cama.

Sophie está roncando (parece que o jogo virou, não é mesmo?), mas Aurora ainda está acordada. Ela sussurra para mim como o ar dentro de uma bola de festa:

— Eu shippo tanto vocês!

Com dificuldade, me enfio no saco de dormir e graças a Deus ela não consegue me ver sorrindo.

— Não é... A gente não é assim.

Ela me ignora.

— Eu *sabia* que você era a fim dele. Soube no primeiro dia na cabana na Floresta Sherwood, quando ele parou para falar com você...

— *Quê?* — Arregalo tanto os olhos que a qualquer momento eles podem saltar do meu rosto. — Mas eu não gostava... — Gostava?

— E agora você está *apaixonada*...

Mordo a lateral da língua e me forço a responder com calma:

— Não estou apaixonada.

Aurora ri.

— Tá bem, Celine. Você só passou o dia todo olhando para ele com corações nos olhos, então saiu escondida com ele no meio da noite. Nada demais! — Ela está em júbilo.

— Vou... vou te ignorar agora — consigo dizer, tentando inserir humor nas palavras que têm gosto de giz.

Ela está certa? Sou assim tão transparente? Devo ser; não é como se ela estivesse inventando coisas. E sim, quero contar ao Brad como me sinto, em algum momento, mas não por *acidente*. Deveria ser uma escolha, uma que farei no futuro, quando eu for mais forte, mais corajosa ou só... melhor do que sou agora. O que vai acontecer quando voltarmos para a escola? Quando eu estiver apaixonada por ele na frente de todo mundo? O que vai acontecer se ele *perceber* e não... e ele não estiver...

Fico acordada a noite toda com um ninho de cobras se agitando sob as minhas costelas.

CAPÍTULO DEZESSEIS

BRAD

Quero contar a verdade para a Celine hoje.

Meu cérebro graciosamente me concede duas horas de sono, então me levanto cedo para usar o banheiro antes dos outros. Assim como no outro acampamento, os vasos sanitários e chuveiros estão enfiados de um jeito estranho na margem da floresta, subindo um pouco uma colina irregular com caminhos de cascalho branco sinuosos que presumo terem o objetivo de ajudar, mas na verdade são bem escorregadios. Não há uma cerca separando o caminho das quedas maltrapilhas da encosta da colina também, o que na minha opinião é *bastante* irresponsável, então passo metade da subida lutando com meu cérebro para evitar contar os passos. Quando consigo chegar à estrutura, descubro que, de modo previsível, são medonhas e nojentas, e ainda temos mais uma noite inteira de acampamento antes de eu voltar para a minha doce civilização. Aff.

Mas nem esta tortura literal estraga meu humor porque vou pedir a Celine que me dê uma chance, e depois de ontem à noite, acho que ela vai dizer sim.

Estamos sendo corajosos, certo? Juntos. Decidimos. E a questão é que Celine é uma pessoa, não um plano. Se estou tentando conquistar sua confiança, quero que ela saiba como me sinto. Se ela me rejeitar, tudo bem também. Mas vou deixar evidente que estou aqui até ela me mandar embora, e só o pensamento de admitir isto me faz saltitar como um personagem de desenho animado.

Estou sorrindo tanto que quando volto para a barraca, Raj me dá uma olhada, grunhe e se vira.

— *Por que* está com essa cara a essa hora da manhã?

— Estou indo falar com a Celine.

Tarde demais percebo que isto não significa muita coisa para o Raj porque 1) ele não sabe que somos parceiros secretos de pegação; e 2) ele não faz ideia de que eu a am... estou sofrendo por ela faz mais ou menos um século.

Ainda assim, ele vira a cabeça na minha direção e abre um olho para me encarar.

— Hum. Bem. Bom?

— Sim — confirmo, com os dedos tamborilando nas coxas em um ritmo acelerado. — Muito bom. Espero. — Deus, e se não for bom? Não, não, o medo é o assassino da mente. Só faça, conte a verdade. — *Muito* bom.

— É isso aí, cara.

Dou um high-five na mão que ele levanta ainda sonolento, escolho o look do dia (bordô desta vez, ela gosta de vermelho) e basicamente corro até a barraca dela.

Sophie abre o tecido e estreita os olhos para mim, ou possivelmente para o sol da manhã de um branco brilhante. Seu cabelo ainda está enrolado em um lenço rosa e azul, e ela está com uma marca de travesseiro na bochecha, o que... Como ela fez um travesseiro caber na mochila? Bem impressionante. Por infelicidade, a expressão dela sugere que ela não está muito impressionada comigo.

— Cara, só casa com ela logo.

Não é uma má ideia. Espera, não, sou adolescente. Não posso me casar. Mamãe ia chorar.

— Oi, Soph! Celine está aí dentro? — Falei alto demais.

Acho que estou nervoso.

Devagar, Sophie encosta dois dedos delicados na têmpora.

— Por que. Está tão alegre. Às sete da manhã.

— É minha predisposição matinal natural.

— Bem, baixa a bola, querido. Está me dando enxaqueca. E não, a Celine não está aqui. Ela foi ao banheiro.

— Ah. — Eu deveria esperá-la voltar. Só queeeeeee não vou fazer isto porque decidi confessar meu amo... meus *sentimentos*, então preciso fazer isto agora antes que meu entusiasmo nervoso se transforme em uma catástrofe nervosa. De volta à colina periculosa, lá vou eu. — Certo, valeu, Sophie, tchau!

Passo depressa por Zion na direção do caminho de cascalho branco e ele ri às minhas costas.

— Esse é o espírito!

Vou considerar isso um bom sinal.

Consigo fazer isso. Tenho cem por cento de certeza.

* * *

CELINE

Trocar de roupa nos banheiros coletivos não está no meu top dez de experiências favoritas da vida nem no meu top mil, mas não vou voltar para a barraca de toalha. Pelo menos não com um clima *destes*. Então, sem jeito, me equilibro nos chinelos de banho para evitar tocar no chão de azulejo molhado e levemente nojento enquanto visto uma roupa esportiva, então enfio o pijama em uma sacola e a pequena toalha por cima.

Eu nem estava planejando tomar banho durante a expedição; pensei em só lavar o que era mais necessário e seguir o baile, basicamente para evitar esta exata situação, mas eu precisava tomar um banho por razões emocionais porque meu cérebro está em frangalhos. Infelizmente, a água estava morna, a pressão fraca e as cobras debaixo das minhas costelas seguem deslizando. O que eu preferiria fazer: contar ao Brad a verdade antes de estar pronta ou ele acabar descobrindo sozinho? Ainda não decidi.

Então é óbvio que quando abro a porta do banheiro, ele está parado bem ali.

— Celine! — Ele se desencosta do tronco de pinheiro enorme em que se apoiava, um sorriso iluminando seu rosto.

Ele está de óculos, as armações douradas brilham em sua pele marrom sob a luz da manhã, e quero tocar sua covinha suave. Quero beijá-lo e sentir o gosto de toda aquela felicidade.

Pelo amor de Deus, eu deveria estar em crise agora. Esse garoto é tão contagioso que a Organização Mundial da Saúde deveria ser alertada.

— O que está fazendo aqui? — pergunto meio sem fôlego.

Há uma pausa estranha antes que ele responda.

— Vim te acompanhar no trajeto de volta para que não seja devorada por lobos. Tomou banho? Me dá aqui. — Ele pega a minha sacola e olha a toalha ali dentro enquanto começamos a caminhar. — Espero que seque isso de maneira adequada, Celine. Dá para contrair doenças transmissíveis de toalhas. O tecido molhado é um terreno fértil para bactérias, e a pele molhada é receptiva a todo tipo de... — Ele para de falar, se encolhendo. — Entretanto, como seria possível secar qualquer coisa com esse tempo úmi... Deus, quem *inventou* o acampamento?

— Não acho que tenha sido uma questão de invenção.

Brad ri e vejo ouro líquido girando no ar. Eu o adoro. Então seu sorriso se esvai de leve e ele diz:

— Pensei que talvez a gente pudesse conversar.

A voz dele está baixa. Cautelosa. As cobras que moram em mim erguem as cabeças e colocam a língua para fora, sentindo o gosto da brisa, unânimes na constatação: sabor de tragédia.

Há apenas dois tipos de conversa: o tipo que é de boa e normal, que não precisa ser anunciada, e o tipo que é terrível, que requer um

Momento Oficial. As pessoas dizem que querem conversar antes de terminarem com você, mas Brad e eu não podemos terminar porque não estamos juntos. Ainda assim, minha garganta se fecha. Acontece que a ausência de um título oficial e demonstrações públicas de afeto não ajudam muito quando você ama alguém independentemente disso.

Merda. Merda, merda, *merda*. Se Aurora percebeu como me sinto, Brad deve ter percebido também e agora vai me dizer que é demais. Que eu sou demais. Que sou assim desde que éramos crianças. Damos mais alguns passos em silêncio antes que eu consiga forçar as palavras a saírem:

— Tudo bem.

Graças a Deus soa impassível, um tanto curioso, em vez de trêmulo e assustado.

Tudo bem. Você está bem. Está tudo bem. No geral este mantra derrama concreto em cima dos brotos verdes frescos dos meus sentimentos, mas desta vez não está funcionando. Eu amo Brad Graeme. E não estou nada bem.

As lascas brancas de pedra sob nossos pés fazem um barulhinho com cada passo. Árvores dez vezes mais altas do que nós pairam de maneira solene em cada lado. Fazemos uma das curvas sinuosas do caminho e olho para a encosta maltrapilha da colina em direção ao acampamento. A que distância estamos de lá? Por quantas curvas e árvores silenciosas e astutas vamos passar antes que eu possa me enfiar de volta na barraca e chorar em paz?

— É o seguinte — começa Brad, então pausa, exalando em nervosismo, sua respiração formando uma nuvem em nossa frente.

Abaixo olhar e vejo que está tamborilando os dedos nas coxas, um dois três quatro cinco seis sete oito.

— Meu Deus — murmura ele —, só fala. Tudo bem. Tudo bem. — Ele para de andar e se vira para mim.

Mas não posso deixar que ele me largue primeiro.

— Acho que devíamos parar.

Ele só olha para mim.

— Quê?

— Parar. Sabe. — Aceno com a cabeça para o espaço entre nós e trinco os dentes, imagino-os chacoalhando com cada batida apavorada do meu coração. — Isso.

Brad continua sem reação por um tempo, como se os óculos tivessem deixado de funcionar. Seus olhos estão enormes, escuros e infinitos.

— Eu não... — Ele aperta os lábios, então os separa. Eu me pergunto se ele sabe o quanto está me torturando. — Quer dizer... que a gente deve parar de...ficar?

Agora a curva da sua mandíbula, as bochechas, se destacam de maneira dura como o frio. A covinha não está em lugar nenhum.

Forço uma risada, mas soa mais como um latido.

— Quer dizer, a gente não tava *ficando*...

— Você sabe o que quero dizer.

— Por que está me olhando assim?

Porque em vez de alívio (tornei tudo mais fácil para ele, acabei de partir meu próprio coração como a amiga excelente que sou), Brad parece... desolado. Olhar ferido, boca triste. Conheço bem essa expressão.

Não nele, porém. Não quero ver isso nele. Meu ninho de cobras se revira e se contorce e tenho a sensação nauseante de que fiz algo muito errado.

Você é esquiva.

Seu pomo-de-adão se move quando Brad engole em seco. Sua mandíbula se mexe e ele infla as narinas.

Queria que confiasse em mim, Celine.

— Tudo bem — sussurra ele.

Quando eu era criança, pulei de uma árvore e fraturei o tornozelo. Doeu tanto que queria vomitar e tudo o que pude fazer foi ficar deitada ali, chorar e pensar: *só me deixe voltar no tempo e não vou pular de novo. Não vou fazer isso de novo.*

Mas não se pode desfazer escolhas tão facilmente quanto fazê-las. Agora estou presa na terra com enjoo ansioso e cáustico que não posso desfazer.

— Brad — murmuro, incerta, com os lábios dormen...

— Que foi? — Seu corpo inteiro é uma linha reta rígida e está se afastando de mim. Ele vai seguindo o caminho. — O que mais quer que eu diga?

— Era... era para ser temporário, de qualquer forma — solto, me apressando até ele.

— Eu sei.

— Não é como se a gente estivesse terminando! A gente não está terminando. A gente não estava...

— Eu *sei*! — berra.

Acima de nós, um bando de pombos-torcazes sai voando.

— Bem, então por que está sendo babaca?

— Ah, vai se ferrar, Celine!

— Vai se ferrar *você*!

Ele se vira para me encarar.

— Você...

Alguém pigarreia. Nós nos viramos ao mesmo tempo e vemos uma senhora branca mais velha parada no caminho à nossa frente, segurando uma necessaire.

— *Pardon* — diz ela. — Eu, hã, posso...?

— *Pardon, pardon* — murmura Brad, abaixando o olhar. — *Pardonnez-nous.*

Damos um passo para o lado. A senhora passa por nós. Assim que ela se vai, ele volta a andar.

— Aonde está indo? — grito atrás dele.

— Embora! — berra de volta.

Não vai não vai não vai não vai não vai me desculpa.

— Você... você ainda está com a minha sacola.

— O que acha que vou fazer com ela, Celine? COMER?

Ele desaparece na curva.

Solto um grunhido e chuto uma árvore. Óbvio que, considerando que estou de chinelo, só o que consigo é machucar meu dedo do pé. A árvore me encara de volta, julgando, enquanto dou pulinhos, sibilando de dor. *Bem, esperava o quê?*, parece dizer. *Você é macia e carnuda. Sou literalmente feita de madeira.*

— Cala a boca — murmuro, então percebo que cheguei mesmo ao fundo do poço. — MERDA!

A árvore não responde.

Qual o problema dele? *Ele* queria "conversar" *comigo*.

Talvez ele não fosse terminar.

Ou talvez fosse sim.

Ele certamente não ia terminar.

Bem, ele terminaria em algum momento. Já fez isso antes. Ele teria enfiado as mãos na minha barriga e arrancado minhas entranhas com punhos grandes e gananciosos e nem saberia que estava fazendo isso porque ele não sabe que o amo. Não posso *acreditar* que o amo. Mas que diabos de jogo é esse, *amar* Brad?

Só que não posso me forçar a me importar com o perigo da coisa toda, não quando a expressão no rosto de Brad domina toda a minha mente, como se alguém tivesse arrancado as entranhas *dele*. Este alguém sendo *eu*.

Ah, meu Deus. *Fui eu*. Minhas mãos estão tremendo. Minha língua parece afiada dentro da boca.

Respiro fundo e fecho os olhos que estão ardendo com força. O céu está um cinza muito brilhante hoje, mesmo com todos os galhos velhos e grossos bloqueando a vista. A floresta tem um cheiro de gelo verde e fresco e madeira apodrecendo lentamente. Pressiono as palmas das mãos nas coxas, me inclino para a frente e me recuso a chorar.

Menti na cara do Brad para poupar os meus sentimentos. Nem deixei que ele falasse porque...

Porque tenho medo de tudo, tenho medo de amá-lo, tenho medo de ser magoada...

E então o magoei em vez disso. É esse o tipo de amor que tenho para dar?

Sinto uma queimação no peito. Fiz besteira. Fiz besteira. Peguei o meu maior medo e fiz isso com ele.
Retire o que disse.
Saio correndo.

* * *

BRAD
Depois de aproximadamente dez segundos de ataque prepotente percebo que estou sendo babaca.

O que aconteceu com a amizade antes de tudo? Celine nunca prometeu me querer de volta. Na verdade, ela sempre disse o exato oposto, mas cá estou eu dando chilique porque meu coração idiota está partido. Argh, sou *aquele tipo de cara*, não sou?

Ainda assim, dói. Dói como se houvesse um buraco dentro de mim. Tiro os óculos do rosto e enxugo as bochechas com raiva. As lágrimas parecem ainda mais quentes quando o clima está congelante. Pelo amor de Deus, quem se apaixona pela melhor amiga? Todo mundo não sabe que essa é uma má ideia? Principalmente quando tal melhor amiga ainda está trabalhando em 27 mil questões sobre ela mesma e tem objetivos que não têm nada a ver com você e...

Bem, acho que estavam todos certos: estou apaixonado pela Celine. Eu a amo tanto que poderia vomitar. Graças a Deus não me declarei. Eu contaria e então o quê? Achei mesmo que poderia, o quê, ensiná-la a querer um relacionamento enfiando a língua pela goela dela abaixo? Quão *arrogante* é isso? Depois, quando eu não estiver me despedaçando em dois, tenho certeza de que o meu cérebro vai me apresentar uma dissertação comentada de 65 páginas sobre como sou otário. Ela não queria mudar as regras, eu quis.

Coloco a sacola dela no chão e aperto meus braços, os dedos se enfiando na pele, mas isto não impede que todos os pedaços de mim se separem. Merda. Há um barulho de *croc-croc* rápido vindo de trás de mim, como passos apressados na pedra, e sinto um frio na espinha. Não posso falar com ninguém agora.

— Brad?

Definitivamente não posso falar com Celine. Ela está tão bonita recém-saída do banho, sem maquiagem, aquelas dobras delicadas nas pálpebras suaves, a textura da pele dela...

Bradley Thomas Graeme, eu imploro *para que você se controle agora mesmo.*

Ameaço continuar andando, que não é nem de longe a atitude mais nobre, mas uma coisa da qual raramente me acusam é de ser maduro. Celine deve ter feito a curva rápido o bastante para me ver porque ela me chama de novo, e desta vez parece tão... rouco, como se eu tivesse rasgado parte dela, como se a estivesse machucando exatamente da forma que ela acabou de me machucar.

E no final da contas não consigo ignorar quando ela chama.

Eu me viro. Rápido. Rápido demais. O gelo desliza debaixo do meu calcanhar, as lascas de pedra se espalham em um arco ameaçador, então o mundo se inclina para a esquerda. Vejo uma fatia angular dos olhos arregalados de Celine antes que o ar seja sugado de dentro de mim e a gravidade leve a melhor. A lateral direita do meu corpo desaba forte no chão congelado, então *quica* de alguma forma e vai em frente.

Sim, eu saio rolando pela porra da colina.

Em algum lugar do meu subconsciente, meu TOC sussurra: *eu te avisei.*

CAPÍTULO DEZESSETE

BRAD
Sabe aqueles filmes de guerra artísticos em que eles deixam a terra acertar a câmera e se revirar bastante, então as cenas deixam você tonto? Acontece que rolar colina abaixo é bem assim, só que mais veloz e bem mais doloroso. Caio bem na base da colina, meio como um boneco de pano no sentido que meu corpo sacoleja ao redor sem nenhuma contribuição da minha parte, mas também nada como um boneco de pano porque tenho ossos e eles NÃO ESTÃO FELIZES.

— Brad! — Celine parece bem chateada, então me permito dois segundos para me fragmentar em mil pedaços de agonia física, então tento levantar a cabeça.

Para a minha sorte, funciona. Também provoca uma dor de cabeça lancinante que faz minha vista ficar turva, mas não vou pensar nisso porque no momento em que o fizer...

Ai meu Deus. Vamos morrer. Vamos perder a visão. Já estamos mortos. Está tudo funcionando ainda? SOMOS FANTASMAS?

Ah. Bem na hora.

Pisco algumas vezes e volto a enxergar, mesmo que seja doloroso. Ah, droga, cadê meus óculos? Eram tão legais. E tão caros. A mamãe vai me matar.

Merda. Rolei colina abaixo. *A mamãe vai me matar.*

Espera. Foco. O que estávamos fazendo mesmo? Ah sim. Olho para cima bem, bem devagar e estreito os olhos para a figura difusa de Celine, que está descendo com cuidado a mesma colina traiçoeira que tentou tirar a minha vida.

— PARA — ordeno, mas tem algo muito errado comigo porque a minha voz está fraca e rouca e meu corpo dói como se alguém tivesse enfiado uma faca nas minhas costelas.

Estou enjoado. Nunca senti tanta dor assim. Faço uma anotação mental da sensação caso precise usar para um livro — meu protagonista é definitivamente do tipo que é esfaqueado com frequência.

Enquanto isso, Celine grita de volta:

— NÃO.

E continua a flertar com a morte como uma idiota. Agora tenho que observar cada passo que ela dá, do contrário, ela pode cair e morrer enquanto não estou olhando. Espero que ela esteja satisfeita.

Lembro com pesar que *eu* não estou satisfeito porque ela não quer o mesmo que eu e agora sinto dor por dentro e por fora. Que aventura emocionante é a vida, e por "aventura emocionante" quero dizer que é uma merda.

— Brad? — Desta vez não é Celine quem me chama, mas alguém que parece assustadoramente com Holly, se Holly fosse menos totalmente monótona, para variar.

Não consigo determinar quem é de fato porque a pessoa está do meu lado direito e Celine, do esquerdo, e não consigo tirar os olhos dela. Celine pode cair se eu não estiver olhando. Então vou olhar.

— Brad, está me ouvindo? — pergunta com urgência a não Holly.

— Aham?

— Consegue virar a cabeça?

— Aham.

Há uma pausa.

— Bem, então vire a cabeça — declara a provável-Holly.

A voz é mais familiar quando está irritada.

— Não — recuso. — Estou ocupado.

Mais passos e sinto outro corpo ao meu lado.

— O que aconteceu? — dispara Rebecca.

— Ele caiu! — explica Celine.

— Ele consegue mexer a cabeça? Brad, consegue mexer a cabeça para mim?

— Já, já.

— Consegue se sentar?

Bem, dã. Só que quando faço isso, é menos se sentar e mais se arrastar. Meu corpo de repente pesa uma tonelada em comparação aos meus braços, que estão fracos e moles. Meus pulmões doem. Ou... algo dói? Não sei identificar o que dói, talvez tudo. Estou morrendo? E se quebrei as costelas e uma delas perfurou meu pulmão e estou literalmente me afogando no próprio sangue agora mesmo e depois que eu morrer meus pais receberem minhas cartas de admissão no verão e lembrarem de mim para sempre como um *mentiroso* dissimulado...

Seja lá o que eu tenha feito comigo mesmo, a dor é uma excelente ferramenta para focar no presente porque percebo o ritmo muito acelerado da minha respiração pela intensidade da dor. *Não devo temer*, lembro a mim mesmo. O medo é a pequena morte que... que traz... Não consigo me lembrar do resto. Minha cabeça está ocupada demais girando.

— Brad — diz Celine com a voz trêmula.

Ela enfim desceu o precipício todo. Está do meu lado.

— Oi — respondo porque falar parece uma ótima distração das atuais tentativas do meu cérebro de devorar a si mesmo. — Tem certeza de que quer terminar? Realmente não acho que a gente devia fazer isso.

— Ah, Brad.

Droga. Ela está chorando.

Alguém me dá um soco nas costelas com um punho de concreto.

— *Ai* — reclamo.

A lateral do meu corpo queima. E dói. E queima.

— Chama uma ambulância — orienta Zion.

— Quê? Não. — *Agora* viro a cabeça. Como pensei, Holly e Rebecca estão lá, com Zion chegando (mas já sugerindo coisas terríveis?) e um monte de campistas pairando atrás deles ao longe. Vejo Raj esfregando as mãos pelo cabelo com *muita* força. Ele tem sorte de ter tanto cabelo ou correria o risco de ficar careca. Às vezes me preocupo com ficar careca, mas o papai ainda tem cabelo, então é provável que eu esteja seguro. Óbvio que a linha do couro cabeludo dele *é* um tanto questionável, não que alguém perceba considerando que mantém o cabelo bem curto. Talvez eu faça isso. Mas acho que a Celine gosta do meu cabelo comprido. Eu me viro para ela. — Você gosta do meu cabelo?

Ela morde o lábio enquanto responde:

— Me desculpa me desculpa me desculpa me desc...

— Ei — interrompo, levando a mão até a boca dela. — Você vai se machucar.

— Serviço ambulatório, por favor — diz Zion, lembrando-me que ele está fazendo algo bobo.

Ele está com uma expressão séria incomum enquanto fala ao celular, mas tudo bem porque vou impedi-lo.

— Não. Nãããão. Tenho que terminar a expedição. — Preciso da bolsa de estudos. Se eu dividir um banheiro com alguém como o Mason é provável que eu acabe o matando. Mas por alguma razão não consigo encontrar um jeito de explicar tudo isso, então em vez disso digo com dificuldade: — Vou... ser escritor.

— Brad, cala a boca — responde Holly.

A ambulância chega depois de não-sei-quanto-tempo. E no momento estou me sentindo bem melhor (fisicamente) e tudo é muito constrangedor. Uma paramédica bacana me cutuca em várias partes do corpo antes de me declarar Ainda Vivo. Celine me aperta todo como se fosse uma viúva de guerra, o que está começando a me irritar porque de vez em quando meu cérebro tenta dizer *"viu, ela se importa com você!"*, mas então lembro que ela se importa comigo *até certo ponto*. Que, enquanto pensei que estávamos mais próximos do que nunca, ela estava... farta de mim? Nem sei, mas isto dói mais do que as minhas costelas.

Então alguém me ajuda a cambalear até a ambulância e acontece que, não, eu estava errado... Com certeza tudo ainda está doendo.

— Eu devia ir com ele — observa Celine, não como se ela estivesse pedindo, mas como se fosse evidente, sério, então é melhor que Holly e Rebecca se afastem antes que ela as obrigue.

Só que pela primeira vez sua confiança infinita não funciona porque Zion responde:

— Só uma pessoa pode ir com ele na ambulância...

— Sim — responde Celine entre dentes. — Eu.

— E será eu — continua Zion — porque eu sou o adulto responsável aqui.

Celine ri na cara dele.

— Escuta. Vou com ele de um jeito ou de outro. Não sei como explicar de outro modo.

E não sei o que ela está tramando, mas do jeito que as coisas vão, ela vai perder todos os pontos da matriz do PAB e...

Espera.

— Consegue ficar firme, amigo? — pergunta a paramédica enquanto me ajuda a entrar na ambulância.

Não respondo. Estou ocupado demais pensando: Celine quer ir embora? Comigo? Agora? Ela deve ter se esquecido.

— Celine — falo alto o bastante para fazer minha cabeça doer. Não consigo vê-la; ela está atrás de mim e não olho para trás porque mexer os olhos agora não é muito divertido. Mas há uma pausa na discussão entre ela e os supervisores. — Não venha comigo. — Ela não pode desistir agora. Está quase na metade da expedição. Ela tem que conseguir a bolsa de estudos. Se eu não posso, ela tem que conseguir. Acho que digo isso a ela. — Celine — repito quando ela não responde. — Não...

— Tudo bem — retruca com a voz áspera. — Certo. Tudo bem.

* * *

Da última vez que estive em um hospital, da única vez na verdade, eles removeram as minhas amígdalas. Desta vez, eles colocam curativos no meu corpo todo, me dão remédios e dizem que estou sob observação. Uma enfermeira mais velha com um sotaque de Glasgow que mal compreendo me diz que sou um garoto de muita sorte porque não quebrei osso nenhum. *Eu* consideraria uma fratura nas costelas como algo quebrado, mas tudo bem, acho? É difícil me importar muito com detalhes quando se está atolado na fossa da desolação, o que é bem difícil de se fazer quando colocaram você em uma ala pediátrica pintada com um amarelo-vivo porque ainda tem 17 anos, mas consigo fazer isso mesmo assim.

— Já está com vontade de comer? — pergunta Zion. Ele tem perguntado a mesma coisa de dez em dez minutos pelas últimas muitas horas.

— Não — murmuro.

Estou triste demais para comer. Além disso, estou muito enjoado. Mas na maior parte é só tristeza.

— Tem geleia — comenta ele, tentando soar convincente.

— Não. — Olho nos olhos dele. — Obrigado.

Ele suspira. Seus dreadlocks balançam com pesar.

Primeiro, Celine não me quer, e agora não vou conseguir a bolsa de estudos. A primeira parte parece ter arrancado meu coração e a segunda preenche o buraco que restou com uma raiva ardente, mas impotente. *Por que* eu tinha que cair maldita colina abaixo? E fugindo de Celine, ainda por cima. Estou furioso comigo mesmo. Na verdade, estou tão ocupado olhando feio para os lençóis brancos enrugados do hospital que demoro vários segundos para perceber a minha própria mãe entrando na ala. Quando percebo a presença dela, o papai já a seguiu para dentro. Então surge, para o horror geral da nação, Mason. Simples assim, três quartos da minha família imediata passam pelas outras camas da ala e cercam a minha em um casulo de perguntas altas demais e uma preocupação não totalmente indesejada. Alguém fecha as cortinas ao redor de todos nós e começa:

— Meu menino! — lamenta a mamãe. — O que *aconteceu*?

— Olha só você! — comenta o papai, horrorizado. — Tem alguém cuidando do meu filho? — Ele olha ao redor como se uma enfermeira pudesse sair debaixo da cama. — Olá?

Ele está usando terno debaixo do casaco de lã. A mamãe está usando (ai, Deus) roupas cirúrgicas debaixo do dela.

— Vocês vieram direto do trabalho? — pergunto com urgência.

— Óbvio que viemos! — responde a minha mãe, revoltada. — Nenhum filho meu vai sofrer sozinho em um país estrangeiro!

— Mãe — comenta Mason, suspirando —, é a *Escócia*.

Percebo, mesmo com minha visão mais-embaçada-que-o-normal, que ele está usando o uniforme da Academia Forest.

— Você saiu do *treino* por minha causa?

— *Óbvio* que não. — Mason bufa.

Ao mesmo tempo o papai diz:

— Não, ele faltou ao treino. Aliás, sua irmã queria que fizéssemos uma chamada de vídeo com você quando chegássemos, mas...

— Falei que provavelmente não era uma boa ideia — finaliza a mamãe. — Você teve uma concussão. — Ela faz uma pausa, então repete como se redescobrisse uma nova onda de pavor: — Uma *concussão!*

Zion escolhe este momento para se levantar e intervir.

— Sr. e sra. Graeme, olá, conversamos pelo telefone.

— Ah! — Meu pai encontrou alguém a quem questionar. — O que aconteceu aqui, então? Como ele caiu? Bradley não é descuidado. Ele é bem cuidadoso no geral. Então não estou muito certo...

Eu me desligo da conversa. É bastante fácil. Tenho muito no que pensar, como me preocupar se estou com algum dente solto.

Quando volto a prestar atenção, Zion fugiu, e Mason está comendo a minha geleia.

— Ei — chamo. — Isso é meu.

— Então vem pegar.

Eu iria, mas há uma semente minúscula de preocupação no meu subconsciente relacionada à possibilidade de haver um dano pequenino, mas potencialmente letal na minha coluna que passou despercebido pelos médicos, mas que eu posso piorar se me mexer muito e não quero dar munição para tal preocupação. Ergui um escudo emergencial na cabeça para que todos os pensamentos indesejados ricocheteiem nele, mas este tipo de coisa não pode durar para sempre e não tenho energia para focar no presente nem cuidar de mim mesmo ou do que queira chamar. Estou exausto.

— Para de perturbar o seu irmão — ordena a mamãe, e Mason bufa.

— Como está se sentindo, filhote? — pergunta meu pai.

Há sulcos profundos ao redor de sua boca e é bem possível que seu cabelo tenha ficado ainda mais branco desde a última vez que o vi. Minha culpa. A expressão da mamãe está tensa também, os olhos sombreados por trás dos óculos enquanto faz muito esforço para sorrir. Sei que estão preocupados comigo, mas a resposta sincera é que me sinto muito vil em todos os sentidos da palavra e aposto que vou me sentir assim por muito, muito tempo.

Então qual o sentido de medir as palavras? Sabe o que se ganha ao tentar manter as pessoas confortáveis? Um coração partido.

— Estou péssimo. Não terminei a expedição, não vou conseguir a bolsa de estudos e... — Não posso falar nada sobre a Celine. Não vou falar. Engulo as palavras como se fossem cacos de vidro. — Estou com dor na costela, dor de cabeça e machuquei meu quadril bem feio e está nojento e eu... — Estou prestes a dizer algo que talvez não devesse, embora queira desesperadamente porque por que não, caramba? — Não vou cursar Direito.

Há uma pausa longa. Então meu pai pergunta:

— Acho que não entendi

Tento respirar fundo e levanto a cabeça. Olho para o rosto dele. A incompreensão da mamãe. De volta para o papai.

— Não vou cursar Direito. Em outubro. Eu fiz uma coisa.

Há outra pausa. Então meu irmão ri.

— Ai meu Deus. O que você fez?

Ergo o queixo e respondo com firmeza:

— Me inscrevi para estudar outra coisa.

O meu pai parece estar congelado. A minha mãe pergunta com cuidado:

— Para estudar o quê, querido?

— Hum. Letras.

O papai segue congelado. Estou levemente (enormemente) preocupado. Mason está gargalhando tanto que está apertando a barriga como em um desenho animado, e até largou minha geleia.

— Quê? *Por quê?*

— Você... você nem está fazendo aula de linguística na escola agora — mamãe contesta.

— Eu sei, mas minhas notas são boas e minha declaração pessoal é incrível.

Foi como Celine chamou. *Incrível.*

Ai. Não vamos pensar na Celine.

— Quê? — papai diz enfim, a voz carregada de descrença. — Mas... Quando... você me disse que tinha... Por que faria isso? — Ele se inclina para a frente, coloca a mão na minha testa como se para checar a temperatura. — Você está bem? — Ele está analisando meu corpo como se fosse encontrar um crachá que diz TEMPORARIAMENTE CONFUSO, NÃO ACREDITE EM NADA QUE ESTA PESSOA DISSER. Talvez ele encontre um porque começa a rir de nervoso. — Óbvio. Você bateu a cabeça, filho. Está tudo...

— Não estou delirando, pai. — Tento revirar os olhos e descubro do pior jeito que esta *não* é uma boa ideia. — Ai.

— SERÁ QUE ALGUÉM PODE TRAZER MAIS ANALGÉSICO PARA O MEU FILHO, POR FAVOR? — Papai fala mais alto quando está em pânico.

Uma enfermeira usando um hijab rosa e com um olhar sério enfia a cabeça entre as cortinas e basicamente o fuzila com os olhos.

— Senhor. Há crianças dormindo.

Papai pigarreia.

— Certo. Desculpe.

A enfermeira amolece.

— Vou ver o que podemos fazer. — E desaparece em seguida.

— Por que você quer estudar... outra coisa? — pergunta meu pai com urgência assim que ela some. — É porque... Está se sentindo muito pressionado? Fiquei preocupado de isso acontecer. Não deveria se sentir assim. Você pode fazer qualquer coisa, Brad, qualquer coisa mesmo...

Sei que posso porque foi assim que ele me criou.

— Como Letras? — sugiro.

Papai está perplexo.

— Você ama Direito! Estava tão animado...

— Não, ele não estava, pai — interrompe Mason, o tédio escorrendo em cada palavra. — *Você* estava animado. Brad não estava nem aí.

Fico sem reação, olhando meu irmão com espanto.

Ele faz careta e se mexe na cadeira, inibido.

— Que foi? Você não é discreto.

Não sei o que dizer além de...

— Obrigado?

Mason está abismado.

— Não estou, tipo, te ajudando. Só fico feliz de não ser a única decepção da família.

Meus pais se sobressaltam com isso, como se tivessem sido eletrocutados.

— Como é que é? — mamãe retruca, exigente. — Mason Ashley Graeme, você não é uma decepção. Nunca mais quero ouvir você dizendo isso.

— Aham, beleza. — Mason bufa. — Admitam. Vocês querem que a gente seja como a Emily. Querem que a gente seja como vocês. Mas não sou um gênio...

— Mase — interrompo. — Você é um gênio do *futebol*. Isso é tão bom quanto. Sabe disso, não sabe?

Ele hesita, manchinhas vermelhas surgindo em seu pescoço.

— Bem. Tanto faz. — Sua careta retorna, mas não é mais tão séria. Mason se vira para os nossos pais. — A questão é: eu não gosto de estudar, e o Brad *é* um gênio, mas ele nem dá a mínima. Então vocês dois que superem.

Papai ergue as mãos, a testa franzida em confusão.

— Meninos. De onde veio isso? Sabem que não nos importamos com o que fizerem na vida. Só queremos que sejam felizes.

— Então por que querem que eu estude se vou ser jogador de futebol? — Mason dispara.

— Porque se sua perna cair, você vai precisar ter uma formação decente, Mason! — responde mamãe, exasperada. — O que você acha? Só queremos o melhor para vocês.

— E por que ficou tão chateado — pergunto ao meu pai — quando falei que não quero estudar Direito?

Papai fica boquiaberto por muitos segundos antes de responder:

— Eu... eu... Você me pegou de surpresa. Não entendo. Pensei... — Ele parece tão triste por um momento que meio que me sinto mal. Mas então ele se recompõe e balança a cabeça. — Não importa o que pensei. Me desculpe, vocês dois, se fizemos vocês sentirem que não podem... viver as vidas que querem viver. — Ele olha para mim. — Pensei que você fosse apaixonado por Direito, Brad. Achei que só precisava de apoio. Não percebi que não era algo que queria de verdade.

Para ser justo, nunca contei isso a ele. Toda a tensão presa nas minhas entranhas se desfaz, deixando alívio e um pouco de culpa no lugar.

— Me desculpa — digo, porque é verdade. Ele é meu pai. E presumi que ele fosse, o que, me trancar dentro de casa e insistir que eu só poderia seguir o caminho que ele escolheu? Toda a preocupação, as coisas feitas às escondidas, parecem muito desproporcionais agora. — Não queria te decepcionar.

Eu levei um tempo para acreditar que poderia seguir carreira na escrita. Outras pessoas acreditarem em mim parecia ser pedir demais.

Você pediu a Celine.

Pare de pensar nela.

— Letras, hein? — murmura meu pai depois de um tempo. Sua voz está incerta, mas ele parece determinado, e a mamãe sorri para nós dois de forma encorajadora. — Então esse curso é para quê?

Engulo o meu constrangimento e admito:

— Eu quero... hã... escrever livros?

Mason cai na gargalhada. Mal me importo.

* * *

CELINE

Depois que a ambulância se afasta levando Brad, envio mil variações de ME DESCULPA NÃO QUIS DIZER AQUILO VOCÊ ESTÁ BEM PODEMOS CONVERSAR. Então encontro o celular dele vibrando na grama alta na base da colina onde ele se estabacou e caio na real.

Ele está machucado. Ele foi embora. E eu estraguei tudo, mesmo antes do acidente acontecer.

Brad não quis que eu fosse com ele.

Considerando que não tenho nada melhor para fazer, me forço a completar a expedição do dia. Pensar na bolsa de estudos deveria me motivar, mas toda vez que penso nisso, imagino ficar cara a cara com o meu pai no Baile dos Exploradores no sábado e em vez de me sentir vitoriosa, me sinto diminuída. Brad teria estado lá para me apoiar. Duvido que agora fará isso.

Minha performance PAB não apresenta nenhum brilho ou sofisticação. Não encontro nenhuma Bússola de Ouro. Não rio com Sophie e Aurora na barraca. Todo mundo passa por mim como se meu cachorro tivesse acabado de morrer. Fico feliz porque é algo irritante e se eu não estivesse irritada, estaria chorando.

Finalizamos a expedição em Glen Finglas na quarta à noite e nos enfiamos no ônibus na quinta de manhã, e sei que estou sendo a maior drama queen, mas me sinto sozinha nos últimos bancos para não afetar a felicidade dos outros com meu humor desagradável e cinzento. Isto me dá muito tempo para ficar olhando pela janela e remoendo meus próprios pecados.

Preciso consertar as coisas. Tenho que consertar tudo, e ainda que meu orgulho e sistema nervoso queiram se manter afastados, já basta de mimá-los. Ou encaro meus sentimentos, ou não. Ou tento, tento *mesmo*, superar tudo o que meu pai nos fez passar, ou passo o resto da vida vivendo à sombra dele. Sei o que quero fazer. E sou Celine Bangura, caramba, então não tenho desculpa para não fazer isso.

É o que digo a mim mesma, de novo e de novo, enquanto saio do ônibus na frente de Sherwood. A mamãe está me esperando ao lado do Corsa estacionado mais adiante na rua, embrulhada em um casaco azul vívido, com os braços cruzados para amenizar o frio. Ela me vê e acena, o rosto se iluminando todo com um sorriso grande e acolhedor, e sinto o peito apertar.

Ao meu lado, Aurora sussurra:

— Celine, você está bem?

— Sim — respondo, arfando.

— Você está *chorando*?

— Não seja ridícula. Te mando mensagem mais tarde. — Então corro para longe antes que mais alguém perceba o verdadeiro oceano escorrendo pelas minhas bochechas.

A mamãe não está usando óculos, então não percebe a minha expressão até eu estar a trinta centímetros de distância e me jogando nos braços dela.

— Celine? — chama, a incompreensão abafada pelo meu cabelo, uma vibração reconfortante passando por todo o meu corpo tenso. — Querida? O que houve?

— *Nada* — respondo com um soluço.

— Ah, meu bem. Vem aqui, me dá sua mochila. Entra no carro. — A mamãe me orienta a completar ações básicas como se eu tivesse cinco anos de novo e me enfia no banco do carona.

Então se senta no banco do motorista, pega os óculos do painel e me olha como se a pista para o meu tormento interno pudesse estar tatuada no meu rosto. Spoiler: não está.

— Isso é por causa do Bradley? — pergunta ela.

Eu sinceramente preferiria morrer a dizer que sim, porque isso significaria admitir para a minha mãe que tenho uma conexão romântica com outra pessoa humana, e considerando que eu não consegui admitir isto nem para a pessoa em questão, evidentemente ainda não cheguei a esse ponto.

O celular do Brad está pesando meu bolso, vibrando com uma mensagem que provavelmente é do Jordan.

— Ele está bem — informa a mamãe. — Já voltou para casa e está descansando. Só umas costelas fraturadas, arranhões e uma pequena concussão. Maria disse que ele vai estar novinho em folha...

Essa notícia me faz sentir um quarto melhor. Um dos elos na corrente de ansiedade anteriormente conhecida como a minha coluna vertebral relaxa.

—... a tempo da festa no fim de semana.

Eeeeeee isso me faz sentir pior. Porque Brad pode estar no baile, mas não vai querer me ver. E eu não quero ver meu pai. E eu deveria estar tão feliz agora porque consegui: sou uma Exploradora Breakspeare, conseguindo a bolsa de estudos ou não. Tenho o selo de aprovação de Katharine Breakspeare e a chance de fazer networking até não poder mais em um vestido fabuloso que Michaela intitulou oficialmente de *cristalzinho sem defeitos*. Alcancei vários passos no meu quadro Degraus do Sucesso, só que não dou a mínima porque também ferrei tudo de maneira monumental.

É possível que eu esteja chorando de novo.

— Celine —minha mãe murmura preocupada. — Qual o problema? Fala comigo. Você vai me causar um infarto. Olha como meu coração está. — Ela pega minha mão murcha e a pressiona no próprio peito, como se eu pudesse sentir algo por cima das muitas camadas de roupas de inverno. — Viu? Você está matando a sua mãe.

— Me desculpa — respondo com dificuldade.

— Não seja boba. Anda, agora me diz o que aconteceu. Essa vaga é só para desembarque e já estou vendo um guarda ali na frente. — Ela estreita os olhos para um homem em uma jaqueta fluorescente a vários carros de distância.

Meu Deus, estou sendo ridícula. Respiro fundo por algumas vezes e me recomponho, levando os joelhos ao peito.

— Ah não! — reclama a mamãe. — Nada de sapatos no meu estofamento, Celine!

— É sério isso? Eu estou *chorando*.

— E eu vou chorar se você manchar meu banco. Tire os sapatos.

Descalço as botas, chutando-as para o tapete do carro com muito esforço e volto à minha postura desolada. Minha mãe faz um som satisfeito, dá partida no motor e acelera com um som de vitória enquanto o guarda se aproxima.

Minha confissão é feita para a superfície lisa e plástica do porta-luvas.

— Vi o papai.

Há uma pausa de revirar o estômago antes que ela responda.

— Em uma floresta escocesa? Em um dia útil? Ele está passando por uma crise de meia idade?

Sei que ela está tentando me fazer rir, então tento exibir um sorriso.

— Não. Foi antes do Natal. A empresa dele... — *Diga. Pare de guardar tudo para si mesma para se proteger e comece a compartilhar as coisas e fazer o que é certo para outras pessoas.* — A empresa dele é uma das patrocinadoras do PAB. Ele estava em uma reunião com a Katharine e nos esbarramos. Ele provavelmente estará no baile. Me desculpa... Me desculpa por não ter contado antes. Eu não queria te causar nenhum estresse. — Mas esta não é toda a verdade. Suspirando, adiciono: — Eu não queria te contar porque o meu plano original era usar meu sucesso para torturar ele no Baile de Exploradores e pensei que talvez você achasse o plano um tanto desequilibrado e ficasse decepcionada comigo. — Minha voz vai ficando mais e mais baixa na medida que a frase prossegue, mas pelo menos consigo falar tudo.

O mundo não explode, não me encolho para dentro de um buraco de constrangimento e a mamãe não me recrimina por ser uma tola.

Outro elo da corrente de ansiedade relaxa um pouco.

Mamãe exala com suavidade, então estica o braço e segura minha mão.

— Sinto muito. Deve ser a primeira vez que você o vê em...

— Anos — completo.

— O que ele disse?

É constrangedor admitir, mesmo para a minha mãe, que ele basicamente não disse nada. Que, mesmo diante da própria filha, ele ainda não ficou tocado o suficiente para se desculpar ou tentar se redimir. Que ele não tentou entrar em contato depois, que ele saiu correndo assim que pôde e não olhou para trás. De novo.

Sinto a garganta apertada.

— Ah — murmura a mamãe.

— Está brava comigo? Por... esconder isso de você?

Ela vira o rosto e me olha por tanto tempo que fico levemente preocupada de cruzarmos um sinal vermelho. Depois de um momento, ela responde:

— Fiz um desserviço a vocês ao escolher seu pai. Eu devia ter escolhido um homem que sempre cumpriria seu dever. Não era para vocês sentirem nada disso.

Sem pensar duas vezes, eu protesto:

— Não. Não foi culpa sua, mãe. O comportamento dele é escolha dele. Você não pode controlar outras pessoas.

Ela sorri ao checar o retrovisor.

— Hum. É difícil lembrar disso às vezes.

— É — sussurro. — Eu sei.

Porque mesmo enquanto eu dizia as palavras, sabia como estava sendo hipócrita. Sei que meu pai desaparecer por completo não tem nada a ver comigo enquanto pessoa, mas a mágoa ainda está lá.

— O que você sente a respeito do seu pai — minha mãe prossegue — e a forma como escolhe lidar com isso... Não posso ditar isso. Não está acontecendo comigo. Não da mesma forma. Então fico triste por não ter me contado, Celine, e fico triste por ter passado por isso sozinha, mas fico feliz que esteja me contando agora.

Estou com o peito apertado porque a verdade é que não estava sozinha. Eu tinha Brad, e ele não me deixaria sozinha nem por um segundo, mas ainda assim tentei largá-lo primeiro.

— Venho pensando em uma coisa.

— Sim?

— O que acha de, tipo... terapia e coisa assim? Para mim, quer dizer? Pesquisei um pouco — acrescento depressa — e não precisa ser caro.

É incrível o quanto se pode aprender fazendo uma pesquisa no Google sentada nos fundos de um ônibus. Há todos os tipos de opções e uma delas tem que ajudar porque estou cansada de ser assim: ansiosa e assustada.

— Se é o que quer — mamãe devagar responde —, pode ser uma boa ideia. E acredite ou não, Celine — adiciona secamente —, temos dinheiro para coisas importantes. Não estamos totalmente desamparadas.

Me sinto corar.

— Eu sei.

— Ou mesmo remotamente desamparadas.

— Eu *sei*...

— Que bom. Maria me aconselhou a terapia anos atrás, para vocês duas. — Ela mordisca o lábio. — Não achei que fosse necessário. Vocês pareciam... bem. Sua irmã estava com raiva, sim, mas presumi que fosse normal. Acho que foi imprudente da minha parte. O que é normal? O que é estar bem? Não sei. — Ela suspira, então dá de ombros. — Vamos dar um jeito, querida. Se é isso que quer, vamos dar um jeito.

Respiro fundo, e quando meus pulmões se expandem, meus ombros se erguem, mais relaxados do que pensei que ficariam.

— Obrigada, mãe.

Ela dá um tapinha no meu joelho e passa a marcha.

— Você disse que seu pai vai estar no baile?

— Talvez. Pode ser que esteja. Desculpa. — Minha voz vai falhando. Nunca me senti mais colossalmente egoísta na vida. — Não quero que precise ficar no mesmo lugar que ele.

Ela bufa.

— Eu ficaria no mesmo lugar com ele com muita alegria para apoiar você. Mas duvido que ele vá.

Levanto a cabeça de modo brusco.

— Sério?

— Sabe por que seu pai não encontra vocês duas?

Balanço a cabeça.

— Porque tem vergonha de si mesmo. Ele carrega esse fardo da culpa causada exclusivamente pelas escolhas que ele mesmo fez. E a cada dia que ele não é um pai para vocês, que não as trata como deveria, a culpa fica mais pesada, e quando ele as vê e se lembra de vocês, se torna insuportável. O que ele não entende é a diferença entre a dor de curto prazo e de longo prazo. Se ele tivesse lidado com o desconforto anos atrás para fazer a coisa certa por vocês, se tivesse assumido a responsabilidade pelas próprias ações e tentado reparar o erro, a culpa poderia ter ido embora. Em vez disso, ele se condenou a morrer bem devagar sob o peso dela. — Minha mãe dá de ombros como se não tivesse acabado de explodir minha mente e colocado meu pai abaixo do chão. — George sempre foi bom com os livros, mas nunca foi muito esperto. Enquanto aproveito os frutos do meu trabalho com duas filhas maravilhosas, imagino que a pobre família dele esteja presa em uma fanfic de *Mulheres Perfeitas* que existe para proteger seu ego ferido. — Ela me lança um olhar malicioso e divertido. — Quer dizer, é apenas uma teoria. Tenho certeza de que ele está muito, *muito* feliz.

Fico surpresa, a princípio, ao sentir uma risada surgindo. Mas assim que se liberta, parece a coisa mais natural do mundo.

— Se ele sabe que você vai ao baile — mamãe continua —, duvido que vá aparecer. Seria esquisito demais. Um gatilho enorme para sua culpa. E se alguém perceber que você é filha dele e ele não te conhece... bem. Ele é sócio na empresa agora, não é? Há padrões de comportamento a serem mantidos. Duvido de que o fato de ele ter abandonado você e Giselle seja de conhecimento geral, e tenho certeza de que ele quer que assim permaneça.

Tudo isso faz sentido e infla uma leve ira, mas, mais do que isso, me deixa satisfeita. Sempre pensei que fosse meu dever fazer meu pai sentir o peso do que havia feito. Nunca me ocorreu que já estivesse sofrendo.

Sei que sou boa em dar um chega para lá nos meus sentimentos, em deixar que infeccionem dentro de mim. Talvez eu tenha a quem puxar.

O que só aumentar minha determinação em acabar com isso.

— Mas se isso deixa você ansiosa, pensar que ele pode aparecer lá, não se preocupe. Vou dizer a ele para não ir.

Fico boquiaberta.

— Como... como sequer falaria com ele?

Mamãe dá de ombros e sinaliza para fazer a curva, despreocupada.

— Vou até a casa dele, chuto a porta e mando que ele fique longe da noite especial do meu bebê ou vou descer o cace... — Ela pausa e recomeça. — Vou motivá-lo, querida. Não se preocupe.

Me acabo de rir. Minha mãe ri também, e por um momento estou livre, leve e convicta de que ela faria mesmo aquilo se eu quisesse. Ela me apoia em qualquer circunstância, e Giselle também, e não passo tempo o bastante pensando em como tenho sorte de ter a família que tenho. São audaciosas com seu amor, e é assim que quero ser. Não temer meus próprios sentimentos, mas ser instigada por eles. Quero viver minha vida com orgulho e de forma tão descarada quanto Neneh Bangura.

Afinal, sou filha da minha mãe.

* * *

QUINTA-FEIRA, 20h54

Celine: você tava certa, aliás

Giselle✨: sempre tô

Giselle✨: mas sobre o quê?

Giselle✨: ????

CAPÍTULO DEZOITO

BRAD

Recuperar-se de uma concussão é tão divertido quanto ficar assistir tinta secar. Sorte a minha ter uma desilusão amorosa ocupando o cérebro para animar um pouco as coisas. Quando chegamos em casa, mamãe guarda todas as minhas coisas (com exceção do meu celular, que perdi, tentando não pensar nisso porque *que merda*), e arruma a cama ao meu redor de um jeito bem-organizado e compacto como fazia quando eu era criança. Peço a ela para fazer isso de novo porque gosto muito.

Mas quando chega a sexta à tarde, porém, nem o lance da cama está me deixando menos inquieto. Lanço um olhar feio para a sombra no meu edredom, a mesma sombra que observei se mover ao longo do dia com a mudança da posição do sol, e grito:

— Mãe!

Alguns minutos depois, ela abre a porta e enfia a cabeça dentro do quarto, o coque enorme balançando que nem geleia.

— Tudo bem?
— Já posso levantar?

Ela arqueia a sobrancelha e contrai os lábios como se dissesse: *você está testando a minha paciência.*

— Ainda quer ir ao baile amanhã?
— Sim.

Não. Talvez. Celine vai estar lá e não concluí a expedição, então nem sei por que ainda estou convidado, mas também sei que não posso faltar. Estou obcecado nisso. Real. Além do mais, tem um terno roxo que vai ficar lindo em mim.

— Então continue deitado — responde, sumindo em seguida.
— Você está sendo irracional! — grito.
— Bebe o seu refrigerante! — berra ela de volta.

Então a ouço dizer:
— Ah. Oi, Celine!

E meu coração despenca.

Celine.

Aqui.

Droga.

— Oi, Maria — responde ela, a voz mais baixa que o normal.

Ela está do outro lado da porta. Tenho o ímpeto de checar minha aparência, mas então me lembro que não importa e não me importo. Não posso me importar, não se quero que essa dor constante um dia desapareça. Então me encosto nas almofadas supermacias na cama, exalo com força e digo a mim mesmo para relaxar quando ouço a batida à porta do quarto.

— Hum? — pergunto, então estremeço com o tom cortante da minha voz.

— Sou... é a Celine.

Acho que ela ia dizer *sou eu*, da forma como tem feito nos últimos meses. Da forma como fazia quando eu estava bem perto de ser dela.

— Estou com seu celular — continua, como se estivesse negociando, e percebo que ainda não respondi.

— Aham, beleza, entra.

A porta se abre e lá está ela usando uma saia plissada preta e cinza e sua blusa favorita do Metallica. Está segurando um caderno contra o peito como um escudo e se aproxima de mim como se eu fosse dar o bote. Seu delineador, as duas asas de borboleta de novo, está bem marcado. Sua boca é de um rosa-coral turvo.

Pensar na boca de Celine não é uma boa ideia.

— Oi — diz ela.

— Oi.

Celine foca o olhar no meu cabelo por um segundo. Soltei os *twists* porque estou com dor de cabeça, então estão ondulando pelo meu rosto. Se eu fosse esperto, os sacudiria para a frente dos olhos e nunca mais olharia para ela, mas estou tentando ser maduro aqui.

Ela se move para se sentar na cama.

Faço um barulho como um daqueles alarmes negativos em *gameshows*. É evidente que não sou assim tão maduro. Ela ergue o olhar para mim e sei que está se lembrando de quando fui vê-la depois que ela fraturou o pulso, quando ela fez o mesmo comigo. Os olhos dela se iluminam, os lábios se curvam e estou sorrindo de volta antes de me lembrar que ela é o motivo de o meu coração estar doendo tanto.

Deus. É simplesmente impossível não ser amigo da Celine.

Ela vai para o meu lado da cama e se ajoelha.

Fico abismado.

— Celine, qual é, eu estava brincando.

— Estava mesmo? — Ela arqueia a sobrancelha.

— Bem, não, mas mudei de ideia. Levanta.

— Tudo bem. Estou bem aqui — responde ela com pompa — considerando que vou me desculpar.

Rio de nervoso enquanto meu coração dispara no peito como um cachorrinho em um piso de madeira. *Pare com isso. Não é o que você pensa.*

— Você não precisa fazer isso, Cel. Me desculpa por... sabe. — Forço as palavras a saírem porque sou uma pessoa racional, caramba. — Desculpa por você ter me visto ir embora irritado e rolar colina abaixo.

Eu não devia ter feito aquilo. Sempre... concordamos que não era nada sério. — As palavras têm gosto de cinzas, mas preciso dizê-las. — Levanta. Está tudo bem.

— Não está tudo bem — protesta ela com firmeza, a voz estranhamente séria.

Eu não estava olhando direto para ela porque dói, mas agora estou e há algo vulnerável e solene em seu rosto que não reconheço. Engulo em seco. Sinto um frio na barriga.

— Primeiro — começa ela, enfiando a mão no bolso —, aqui está seu celular.

Óbvio que ela pegou o aparelho. O pânico sutil que tenho sentido desde que perdi o celular desaparece.

— Valeu. Valeu.

Aperto o plástico frio algumas vezes para ter certeza de que está ali. Tem muitas notificações.

Notificações da Celine?

— Segundo — continua ela, capturando minha atenção de volta —, te trouxe uma coisa.

Ela solta o caderno-escudo e o coloca ao meu lado na cama. Eu o pego. Um caderno espiralado com bom tamanho, o que é legal, porque a mera ideia de marcar uma lombada me faz querer vomitar. A capa tem uma estampa simétrica de folhas verde-escuras contra o preto intercaladas com esguichos de lâminas douradas. É bonita. É bem Celine e não quero gostar disso, mas gosto. Só que tem um nome no centro da capa e não é Celine. É Bradley.

— Você não pode usar telas por um tempo, né? Por causa da concussão. Mas sei que está trabalhando no seu livro, então pensei que poderia continuar... E então pensei, sabe, que se escrever à mão, provavelmente não vai voltar tanto para reler. E não pode só jogar fora se não estiver perfeito. Então talvez isso... ajude? — Ela faz uma expressão estranha de eu-não-sei que acho adorável. — Ou talvez seja o exato oposto, não sei, desculpa.

Também não sei e sinceramente não me importo porque minha mente travou no fato de que ela trouxe isso para mim. Ela pensou em mim. No que eu ia querer e no que iria precisar, e então foi lá e mandou fazer para mim porque lógico que ela faria isso, e como diabos eu vou deixar de ser apaixonado por ela se ela continuar sendo atenciosa desse jeito?

— Brad? — sussurra ela.

— Eu... preciso que você pare — murmuro entre dentes.

Ela se encolhe.

— Tudo bem. Desculpa, eu...

Deus, ela parece um cachorrinho machucado e não entende a situação.

— Sei que você queria terminar, mas não posso simplesmente... mudar o que eu sinto por você assim de repente — solto. — Vou tentar, ok? Amizade em primeiro lugar. Prometo. Mas não consigo lidar com você fazendo coisas assim, não vai funcionar. Então preciso que você pare.

Ela exala como uma tromba d'água.

— Mas, Brad, eu não quero que você... Eu devia ter dito... — Ela respira fundo e balança a cabeça. — Deus, isso é tão estranho...

— É, eu que o diga.

Ela aperta os lábios cheios cor-de-rosa, então os abre e as palavras transbordam:

— Desculpa por ter te afastado quando você não merecia. Nem era o que eu queria dizer. Eu menti. Eu não queria terminar. Achei que você quisesse, o que foi provavelmente coisa da minha cabeça porque eu estava preocupada de você perceber o quanto eu queria ficar com você, de verdade, e eu devia ter só concordado quando você me pediu da primeira vez, só que eu não podia porque eu estava com tanto medo de que você fosse... de que a gente fosse... de que não fosse durar — conclui ela, as palavras disparadas como faíscas de uma máquina dando pane.

Meu coração está mergulhado em uma pilha de descrença e alívio. Deslívio.

— Celine.

— Me desculpa!

— Você está falando sério?

— Me *desculpa*!

— EU ROLEI DE UM PRECIPÍCIO!

Ela se encolhe.

— Era uma colina. E tecnicamente não foi min...

— CELINE!

— Tudo bem, sim, desculpa!

Deus, eu amo essa garota.

— Você... você... — Acho que tem outra dor de cabeça vindo aí.

— Acha que só você tem medo das coisas?

— Não — murmura ela, abaixando os olhos. — Não.

— Eu também não quero que a gente termine! Não quero que você vá para Cambridge e seja monitora de um milionário gostoso com músculos perfeitos que pratica remo e se apaixone por ele e volte para casa no Natal e me diga que não está dando certo, mas que a gente ainda pode ser amigo e então se case com ele e vocês viajem pelo mundo juntos salvando as pessoas do capitalismo!

Agora Celine está me encarando de olhos arregalados.

— Hum. Você pensou muito nisso?

Estou respirando com dificuldade.

— Não — respondo, me enrolando nos cobertores. — Não. Só uma quantidade normal de vezes. O ponto é que quero arriscar porque quero você. E confio em você. E você vale a pena! Entende? Você vale a pena para mim.

E eu realmente não tinha a intenção de basicamente abrir meu coração para ela assim. Vou colocar a culpa na concussão. Ao menos não falei a palavra com "a".

A mão de Celine toca a minha, a que está apertando o edredom com força. Ela força a minha mão a se abrir e entrelaça nossos dedos. E me olha nos olhos quando diz:

— Você também vale a pena para mim.

Eu me sinto como o maior babaca do mundo.

— Não, entendo por que se preocupa com essas coisas, Cel. E não quero te pressionar. Então se a gente não puder fazer isso agora, está...

— Brad. Já te falei uma vez que eu ia parar de evitar meus sentimentos. Na época eu menti. Mas agora estou falando sério. *Você vale a pena para mim*. E eu... hum... — A boca dela está se mexendo, mas a voz ficou baixa demais e não consigo ouvir.

Olho para ela.

— Quê?

— Eu... — A voz dela é cortada de novo, como se estivesse do outro lado da linha enquanto passa dentro de um túnel e não ajoelhada bem na minha frente.

— Celine, não consigo te ouvir.

— Que droga — murmura ela, divertida. — Quem sabe outra hora. Quer dar uns beijos?

— Sim. — Coloco a mão no ombro dela quando ela se inclina para a frente. — Depois que você falar mais alto.

Ela faz uma careta catastrófica.

— Ai meu Deus. Tudo bem. EU TE AMO, ok?

O ar escapa dos meus pulmões. Olho para ela em choque. No plano para o nosso futuro que elaborei literalmente há dois segundos, não vislumbrei a Celine dizendo que me amava até um momento muito emocionante como o nascimento do nosso primeiro filho daqui a mais ou menos quinze anos. Isso está muito precoce. Estou pasmo. Ela me encara com a mandíbula tensa e estreitando os olhos como se me desafiasse a falar alguma coisa a respeito. Estou prestes a fazer isso, especificamente algo como *isso é perfeito, sua tonta, porque eu também te amo*, quando alguém pigarreia e bate à porta aberta do quarto.

Nós dois viramos o rosto e vemos meu pai parado ali com uma bandeja na mão, se esforçando bastante para conter um sorriso que seria possível avistar do espaço de qualquer forma.

— Hã, olá. Fiz muffins. — Ele levanta a bandeja. — Alguém quer...

Bem devagar Celine desliza para o chão e enfia a cabeça debaixo do meu edredom.

Faço muito esforço para não rir alto demais. Tenho a impressão de que ela já está se sentindo humilhada o bastante.

— Certo, então — continua meu pai. — Vou deixar os muffins lá embaixo.

Lembro o que o papai disse sobre Celine e eu antes, como não era uma boa ideia, como era pressão demais. Se ele ainda pensa assim, bem, não muda absolutamente nada, porque decidi que as ressalvas de ninguém, incluindo as minhas, vão me impedir de ir atrás do que quero. A escrita é o caminho para mim e sou eu que faço essa escolha. A Celine é a pessoa para mim e estamos fazendo a escolha juntos. Se der errado, qualquer parte, consigo lidar com isso.

Confio em mim mesmo para lidar com qualquer desfecho. Porque de que adianta acreditar na visão de qualquer pessoa se eu não acreditar na minha própria?

Ainda assim, meu coração faz uma dancinha feliz quando o olhar do meu pai encontra o meu, ele me dá um sorriso arrependido... e faz um joinha para mim, ainda segurando a bandeja.

— Pode pegar alguns quando descer, Celine.

Ele sai e fecha a porta.

— Pode sair agora — aviso.

— Não — responde grunhindo, a voz abafada. — Não, não posso mesmo.

— Então como vou te dizer que eu te amo também?

Com isso, ela se levanta como um suricato. Um suricato com um sorriso enorme.

— Ah. Ah. *Ah.* Ah. Ah...

Ao que parece, eu quebrei a Celine.

— Vem cá. — Pego a parte da frente da camisa dela e a puxo para perto.

— Espera. Suas costelas...

— Não ligo — respondo, então a estou beijando.

É como bolo de aniversário, na época em que consumir açúcar parecia me deixar chapado. É como rir enquanto se cambaleia pela escuridão sob as estrelas. É como a Celine me amando.

Ela se afasta um pouco, os lábios (o sorriso) roçando nos meus.

— Isso significa que tenho autorização para ficar na cama de novo?

— Você tem autorização de ficar onde quiser, contanto que seja bem perto de mim.

* * *

SEXTA-FEIRA, 20h19
FRAPPUCCINO PRA TODOS

Minnie: amanhã tá de pé?

Jordan: 👍

Sonam: S

Celine: sim

Brad: ???

Peter H: que foi

Brad: ninguém conta nada pra gente

SEXTA-FEIRA, 20h27
👅 OS BRABOS DE BREAKSPEARE 👅

Celine: oi pessoal

Celine: alguns amigos da escola vão pro McDonald's depois do baile, querem ir junto?

Raj: pro McDonald's é sempre sim

Sophie: aham, certeza

Aurora: que fofo, sim, pff

Brad: ah então É ISSO que tá rolando

Brad: lembrei agora

Celine: (emoji)

Brad: não me julga

Brad: tô com uma lesão na cabeça

CAPÍTULO DEZENOVE

CELINE

Quando chegamos ao Sherwood no sábado à noite (um pouco atrasadas, uma coisinha de nada), Giselle precisa me ajudar a sair do banco de trás porque meu vestido é muito volumoso. Que bom que estou usando sapatos Doc Martens em vez dos saltos que considerei, porque sair do carro é uma tarefa árdua mesmo sem salto.

Mamãe fica a alguns metros de distância, admirando a maquiagem impecável no espelho do pó compacto azul que combina com seu vestido tubinho. Ela o fecha, olha para nós e diz:

— Giselle, você está suando? O que eu te disse sobre funções corporais? Só em particular.

Reviramos os olhos enquanto ela ri da própria piada. Então lança um olhar indecifrável para a entrada do Sherwood antes de olhar para mim.

— Pronta?

— Pronta — respondo, e juro que é verdade.

Estou dando um passo para o meu destino e nada vai me deter, incluindo (ainda que não limitado a): um pai ausente, a adoração de Katharine Breakspeare e euforias baseadas em "eu te amo".

— Que bom — diz a mamãe. — Estou orgulhosa de você. Certo, então. Vamos.

Damos os braços umas às outras e entramos no Sherwood como uma barreira humana em formato de Bangura. O hotel ainda é um labirinto de mobília elegante e pilares de vidro cintilantes, nos refletindo umas mil vezes mais: a pele da mamãe brilhando em contraste com o traje azul-piscina, Giselle abominavelmente linda no terno preto fino e eu no vestido pelo qual Minnie e eu vasculhamos os brechós. Quase desisti de encontrar algo fofo do meu tamanho, mas Michaela alega que garimpar é uma magia da moda e a coisa perfeita aparece quando se precisa, como uma recompensa pelo compromisso da pessoa com a moda sustentável. Talvez eu tenha que analisar a teoria dela no TikTok porque com base neste vestido, ela está certa.

É iridescente, quase preto, mas parece azul-roxo, dependendo da luz. O corpete é tomara-que-caia e envolto por camadas de tecido delicado; a saia não vai até os pés, mas é afofada, como em um filme da década de 1950, e quando giro, mostra um vislumbre da anágua preta. Estou usando um cardigã felpudo que Giselle me deu porque "vai ficar perfeito, Celine, veste" e, minha parte favorita, luvinhas pretas de renda com um único botão em cada pulso. O único ponto negativo do traje é a ausência de bolsos, mas enfiei o celular e um algum dinheiro no decote. Com sorte não vou me esquecer de que o coloquei ali e me preocupar que estou tendo um infarto quando ele vibrar, como aconteceu da última vez.

O Baile dos Exploradores acontece em uma sala de tamanho intimista com um teto inclinado e mesas forradas com linho branco. Balões perolados perfeitamente arredondados com confete da cor de champanhe dentro deles pairam acima de nós. Abaixo as coisas são menos serenas: vejo o mar de rostos desconhecidos e sinto as palmas das mãos formigando sob as luvas. É fácil identificar os pais: eles parecem orgulhosos e tiram grande proveito do ponche gratuito. Também é fácil identificar os profissionais: são sérios e intimidantes, como o futuro.

Não vejo Brad.

— Maria e os meninos já estão aqui — afirma a minha mãe, dando batidinhas na bolsinha azul em que guarda o celular. — Devemos procurá-los? Ou quer ir encontrar seus amigos sozinha, Celine?

Sei o que ela está perguntando na verdade: *quer que nos separemos quando não sabemos se o seu pai está aqui?* Respiro fundo e faço a minha escolha.

— Vocês podem ir encontrar a Maria. Vou dar uma explorada, sabe, fazer um networking.

Isso se eu conseguir criar coragem de me aproximar de um adulto real e vender as minhas habilidades profissionais. Talvez isso aconteça mais tarde enquanto jantamos. Sei que nossos lugares na mesa foram determinados de acordo com nossos interesses profissionais...

Sinto o estômago se revirar de nervoso e decido focar em uma coisa de cada vez. Antes de mais nada: encontrar o Brad.

Nós nos separamos e vago pela multidão, vendo Raj em um terno cinza conversando com uma mulher mais velha usando óculos de armações grossas e pretas. Lá está aquela Vanessa, o centro das atenções do que parece ser metade dos profissionais no local. Impressionante. Holly e Zion estão juntos perto do ponche — Zion acena para mim, Holly me lança um sorriso e reparo em seus olhos esfumados — e Aurora e Sophie acenam para mim do outro lado da sala. Estou praticamente correndo na direção delas quando Katharine Breakspeare aparece diante de mim como o anjo Gabriel: mística e fabulosa demais para os olhos dos mortais. Pisco para desanuviar a vista.

— Ah, Celine — cumprimenta ela com alegria —, exatamente a pessoa que eu esperava encontrar. Posso falar com você um instante?

Concordo tão rápido que quase me engasgo.

— Um... Sim! Sim, é lógico! Olá, Katharine... hã, srta. Breakspeare...

Os lábios dela tremem em humor.

— Pode me chamar de Katharine.

Minhas bochechas ficam quentes, mas mantenho a postura ereta.

— Certo, obrigada.

O famoso corte *blowout* de Katharine se espalha pelos ombros estruturados do vestido vermelho longo que vai até o chão. O tecido leve a cobre dos pulsos aos tornozelos, mas é justo e feito de linhas ousadas e arrasadoras. Ela parece uma general. Uma general linda com uma estilista particular. Guardo a imagem desse vestido para o meu futuro imensamente bem-sucedido enquanto ela me conduz em direção a um canto da sala, onde há uma janela do chão ao teto de frente para a praça iluminada por postes lá embaixo. As cortinas grossas reunidas que molduram o vidro são de um tom de ameixa intenso, tão vívidas que quase parecem estar, de fato, vivas.

— Queria ter esta conversa com você em particular, antes que comecem as premiações — murmura ela. — Celine... você não é uma Exploradora de Ouro.

Estou tão contente de estar tendo uma conversa em particular com Katharine que leva um momento para que suas palavras penetrem minha pequena bolha de felicidade. Assim que acontece, sinto o sorriso se desfazer.

— Perdão?

Ela simplesmente me encara

Sei que fui mal na última expedição. Eu estava simplesmente tão preocupada com Brad, tão chateada comigo mesma e agora estou ainda *mais* chateada comigo mesma porque imagine só desperdiçar uma bolsa de estudos por causa de um *garoto*...

Não. Não, não foi nada disso que aconteceu. Brad não é só um garoto ele é uma pessoa, uma pessoa *importante*, e tudo bem ter sentimentos, mesmo que estes sentimentos sejam sobre pessoas, mesmo que estes sentimentos venham antes da perfeição com tanta frequência. Sei disso, acredito nisso.

Também me sinto COMPLETAMENTE ARRASADA GRAÇAS À MINHA FALTA DE BOLSA DE ESTUDOS AGORA.

Então Katharine continua:

— Entretanto...

E há algo nesta única palavra que me faz levantar as orelhas como um cachorro. *Entretanto* o quê?

Katharine ainda está falando. Preste atenção!

— Percebo que houve... circunstâncias atenuantes que podem ter afetado seu desempenho nos últimos dias da expedição. Não posso mudar suas pontuações, mas tendo avaliado seu desempenho, a filmagem que registrou durante a expedição final e, obviamente, sua candidatura inicial, que foi muito boa, Celine...

Eu me ilumino como somente uma pequena lâmpada incandescente poderia fazer.

— Gostaria de pessoalmente lhe oferecer um estágio — conclui Katharine.

Fico sem reação.

— Como? Um estágio?

Ela quer que eu faça o que Holly, Zion e Rebecca fizeram? Ajudar os outros a se tornarem Exploradores Breakspeare? É muito gentil da parte dela, mas provavelmente vou estar superocupada com a faculdade e arrasada por não ter conseguido a bolsa de estudos, então...

— Comigo — responde Katharine. — Sei que mencionou ter interesse em Direito Empresarial, que não é a minha área, mas se estiver aberta a outras possibilidades, ofereço estágios de verão para um ou dois alunos todo ano. Só uma oportunidade de me acompanhar e...

Espera, o quê? O quê? O QUÊÊÊÊ???? Estou tão atordoada de animação que até penso ver a cortina atrás dela dançando.

— Mesmo? — pergunto, ofegante, de forma humilhante.

— Mesmo — confirma Katharine com um sorrisinho. — Você é uma jovem notável com um histórico educacional incrível. E gosto muito dos seus TikToks.

Isso não pode ser verdade, só que é muito detalhado para ser um sonho, então... talvez seja real? Um estágio com Katharine Breakspeare seria... perfeito. Mais do que perfeito. Bem melhor do que qualquer coisa na empresa em que eu tinha esperado estagiar porque na verdade não tenho mais interesse em direito empresarial e não tenho mais interesse em reduzir a empresa do meu pai a pó, mas *tenho* interesse em ter uma visão detalhada e pessoal na superestrela do mundo jurídico que é Katharine Breakspeare...

Que ainda está aguardando uma resposta, Celine. Se controla!

— Uau — murmuro de modo vago. Meu coração está borbulhando que nem champanhe. — Obrigada. Muito obrigada. Eu ia adorar. Estou totalmente interessada em outras possibilidades. Decidi que estou definitivamente aberta a outras áreas e admiro tanto o seu trabalho e um estágio seria... — *Uma honra* parece muito feudal e algo que diria a *meu soberano*, então engulo a tagarelice entusiasmada e digo apenas:
— Sim, por favor.

Katharine ri e me dá um tapinha no ombro. Talvez eu nunca mais tome banho.

— Certo. Entrarei em contato. Aproveite a festa! — Então ela se afasta e desliza pela multidão, seus passos em perfeita harmonia com a música do piano no canto da sala.

As batidas do meu coração, contudo, não estão em harmonia com nada, exceto talvez com a velocidade do som.

— Aiiiiii, meu Deus — balbucio.

— NÃO É? — responde a cortina e quase dou um berro quando Brad sai de trás do tecido.

— Bradley! — exclamo. — Mas que diabos você estava fazendo atrás das cortinas?

Ele torce o nariz e coça a nuca.

— É, foi mal. Eu estava te procurando ali do lado de fora da janela. Então ouvi a Katharine falando e percebi que ninguém estava me vendo e é tipo, o que eu ia fazer? Aparecer e causar um infarto na *Katharine Breakspeare*?

— Mas você não liga de *me* causar um infarto. — Bufo, ainda com a mão no peito.

— Bem, você não é nem de perto tão importante para a cultura. Não seja mole, Bangura. — Mas ele dá uma piscadela e se aproxima. A mão dele pega a minha (não a que está no meu peito, isto seria um pouco indecente, mas a outra), e o sinto brincando com o botão da luva. — Enfim, achei que fosse ficar feliz de me ver.

Fiquei. Eu te amo. É um momento esquisito para lembrá-lo disso? Não sei como fazer essas coisas como uma pessoa normal.

— Hum — consigo dizer.

Ele ri e é condenavelmente deslumbrante. Brad está ainda mais lindo hoje, os *twists* em seu cabelo refeitos recentemente tocam as pontas de seus cílios, a pele brilhando em contraste com o roxo profundo do terno de três peças.

— Vou apenas deduzir com base nas provas disponíveis — responde ele, o dedão acariciando a pele exposta do meu pulso.

— Você está lindo — respondo. — Quer dizer, mesmo para os seus parâmetros.

— E você — diz ele, os olhos gentis — está a cara da estagiária da Katharine Breakspeare.

Abro um sorriso. Esqueço temporariamente da gostosura do Brad por completo porque sou a *estagiária da Katharine Breakspeare*.

— Estou mesmo, não é?

— Uhum. — O sorriso dele se assemelha ao meu. — Combina com você. Eu sabia que vo...

Um som abafado de batidinhas soa no local, e a música vai abaixando pouco a pouco. Eu me viro para o palco e amaldiçoo o nome de Katharine Breakspeare pela primeira vez na vida, porque ela está lá em cima com um microfone *interrompendo o meu momento*.

— Acho que é a hora de homenagear nossos Exploradores — anuncia ela —, não acham?

Certo, sim, suponho que tecnicamente *seja* para isso que estamos aqui.

* * *

BRAD

Seguro a mão da Celine pelo caminho até o palco até sermos separados pela tirania do alfabeto. Ela vai até o início da fila para ficar perto de Aurora, que está adorável em um vestido cor-de-rosa que combina com o tom corado permanente em seu rosto. Ao menos estou ao lado de Sophie, que, de todas as cores, está usando um tom de *lavanda* (não achava que ela fosse do tipo tons pastel, mas está bonita).

— Oi, Romeu — murmura ela enquanto cada um é chamado ao palco. — Você e a Celine já se casaram ou o quê?

— Está pendente — murmuro de volta.

Katharine chama a pessoa na minha frente.

— Vai fazer o pedido quando formos ao McDonald's mais tarde?

— Só se você tirar uma foto da gente se beijando debaixo do M.

— Fechado.

Katharine chama o meu nome. Depois que ela me entrega o elegante certificado de Explorador, Celine encontra meu olhar e abre um grande sorriso.

Eu te amo.

Eventualmente, estamos os nove lá em cima, sendo homenageados ou algo assim, e é hora de anunciar os Exploradores de Ouro. Já aceitei que não serei um deles, o que não importa porque 1) foi bacana o PAB sequer me incluir, considerando que não participei da maior parte da expedição final; e 2) quando olho para o público, vejo meus pais me observando com um orgulho tão intenso que até a parte mais apavorada e pessimista do meu cérebro não consegue ignorar ou explicar que não seja verdade. Agora meus pais sabem o que quero para o meu futuro e sabem que, não importando o que pensam, vou conseguir. Mas o jeito que me olham não mudou.

A primeira Exploradora de Ouro é Vanessa, chocando um total de zero pessoas. A bússola de ouro literal que Katharine entrega cabe na palma da mão e é lindamente ornamentada, e Vanessa a ergue no ar como se fosse uma medalha olímpica. É óbvio que não fico com inveja.

Uma bolsa de estudos seria ótima, mas consigo me virar sem ela. Consigo morar com colegas de quarto. Estou em um ótimo momento e sou excelente em estabelecer limites.

O segundo Explorador de Ouro é um rapaz calado e dedicado chamado Nick, que fica tão chocado que quase cai da beirada do palco. Bato palmas para ele como fiz com a Vanessa.

Talvez eu possa arranjar um emprego para conseguir morar sozinho? Com certeza não vou pedir a ajuda dos meus pais, não quando eles precisam gastar dinheiro com a minha irmã estudando fora e...

Katharine anuncia o terceiro ganhador, Bradley Graeme, e interrompo os próprios pensamentos para aplaudir de novo. Ninguém dá um passo à frente, porém. A risada preenche a sala e Sophie dá um tapa no meu braço.

— Brad.

Fico sem reação.

— Hum?

— Qual o seu nome, gênio?

O que...

Olho para a Celine e ela está rindo muito, com a mão na boca, os olhos iluminados e felizes e... acho que orgulhosos? Olho para os meus pais, sentados ao lado de Neneh e Giselle, e estão com sorrisos enormes no rosto e acenando para mim como quem diz: *vai*. Então olho para Katharine, que está esperando no pódio com um sorriso cômico e a última bússola de ouro.

Ela se inclina para perto do microfone e diz:

— É você, Brad.

Deus do céu. Ganhei uma Bússola de Ouro. Ganhei uma bolsa de estudos. Basicamente corro até o pódio.

— Quê? Obrigado, mas... não terminei a expedição! Com certeza eu não deveria...

Katharine fala no microfone:

— Bradley está agora explicando para mim por que ele não deveria receber este prêmio.

Celine faz conchas com as mãos, as coloca ao lado da boca e diz:

— Brad. Fica quieto.

Todo mundo ri mais um pouco.

— É verdade que, graças a um acidente infeliz — explica Katharine para o público —, Brad não conseguiu concluir a expedição final. Entretanto, nossa equipe decidiu fazer uma média de todas as informações que tínhamos do desempenho dele como um Explorador Breakspeare e os resultados foram inegáveis. Brad teve uma pontuação de 4,9 na nossa matriz.

Eu. Tive? POR QUÊ? COMO?

Na verdade, deixa para lá. Eu aceito.

Katharine ainda está falando:

— Seu desempenho foi alto de maneira consistente. Assim, tomamos uma decisão executiva para homenagear o trabalho que ele conseguiu fazer em vez de contabilizar o que ele não pôde concluir. — Ela me entrega a bússola. É pesada, levemente morna e minha. — Você é um Explorador de Ouro, Bradley. Parabéns.

—... Obrigado! — consigo responder.

Os próximos minutos são um turbilhão. Algumas frases de encerramento são pronunciadas antes que Katharine nos oriente a aproveitar a festa e tenhamos autorização para deixar o palco.

Cambaleio degraus abaixo e vou direto até Celine, que me abraça (com cuidado, por causa das minhas costelas, mas ainda conta) em público sem hesitar. Como se a necessidade de me abraçar estivesse transbordando nela. O cheiro de manteiga de cacau de sua pele preenche meus pulmões quando murmuro contra o pescoço dela:

— Eu te amo.

Ela se afasta, a expressão uma mistura de choque e prazer.

— *Brad!* — Mas ela está sorrindo como se não pudesse se conter.

— Que foi? Você quem começou com os abraços!

— As pessoas podem *ouvir a gente*!

— Então sussurra — provoco.

Óbvio que não espero de verdade que ela anuncie seus sentimentos em público dessa forma...

Mas é o que ela faz.

— Tudo bem. Eu também te amo, óbvio.

E então, ainda que tenhamos segundos até nossos pais aparecerem para nos cercar, ainda que nossos amigos já estejam fervilhando ao redor com as congratulações, ela me pega pela nuca e me beija. Com vontade. Meu coração cria asas e sai voando.

Celine e eu, nós fomos melhores amigos. Fomos inimigos. Até fomos um segredo.

Mas agora?

Somos tudo. Qualquer coisa. O que quisermos ser.

AGRADECIMENTOS

O transtorno obsessivo-compulsivo é herança de família, então não fiquei surpresa quando enfim chutou a porta do meu cérebro, entrou e ficou à vontade. Ao receber meu diagnóstico, fiquei irritada, entrei um pouco em pânico, preparei várias xícaras emergenciais de chá e por fim decidi que era melhor eu usar a coisa toda para escrever um livro.

O que me leva à primeira pessoa que eu gostaria de agradecer: Bradley Graeme, o mocinho deste romance, que vem lidando com o TOC por anos e é invejosamente sensato a respeito. Não faço ideia de se um dia conseguirei lidar tão bem com isso como Brad faz, mas sei que escrevê-lo me inspirou a cuidar melhor de mim mesma. Então... um brinde, parceiro. Não poderia ter feito isso sem você.

Também não poderia ter feito nada disso sem a ajuda de várias pessoas reais. Agradeço a minha mãe por me guiar durante os anos amargurados de Celine e por me dar um nome do qual me orgulho; as minhas irmãs mais novas, Truly e Jade, por serem docinhos de coco encantadores; a minha melhor amiga, Cairo Aibangbee, por me apoiar durante vários colapsos criativos e por me garantir que eu ainda sabia, de fato, escrever e não tinha, na verdade, perdido o conhecimento da língua inglesa.

Também gostaria de agradecer às pessoas maravilhosas e inspirações literais (eu sei, mas sério, é verdade) com as quais tive o privilégio de fazer amizade desde o início da minha carreira. Therese Beharrie, Kennedy Ryan, Dylan Allen, Ali Williams e tantos outros: seus livros, sua gentileza, sua amizade e seus conselhos inestimáveis me ajudam a concluir cada um dos meus projetos. Tenho muita sorte de conhecer vocês.

Agradeço muito a minha agente incrível, Courtney Miller-Callihan, por sempre me apoiar, encontrar soluções e reduzir a minha ansiedade profissional uns bons noventa por cento simplesmente por existir. (Você existe de um jeito bem irado.)

Agradeço a toda a equipe da Joy Revolution que trabalhou para fazer esta história acontecer. Nicola e David Yoon, Bria Ragin, Wendy Loggia, Beverly Horowitz, Barbara Marcus, Casey Moses, Mlle Belamour, Ken Crossland, Lili Feinberg, Colleen Fellingham, Jillian Vandall, Adrienne Waintraub, Elizabeth Ward, Caitlin Whalen e tantos outros. Sou grata pela oportunidade de contribuir com uma missão tão instigante e por ter um livro verdadeiramente lindo para oferecer graças a ela.

Obrigada às pessoas gentis de Nottinghamshire e dos Trossachs por bondosamente não apontar as enormes liberdades que tomei com as realidades geográficas da Floresta Sherwood e de Glen Finglas (pronto: agora que falei isso, vocês não podem reclamar ou vão parecer absurdamente deselegantes).

Um enorme agradecimento aos meus consultores da Geração Z — Aaliyah, por responder minhas perguntas sobre aceitação *queer* na sua geração; Orla, por explicar pacientemente o conceito de uma *e-girl* (não consigo *acreditar* que *e* não significa *emo*); e Dante, por suas infinitas novas ideias.

E, enfim, obrigada ao meu noivo por... Bem, por onde começar? Por dirigir seis horas para me levar para acampar em Glen Finglas no seu Volvo caindo aos pedaços e por prontamente nos transferir para um hotel quando ficou evidente que acampar *de verdade* não era para mim.

Por me emprestar porções inteiras de sua infância vivendo no campo, incluindo aquela vez que você deu uma de Bradley (embora seria mais exato dizer que Bradley dá uma de você) na floresta. E o mais importante: por me trazer mais ou menos doze quilos de chocolate e 78 litros de chá de framboesa durante o processo de escrita deste livro. *A teoria da conspiração de nós dois* foi impulsionado por você.

Este livro foi composto na tipografia Perpetua MT,
em corpo 13/16, e impresso em papel off-white
no Sistema Cameron da Divisão Gráfica da
Distribuidora Record.